ワンダ・ヒッキーの
最高にステキな思い出の夜

ジーン・シェパード

若島正＝編訳／浅倉久志＝訳

河出書房新社

Wanda Hickey's Night of Golden Memories, Playboy June 1969

ワンダ・ヒッキーの最高にステキな思い出の夜　目次

ワンダ・ヒッキーの最高にステキな思い出の夜

雪の中の決闘あるいはレッド・ライダーが
クリーヴランド・ストリート・キッドをやっつける

「玩具産業解体！」

怒りのこもった赤いブロック体で印刷されたスローガンは、大きな白いボタンからネオンサインのように輝いていた。見まちがいかと思ってもう一度注意深く読んでみた。

「玩具産業解体！」

そう書いてある。疑問の余地はない。

ボタンをつけているのは、植木鉢をひっくり返したようなものを頭に載せ、わたしたちがすわっている自動販売式食堂《オートマット》のテーブルでお上品に隠れてはいるが、（いま思い出してみれば）足にはケッズのテニスシューズを履いていそうな、ガミガミ屋風の小柄な老婦人だった。

物思いにふけりながら、店の名物チキンポットパイをもてあそんでいたわたしは、我が同胞市民であるオートマットの顧客をこっそりと観察してみた。ひょろひょろで、ほんのり化粧をしている、バネ鋼のようにかたくなな老嬢は、いかにも婆《ばあ》さんらしい食欲で食事にがっついていた。サコタッシュ、ベイクドビーンズ、クリームドコーン、追加注文のハーバードビーツ。悪い知らせ——菜食主義者のタイプ。ガチの愛猫家でもあることはまちがいない。

あたりではクリスマス直前の昼食をさっさとすませる人々の渦《うず》が騒々しく寄せては引いていくなか、わたしたちは黙ったまま、狭いオートマットのテーブルを共にした。もちろん、大勢の客のなかには、いつものH&H社交クラブのメンバーがあちこちにいた。失業中のアザラシ訓練員、ノミ屋まがい、元オペラの歌姫、しばしのあいだ寒さしのぎに入ってきたマディソン街の営業担当者という体《てい》を懸命に装おうとしている乞食とか。十二月中旬のマンハッタンの身にしみる寒さから逃れて、十時間すわりっぱなしで一杯のコーヒーをちびちびやれる能力は、芸術といっていい。

というわけで、わたしたちはニューヨークのならわしに従って、長いこと無言のますますわっていたが、わたしはとうとう我慢できなくなった。

「玩具産業解体?」こう切り出してみた。

老嬢はじっとしたままだった。ピカピカ光るピンクとアイボリーの入れ歯で口いっぱいに頬《ほお》ばったハーバードビーツを噛《か》んでいる、そのかぶりつきようはふつう大型肉食動物を想わせるものだった。赤い汁が白粉《おしろい》をはたいた顎《あご》に垂れて、白いレースの胴着にしみをつけた。

「失礼ですけど、垂れてますよ」

「え？」

氷のような青い目が一瞬怒りで光ったが、すぐに母鶏が発育不全の雛鳥《ひなどり》を見る目つきになった。愛の輝き。

「ありがとう、坊や」

老嬢がペーパーナプキンで顎を拭いたので、これでとっかかりができたと思った。上顎の入れ歯がカチャカチャいう音がしたのは、まちがいなくこちらに対して好感を抱いたしるしだ。

「玩具産業解体？」わたしはたずねた。

「まったく言語道断ですよ！」老嬢が声を荒らげたせいで、隣りのテーブルにいた二人の老紳士がチョッキにスープをこぼしてしまった。修道院を想わせるH&Hの閉ざされた空間では、大声を耳にすることはあまりない。

「玩具業者が冒瀆的《ぼうとくてき》な戦争の道具を罪のない子供たちに押しつけてくるなんて、まったく言語道断。清い心の幼子たちは、無力でどうすることもできないんですからね！」

この時点でその声は伝道師のようにふるえ、更衣室からコーヒー沸かし器へと鳴り響いては戻ってきた。三卓むこうのテーブルにいた皺《しわ》だらけの無神論者たち四人は、自動的に、つい反射神経で「アーメン」と唱えたが、どこからも答えは返ってこない。老嬢はつづけた。

「なにもかも政府の陰謀なんですよ、罪のない者を邪悪な神なき戦争に引きずりこもうとして！やつらのやり口なんかわかってます！　わたくしたちの委員会は目を光らせて、この頽廃《たいはい》した資本主義の悪を暴いてやるつもり！」

狂信者らしい金槌《かなづち》のようなキンキンした口調からすると、やつらこと悪だくみをする連中に終わりなき戦いを挑むことに生涯を捧げてきたらしい。老嬢はでかい麻のリュックサックを引っかきまわした。『ドグマ』の読み古したペーパーバック版が何冊か床にこぼれ落ちたが、脇目も振らずにがさごそやって、捜していたものをやっと見つけた。

「これよ、坊や。これを読んでちょうだい。わたしが何をいってるのかわかるから」渡されたのは、厄介《やっかい》な右翼集団が出している薄汚れた小冊子だった。拠点はもちろんカリフォルニアで、アメリカを戦争商人や、利益にうるさく若者を搾取《さくしゅ》し、資本主義の頽廃を世界中に撒《ま》き散《ち》らそうとする連中の牙城《がじょう》だと糾弾《きゅうだん》している。その連中の手口が、プラスチック製のポップガンや、子供用のシアーズ・ローバックの戦闘服だというのだ。

老嬢はそそくさと立ち上がり、読み古したペーパーバックをかき集めてでかいリュックサックに入れ、最後っ屁を一発ぶっぱなした。

「肉食だなんて。我らが同胞の肉、罪のない野の子羊の肉を食べるのは、悪魔の仕業《しわざ》ですよ！」

ギラギラした目が、わたしのチキンポットパイの残りを露骨な悪意の視線でにらんだ。そして踵《きびす》を返し、兵隊よろしく行進して、クリスマスのさわやかで明るい空気の中へ、戦場へと戻っていった。

老嬢が出ていった後、わたしはかすかに揺れながらしばらくすわったままで、さめたコーヒーをかき混ぜて瞑想《めいそう》にふけり、あの怒りに満ちた、過激なスローガンに思いをはせていた。

「玩具産業解体！」

一瞬、脳裏に「運河の水」という言葉が浮かび、そして消えた。さらに考えつづける。まるで玩具産業が、武器や兵器、戦争の道具を所有したいという、人間の飽くなき欲望を好き勝手に操れるかのように思うこと。それは、ウイスキーの製造が禁止されれば、人々は飲酒をやめるはずだと考えるようなものだ。

自分の青春時代を振り返ると、もちろん、拳銃、六連発銃、そして手を出せるありとあらゆる鋼色《はがねいろ》の武器（模造品であろうがなかろうが）を求めてやまなかったことが思い出される。ジップ・グリーンを発明したのが子供たちだったのは決して偶然ではない。思春期の肉食人間は、平和運動に対峙すると、限りなく才を発揮するものである。

十二月の寒風が吹きすさぶ外に出てみると、救世軍のサンタクロースがやる気なさそうにベルを鳴らし、まともに風を浴びるのを避けようと戸口に身を寄せていた。わたしはコーヒーを飲みながら、別のクリスマスを思い出していた。別の時、別の場所、そして……一丁の拳銃を。

いまはっきりと思い出せて、なんともむずがゆいような、どきどきするような、気が狂いそうな気持ちになるのは、その拳銃を初めて目にしたときのこと。「オープン・ロード・フォア・ボーイズ」誌の裏表紙全面を使った広告の、三色塗りの絵に描かれていたもので、この雑誌は当時、わたしの美的感覚をがっちりとつかんでいて、わたしは毎月購読するために小銭をこつこつとためたものだった。いってみれば、初期の「プレイボーイ」誌だ。その売り物はといえば、夢だし、ファンタジーだし、とんでもない冒険だし、ライフスタイルだった。中央の折りこみページに描かれているのはばかでかいアラスカヒグマで、そいつがページから飛び出して読者に襲いかかってきそうなところを、狩猟用《しゅりょうよう》ナイフと途方もない勇気だけを武器にした、十一歳のキラーズが一対一の取っ組み合いでしとめるのである。

クリスマス号は重さが三キロを超え、男の子向けの記事がわんさと詰まっていて、読んでいるとくらくらしそうで、すべてを我が物にしたいというむらむらした欲望、強欲が耐え難いほどになる。いまでも、アバクロの前を通るたびに、そこの品すべてを手にしたいという、かすかではあっても強烈な欲望と一方的な衝動を覚えずにはいられない、元定期購読者が何百万といるはずだ。ただそれを手にして、感触を味わいたいと。

その広告が初めて出たのは秋の初めだった。宣伝文句と絵のバランスが取れたみごとなもので、デザインもすばらしいし、キャッチフレーズもうまく作ってあった。わたしがそれに最初に引っかかった読者の一人であることは、認めるにやぶさかではない。

みんな！　公式レッド・ライダー、カービンアクション二百発入りレンジモデルのエアライフルが、とうとうきみのものになるぞ！

この文句は、ばかでかいテンガロンハットをかぶり、顎をしゃくって、いかにも男らしくこちらを見つめ、わたしに直接話しかけ、目と目を見つめ合う、レッド・ライダー本人の口から出ている大きな吹き出しの中に、赤と黒のブロック体で書かれていた。手に握られているのは、ギザギザが付いた、これまで見たこともないほど美しく、クールな殺人兵器だった。

そうだ、諸君……。

銃の下でレッド・ライダーはこうつづけていた。

そうだ、諸君、わたしが牧場戦争で牛泥棒や悪党どもを追いはらうのに使っているものとそっくりの、この二百発付きカービンアクション・エアライフルがきみのものになるんだ！　銃床には特製の秘密の羅針盤が内蔵されていて、もし野道で迷ったら方角を教えてくれるし、荒野でも時がわかる公式レッド・ライダー日時計も付いている。この銃床に頬をつけて、特別にデザインしたクローバーリーフ照準器に照準を合わせたら、もうそれだけで百発百中。射撃練習や害獣駆除にうってつけだから、クリスマスプレゼントは絶対これがいいって、お父さんにいいたまえ。

次号が届くと、レッド・ライダーはさらにうるさくなって、レッド・ライダーBB銃は数に限りがあるので、いますぐ注文するか、手遅れにならないうちに販売店へ！　とほのめかしていた。実際にコロリとまいったのは、二度目の広告だった。十一月の終わりで、わたしはすっかりクリスマス熱にかかっていた。起きているあいだは、週に七日、通学中であろうがなかろうが、いつでもレッド・ライダーのエアライフルのことを考えた。読本にも、算数の教科書にも、手のひらにも消えないインクで、目の前にいるヘレン・ウェザーズのドレスにクレヨンで、その絵を描いた。生まれて初めて、本物の狂気、躁病《そうびょう》の初期症状が現れたのだ。

　ＢＢ銃が即座に必要になってもう取り返しがつかなくなる、そんな状況をあれこれ想像した。雪をかきわけながらこっそりと盗賊たちがキッチンに近づいてきて、ふるえながら体を寄せ合う一家と残忍な悪とのあいだに立ちはだかるのはわたしただ一人、というところで盗賊たちを追いはらう、そんなファンタジーを。覆面をした盗賊団が父を襲い、頼りになるクローバーリーフ照準器が付いた殺人兵器でなぎ倒される。この郡で数件発生している、アライグマの襲撃という可能性も本気で考えた。エスター・ジェイン・アルベリーをサーカスから逃げ出した虎から守ろうとする、騎士道精神を発揮した無私の行為。奇跡的な射撃の名手になって、飛んでいるスズメを撃ち落とし、クリーヴランド通りに住んでいる、まあなんてステキというまなざしの女の子たちや、妬《ねた》ましく思っている宿敵たちが息を呑むところを何度も何度も思い描いた。沼地へ遠足に行って、クラス全員が道に迷ってしまい、そこでわたしがレッド・ライダーの羅針盤と日時計だけを使って、くたびれはてておお腹をすかした一団を文明世界に連れ戻す、そんなところを夢見たこともある。もう疑問の余地はない。こんな銃を持つのが当然だというだけではなく、絶対に必要なのだ！

　その年、十二月の初めに最初の大吹雪《おおふぶき》がやってきた。北に数百キロ離れたカナダの原野からうなりをたてた風が、凍《い》てついたミシガン湖に吹き荒れてホウマンを襲い、大量の積雪と、地面まで垂れ下がる長い氷柱《つらら》に、空気がパチパチと音をたてる氷点下の気温を町にもたらした。路面電車の電線はこびりついた氷できしみ、児童たちは時速七十キロの強風のなかでのろのろと学校に向かい、毛皮を着けたラジエーターキャップの小さなカーマスコットみたいに前傾姿勢で、ザクザクと音を立てる荒れた地面の上をぎこちなく動いていた。

登校準備をするのは、長時間の深海ダイビングの準備をするようなものだった。ロングジョン、コーデュロイのニッカーボッカー、チェックのフランネルのランバージャックシャツ、セーター四枚、フリースの裏地が付いた人工羊革のジャケット、ヘルメット、ゴーグル、人工革製のガントレットが付いていて、インディアンのチーフの顔がまんなかに描かれている大きな赤い星が付いたミトン、靴下三足、ハイトップ、オーバーシューズ、それと四十センチのスカーフ。これを左から右へと螺旋状《らせんじょう》に巻いていき、しまいには動いている服のお化けから二つの目だけがかすかにのぞいているという塩梅《あんばい》にすると、それが地域の子だとわかるのである。

家にいるのは問題外だった。だれもそんなことは思いつきもしなかった。当時はいまよりきびしい時代だったし、ミス・ボドキンは近頃の同類よりもきびしい先生だった。風邪は空気だとか、雲や両親みたいに当然のものとして受けとめられていた。自然現象であり、そういうものとして、学校に行かないですまそうとするどんなインチキな作戦にも使えなかった。

母が玄関のドアを肩でぐいっと開け、押し寄せる雪や石氷を押し戻し、風が一瞬リビングの敷物を怒ったようにひっかいていくと、弟とわたしは次々と、不気味な北極圏へと打ち上げられる宇宙飛行士みたいに送り出されるのだった。背後でドアがバタンと閉まると、もうおしまい。学校にたどりつくか、それとも息絶えるか！

まわりの凍てついた地面のあちこちには、風に追いたてられていく、毛皮を着けた人類の小さな点また点が散らばっていた。それがみな、ツンドラを越えた何キロも先にあるウォレン・G・ハーディング小学校を懸命にめざして、まるで氷になった小さなボウリングの球に足が生えたみたいな恰好《かっこう》で、霜に覆われた衣服の重みに耐えかねてよろよろと進んでいるのだ。ときおり哀れなすすり泣きがかすかに聞こえることもあるが、永遠につづく風のためいきにたちまちかき消されてしまう。わたしたち全員が向かう先では、地理の授業でペルーの輸出を学び、国語の授業でジャックという名前のデブ猫や犬の話を読む。しかし、そうしたざわめきにもかかわらず、かすかに、細い声で、舞台の袖《そで》から聞こえてくる合唱は、高まる興奮だった。クリスマスが近づいていた。興奮が日ごとに高まるのは、クリスマスが一日近くなるからだ。すてきで、美しく、華やかなクリスマス。一年はクリスマスを中心にしてまわっているのだ。

はるか彼方の地平線に、鉄道操車場と製油所の大きなタンクのむこうに、わたしたちだけの山並みが広がっていた。黒々として謎《なぞ》めいて、寒々として人気《ひとけ》がなく、インディアナ州の冬の鉄みたいな灰色の空を背景にして浮かび上がっていたのが、製鉄工場だ。大恐慌の時代で、先住民たちはあまりにも長いあいだ暇を持て余したので、もう無職だとすら思っていなかった。仕事がそもそも存在しないのだから、無職といったところで意味がない。ほんの一握りの人間が、一月に一日かそこら、扇形庫か貨車操車場か工場のボタ山での仕事にありつくが、たいていは「トゥルー・ロマンス」誌の裏ページからクーポンを切り抜いて暇をつぶしている。そのクーポンに謳《うた》われているのは、既製服を訪問販売する仕事だったり、通信講座でラジオ修理の技術を学べば巨万の富が手に入るといった約束の処女地だった。

　ホウマンの繁華街は毎年恒例の、地には平和、御心《みこころ》にかなう人にあれ、というバッカス祭の準備をしていた。ホウマン街とステート通りでは、何ヵ月も降り積もって春になってもまだ残る雪がかたまりになり、凍てついた吹きだまりが歩道の縁石に沿って残っているが、その陰気な大通りのいたるところに緑や赤のクリスマス用の電球が吊るされ、バナーが強風に吹かれて音をたてていた。街灯には立体的なサンタクロースの顔を囲むプラスチック製の蔦飾《つたかざ》りが吊るされていた。

　数日前から、ゴールドブラットのデパートはウィンドウがカーテンで覆われて暗くなっていた。このデパートのコーナー窓は、伝統的にクリスマス前の季節では最高水準を示す主な標識だった。この店の大がかりなクリスマス祭の雰囲気とモチーフを決めているのがそこなのだ。そこのウィンドウを見るというただそれだけの目的で、子供たちが四方八方の遠くからやってくる。偏屈爺《へんくつじい》さんなら、ウィンドウが平時よりもっと華やかだった当たり年を思い出すだろう。そして今年はその当たり年だったのだ。ごったがえす土曜の夜、みごとな展示物が正式にお披露目《ひろめ》になった。それがあっというまに大ヒット。初日の夜はイヤーマフを着けた人々でぎっしりになり、ピカピカの板ガラスが吐く息で曇《くも》り、機械化され電気化された喜びの金色に輝くパノラマを前にして、我を忘れて押し合いへし合いしていた。

　この時代は、七人の小人とそのカブスカウトの女性リーダーである白雪姫の全盛期だった。ウォルト・ディズニーの七人のかわいこたちがハンマーで叩き、ノコギリで切り、ノミで削り、ペンキを塗る一方で、サンタは白雪姫を機械仕掛けの膝《ひざ》の上に載せながら、ちょうどいい場所に配置された八台のラウドスピーカーからホー、ホー、ホーと歌い、そのところどころに「ハイホー、ハイホー、仕事が好き」というコーラスが入った。「おこりんぼ」はロックアイランド鉄道の八輪蒸気機関車の操縦席にすわり、「ねぼすけ」はマリンバを演奏していたが、その背景では、どういうわけか知らないが、クロース夫人が延々と赤いシャツにアイロンをかけていた。きらきらした人工雪がシャーリー・テンプル人形に舞い落ち、木製ソリやティンカートイのセットが金色のスポットライトを浴びて光っていた。手前にはリンカーン丸太で造られた開拓時代の囲い柵《さく》があり、キルトを着たハイランダー中隊が米軍中戦車六両の攻撃を勇猛果敢に防いでいた(インディアナ州の歴史はいつでもいい加減なものだ)。その一メートル先には、アーサー王伝説に出てくるボール紙でできた城があり、ラガディ・アンディが跳ね橋《はねばし》のところにすわって堀に足をつけている。そしてライオネルの貨物列車が本物の煙を吐き出しながら、城を通り抜けて何度も何度もぐるぐるまわっているのだ。「おとぼけ」は、エイモス・アンド・アンディのペダル式オープンカー・タクシーに腰かけていて、その横には、前足でペロペロキャンディを持ち、「抱きしめて」という胸キュンとなるような文字が書かれた、パンダのぬいぐるみが置いてあった。頭上のふわふわした綿づくりの雲からは、上空を飛んでいるバルサウッド製のフォッカー三葉機から脱出したばかりの、チェック柄のゴルフニッカーを穿《は》いたディオンヌ家の五つ子姉妹の人形が、風になびくパラシュートからぶら下がっていた。ざっくりいえば、サンタの仕事場はサルバドール・ダリでもノーマン・ロックウェルみたいに見えてしまうほどだった。あの年はよかった。最高だったといってもいいかもしれない。クリスマスの風船がふくらむみたいに、興奮が高まって、しまいに町じゅうがベッドで寝返りを打つようになった――そして当日の計画を立てたのだ。わたし自身の作戦もすでに順調に進行中だった――個人的な夢が。さりげなく、注意深く、計算ずくで、わたしは家のなかに地雷を仕掛けた。あちこちに「オープン・ロード・フォア・ボーイズ」誌を置いて、切れ目をしたレッド・ライダーの顔が出てくるページを開けておいたのである。本を読むのは便所と決めている父は、生まれて初めて、見たこともない世界に足を踏み入れた。母は「スクリーン・ロマンス」誌を手にとって、まんまとレッド・ライダーの売り文句を読まされるはめになった。クラーク・ゲーブルがロレッタ・ヤングを激しく胸に抱いている表紙の裏に「オープン・ロード・フォア・ボーイズ」を挿《さ》しこんでおいたのだ。

朝食のとき、わたしは近所で熊が出没しているという噂《うわさ》があるけど、ちゃんとした装備があったらいつでも熊を相手にしてやるとほのめかした。最初のうち、母もおやじも餌に食いついてこなかったので、こちらもプッシュする気になり、気が気ではなくなってくると、必然的に度を越してしまうことになった。クリスマスがもう数週間先に迫っているのに、悠長にかまえて遠まわしにいってみるといった滑稽《こっけい》なまねをしている暇はなかった。

この大切なときに、ときどきソファベッドの下から這《は》い出《だ》してくる弟も、すでにこっそりとリトル・ブラザー作戦を進行させていて、ほしがっているのはモーター付きエレクター・セットで、跳ね橋や、エッフェル塔、観覧車、実際に動くギロチンを組み立てられる。もし弟がわたしの作戦をかぎつけたら、すべてが水泡に帰すことはわかっていた。そうなると、弟はわたしがほしいものをしつこくせがむだろうし、その結果どちらも無得点ということになる。弟は明らかに殺人兵器を持つには幼すぎるからだ。そこでわたしは巧妙にも、簡単で、実用的で、気どらないサンディ・アンディをほしがっているようなふりをした。これは当時はやっていた、ごく簡素な知育玩具で、漏斗《ろうと》のようなものの下に小さなスコップみたいなゴンドラを載せる小さなベルトコンベアが取り付けられている。このおもちゃには白い砂が入った袋が付いていて、それを漏斗に流しこむ。砂が漏斗の底からゴンドラに流れこむと、ベルトコンベアが稼働するという仕掛けだ。ゴンドラはいっぱいになると軌道を下りてほかのゴンドラと入れ替わり、それがいっぱいになるとまたちょっとだけ軌道を下りる。そうやって際限なく、砂を軌道の終点で捨てて、戻りのループを上がっていってまたいっぱいになる――そしてしまいには、砂がぜんぶ軌道の終点にある赤いカップに捨てられる。子供はそのカップを漏斗の中にあけて、それがまた一から始まる――際限もなく、意味もなく、ぐるぐると。人生とはそういうものだ。大恐慌の時代にはもってこいのおもちゃだった。近所のほかの子供たちは、ライオネルの電動鉄道模型とか、ギルバート社の化学実験セットなどといった、まったく思いもつかないような無理なものをほしがる、壮大な絵に描いた餅の夢を追いかけていた。

夜ごとわたしの脳裏には、腰からリボルバーをすばやく抜いて瓶《びん》を粉々に撃ち砕く光景が躍っていた――間近に迫った恍惚感《こうこつかん》の、名状しがたい狂おしさに蝕まれて。そのとき、わたしは最初の悲惨なミスをやらかした。無防備で軽率になった瞬間に、この陰謀をうっかり口にしてしまったのである。不意をつかれたのは、ストーブのそばに身を寄せてハイソックスを履いていたときだった。朝のその時間帯だと、そこが我が家で唯一の熱源だった。オートミールがぐつぐついっている鍋にかがみこみながら、母が藪《やぶ》から棒にこうたずねた。

「クリスマスには何がほしい?」

ぎょっとして、わたしは思わずこう口走っていた。「レッド・ライダーのBB銃!」

母は間髪を容れず、テーブルスプーンでかきまぜる手をとめることもなく、こういい放った。

「だめだめ。自分の目を撃ち抜いたらどうするの」

これが典型的な、母親のBB銃ブロックだった! 撃沈! これまでに何百人もの母親が使ってきたこの殺し文句は、少年王国で知られているいかなる手段をもってしても克服不可能だった。大チョンボだったが、そうはいってもレッド・ライダーのカービン銃がほしくてたまらないので、すぐに防壁を築き直すことにした。

「冗談、冗談だよ。フリックはもらえるらしいけど。(嘘《うそ》。)うーん……うーん……サンディ・アンディがいい、かな」

わたしは心配になって母が着ているチャイニーズレッド色をしたシェニールのバスローブの背中を眺め、わたしの矢がグサリと刺さった跡がないか探した。

「危険なおもちゃだから。目を撃ち抜いたりしてもらいたくないのよ」

一発食らってダウン。心は鉛《なまり》のように重く、足は凍《ここ》えて、わたしはよたよたと学校に向かった。シュンとなったがそれでもめげなかった。

休み時間に、灰色のごつごつした雪だまりと吹きすさぶ強風のなか、子供たちの小集団が暖を求めて身を寄せ合った。頭上の電線がバンシーみたいに泣きわめき、サーカスに出てくるブランコのリングがカチンカチンと空《むな》しく音をたてているときに、シュウォーツとフリックとブルーナーとわたしはクリスマスに何がほしいかの次に大切な、クリスマスにお母さんとお父さんに何をあげるかという問題を話し合った。機密漏洩《ろうえい》を防ぐため、話すのもひそひそしたしわがれ声になる。プレゼントの選定は必ず、国務省の「外国における地下破壊活動に関する白書」の扱いを上まわるような秘密主義で行われた。シュウォーツは、肩ごしに視線を飛ばしながら、風に身を乗り出してこう漏らした。

「ぼくがお父さんにあげるのは……」

シュウォーツは反応を求めるように一息入れて、聞く耳を持たないやつを排除しようと前かがみになり、声をさらに低くした。決めの一言は何か、とわたしたちは息を呑んで耳をすました。

「……新品の殺虫スプレー！」

一瞬わたしたちは、思いもつかないこの案のみごとさによろけそうになった。シュウォーツが得意げに微笑《ほほえ》み、ポイントをあげたことを知って風のなかへ身をそらせると、イヤーマフが小気味よく揺れた。フリックは、母親にたのまれたスパイかもしれない一年生の女子が通り過ぎるのを疑わしそうな目つきで眺めながら、警戒警報が解除されるまで待って、凍える空気のなかへ彼の案を発射した。

「お父さんにあげるのは……」

またわたしたちは待った。シュウォーツは、勝てっこないだろうといわんばかりに、ひび割れた唇にかすかな笑みを浮かべていた。

「……水を吹き出すバラ！」

　わたしたちはみな、ジョージのお菓子屋でそういうすばらしい製品を見たことがあり、これがだれでもほしがるプレゼントだとすぐにわかった。真っ赤なセルロイド製で、携帯用に白いゴム球が付いている。幸運なことに、この時点で労働に戻れというベルが鳴り、わたしは自分のプレゼントを打ち明けなくてすんだ。そういう天才的な発想にはとてもたちうちできそうになかったのだから。

　わたしは母のために取消不能な選択をまだすませてはいなかったが、選択肢はすばらしい二点に絞りこんでいた。ここ数週間、ウールワースの店でこっそりと目をつけていたものだ。一つは趣味のいいビーズの紐飾《ひもかざ》り。ビーズは小さいクルミほどの大きさで、あざやかな紅色をしていて、そのガラス玉には小さな黄色い花が埋めこまれている。もう一つの、それより値段が高い――一ドル九十八セント――プレゼントは真珠色をした香水噴霧器で、壺形《つぼがた》をしていて、金色のライオンの脚、上蓋《うわぶた》がそれに合わせた金色で、押しボタンが付いている。どちらにするかは難しい。これは古典的なるものと享楽的なるものとの昔からある対立で、決して簡単に解決する問題ではない。

　父へのプレゼントには、すでに徳用サイモナイズ一缶の頭金を払っていた。父の好きな格言で、口癖のように引用していたのはこうだった。

「車をナイスに、サイモナイズ」

　期待はふくらんでも排気弁の具合が悪い、再々中古のグラハムペイジを買った人間らしく、父はボンネットをピカピカに磨き上げることに熱心だった。その父がクリスマスイブにサイモナイズの包装を開け、ツリーに飾った赤、黄、緑、青の豆球の光で、あのすばらしい缶が香炉で焚《た》く没薬《もつやく》や乳香のように濃い輝きを放つところを見るのが待ち遠しくてしかたがなかった。この秘密をうっかり漏らしてしまわないようにするのが精一杯で、それがいつも拷問《ごうもん》に等しい戦いだった。そんなことをしたら、わたしが全力を尽くしたことを知って父が雷に打たれたような愕然《がくぜん》とした驚き、信じられないという喜びを覚える、すばらしい瞬間が台なしになってしまう。

実際、夕食時に何度か、こう意味ありげにたずねたことがある。

「父さん、ぼくがクリスマスに何をプレゼントするか、きっと当たらないよ」

あるとき、「ふーむ」という代わりに、父がこう答えた。「ふむ。そうだな。新しいボイラーか？」

弟は幼い子供らしくケタケタ笑って横向きに倒れ、牛乳をひっくり返した。というのも、父はインディアナ州北部では最も恐れられているボイラー戦士だったからだ。

ボイラーのことを「あのオンボロ野郎」と父は呼んでいた。シェードから雪が吹きこみ、窓がカタカタと凍てついたタムタムみたいな音をたてている夜に、父がドタドタと地下室への階段を下りていき、ボール社のメイソンジャーをひっくり返しローラースケートを蹴飛ばしながら、こう大声を出したことが何度あったことか。

「あんちきしょう、また壊れやがった！　あのオンボロのクソ野郎！」

温風吹出口がじとじとした空気の中に南極を想わせるかすかな息を吐き出す。一瞬の沈黙。ツンドラのような静寂がリビングに訪れる。キッチンの流しに置いてある母の食器洗いパッドの上で、月明かりに照らされた霜が宝石みたいに輝く。

ガチャン！　ドカーン！　ガチャン！　ドカーン！　ガチャン！

「こんちきしょう！」

ガチャン！　ドカーン！　ドカーン！　ガチャンガチャン！

父が動かしているのはシェイカーと呼ばれる装置である。あのボイラーという亜鉛と錫《すず》の怪物の底から突き出している、長い鉄のハンドルだ。

「おい、ダンパーを開けてくれ！　いったいどうしてまた下がりやがったんだ？　**こんちきしょう！**」

母はベッドから飛び起き、暗がりのなかでキッチンに駆けこんで、箒入《ほうきい》れのうしろにある「すきま風」と書かれたチェーンを引っぱった。

「おい、**ダンパー**といっただろ、**このアホが**」

弟とわたしは、ドクター・デントンのパジャマ姿で野球デザインの布団にくるまり、この騒動がいつこちらにやってくるかと待ちかまえている。そんなわけで、父がボイラーのことを口にしたとき、弟は牛乳をひっくり返したのだった。インディアナのウィットはつねに辛辣《しんらつ》で的を射ている。

父はカス釣りの専門家だった。ボイラーにはいつも「カス」というものができる。それが格子にくっついて、ソファベッドの下からかすかな青い煙をあげるのだ。

「カスの野郎！」

父は最初の匂いを嗅《か》ぎつけただけですぐ地下室に駆け下りていって、たよりになる火かき棒で鉄製の釣り穴を突っつきながら楽しい夜を過ごしたものだ。インディアナ州北部の人間は必死に冬と戦う。それも肉体を酷使して、降参することは決してない。

弟に何をプレゼントするかはまだ決めていなかった。ゴム製の短剣か、付け鼻三個と悪人を罠《わな》にはめる指南書が入ったディック・トレイシー・ジュニア・クライムファイター変装キットのどちらかになりそうだった。弟へのプレゼントを選ぶのは決してたやすいことではなく、それが自分のずっとほしがっていたものならとりわけそうである。そうなると行き着く先は、反目、くすぶる敵対関係、バスルームでのいさかいしかない。この時点では、ゴム製の短剣にはあまり乗り気ではなかったので、刃を銀色に塗った大きな短剣だといいかもしれないという気になった。ディック・トレイシー・キットについては多少疑問があった。というのも、付け鼻の一つが、プラスチック製の角縁《つのぶち》の眼鏡が付いたオレンジ色のでかいやつで、悶着《もんちゃく》がありそうな気がぼんやりとしたからだ。ダークホースの可能性は、赤いプロペラと青い尾翼が付いたブリキのツェッペリンだった。すっかり夢中になりそうなものだと思って、結局これに決めたが、サンタクロースのシールと赤い紐が付いた緑の薄紙で包装するのに、いちばん難しいのが銀色のツェッペリンだとは気づいていなかった。ツェッペリンはごまかしようがないのだ。

十二月も第二週になり、町の店はどこも夜も営業していて、いよいよ盛り上がりが本格的になっていた。毎晩、夕食直後に、わたしたちは車に乗りこみ繁華街に向かって、あの盛大な年中行事である民衆儀式に加わる。クリスマスの買い物という、少年時代ではいちばん恍惚として、金色に輝く、ピカピカした、ふるえるような時間だ。髭《ひげ》の剃り跡が残って瑪瑙《めのう》のような目をした鋳鉄工場の労働者たちに、灰色の顔をした製油所の労働者たちの群れや、平炉、ボタ山、ベッセマー転炉、錫工場、コークス工場、溶接工場からとんずらしてきた連中のごたまぜ集団が、激しく脈打つデパートのなかを重い足どりでこの階からまたあの階へと、キラキラした、美しい、手の届かない宝物を目にしながら歩きまわり、そのうしろには、人工革のジャケット、ハイトップ、マフラー姿の子供たちがぞろぞろと、「どれもほしい」という欲望に蝕《むしば》まれながらついていく。心配そうな表情の、赤ら顔をした母親たちは、みすぼらしい狐皮《きつねがわ》の襟巻《えりまき》が付いた、ほつれた布地のコートを着ていて、長年の食器洗いのせいであかぎれだらけの手をしているが、子供を守ろうと押し寄せる群衆の波に目を光らせ、通路からカウンターの下まであまねく広がり、ありとあらゆる体格のめそめそしている子供に平手打ちをくわせ、ぶん殴り、デパートからデパートへと引っぱっていくのである。

ゴールドブラットのおもちゃ売り場の国のいちばん奥には、金色に輝く洞窟《どうくつ》の中で銀色のトランペットを吹いているプラスチック製の天使たちの一隊が吊り下げられ、その下で、赤白のキャンディケインで縁取られた雪の玉座に腰かけていたのは、まさしくサンタクロースその人だった。インディアナ州北部では、サンタクロースは精神的にも肉体的にも大人物であり、ゴールドブラットの店のサンタクロースは、子供たちのあいだでは、紛《まぎ》れもなく**これぞ**サンタクロース、実の本人だと認められていた。身長二メートル半、ピカピカに磨いた黒いエナメル革の高いブーツ、雪のように白い雨雲形の髭、そして本物の、腹鼓《はらつづみ》を打ちそうな、ベルトが切れそうなお腹。枕とかを詰めたわけではない。本物の太鼓腹だ！

気が気じゃなくて、そわそわした、欲ばりなガキどもが長い列になり、通路から出たり入ったりして、押し合いへし合い、洟《はな》をすすっているが、何よりも、ほしいものを**あの人**にいいたくて待っている。あのころ、サンタクロースをまったく信じない、というわけにもいかなかった。それというのも、ほかに信じるべきものがあまりなかったからだし、サンタクロースについては、その性質、存在、いるかいないかをめぐって、あまたの神学論争があったからだ。しかし、ゼロ時間まであと十日になって、空気が「われらはきたりぬ」の旋律に脈打ち、店のウィンドウには緑と赤の花輪が飾られ、おもちゃ売り場はピカピカの木製ソリだらけだと、信じないという根性の持ち主はごく少ない。毎日が翌日へとまるで関節炎にかかった氷河みたいにのろのろ進んでいくにつれて、少数の無神論者たちもだんだんふさぎこむようになり、自信が持てなくなって、しまいにはサンタを冷笑する一人一人の心のなかに、ぼんやりとただよってはいるが、気になってしかたがない、こんな疑念が生まれる。

「まあ、どうなるかはわからないし」

危険を冒《おか》すのは得策ではないので、わたしたちは並んで順番が来るのを待っていた。わたしのうしろにいるのは痩《や》せた七歳の女の子で、茶色のニット帽をかぶり、金縁の眼鏡をかけ、ちゃんと並びなさいと弟をひっきりなしにぶっていた。歯が緑色に汚れている。その弟はゴーグルが付いた飛行士のヘルメットを目深にかぶっていた。ガロッシュの紐は結んでいないし、海老茶色《えびちゃいろ》のコーデュロイの短ズボンも濡れている。そのうしろでは、でかい羊革のコートを着た太った男の子がぼうっと突っ立っていて、漠然とした恐怖で目を潤ませ、赤くなった鼻から鼻水を垂らしていた。わたしと弟の前では、ニット帽、マフラー、ミトン、イヤーマフといった、不揃いの長い行列が痛々しいほど少しまた少しと前に進み、おぼろげな遠くでは、魔法のように光る洞窟の中で、サンタ氏が一人一人をかわるがわる広くて赤い膝の上に乗せ、ささやき声や、わめき声や、叫び声や、泣き声で、頬髯《ほおひげ》に囲まれた貝殻のような耳に注がれる、狂おしい夢また夢に聞き入っていた。

少し、また少しと、わたしたちは近づいていった。母と父はわたしたちを列に並ばせてどこかに消えていた。ほったらかしだ。わたしたちの聴聞司祭にして恩人、守護聖人、BB銃の授与者とわたしたちのあいだには、玉座に群がるほかの二百九十七人の嘆願者たちを除いては、さえぎるものがなにもなかった。後の世代の子供たちは、あまりロマンチックな生まれ育ちの産物ではなく、生まれたときからサンタクロースを冷笑する不信者なので、本物の夢というものの本質をわかっていないのではないかとよく思う。わたしがイースター・バニーにやっと見切りをつけたのは二十歳をとうに過ぎてからのことだったし、それで豊かになったかというとそうとも言い切れない。いまでもときどき、コウノトリの話には一抹《いちまつ》の真実があるかもしれないと思うことがある。

うねうねとつづく列のむこうでは、大海のような音がうなりをたてていた。鈴のチリンチリンと鳴る音、レコードから流れる賛美歌、電動の列車のガタゴトという音、警笛が鳴る音、機械仕掛けの牛の啼《な》き声《ごえ》、レジがガチャンとたてる音、そしてさらにむこうの、かすかに遠くに見えるところから聞こえてくるのは、陽気な聖人ニックの「ホーホーホー」という声。

　ある瞬間、弟とわたしは三輪車とアイリッシュ・メール列車のコーナーに無事に戻ったかと思うと、次の瞬間にはオリンポス山のふもとに立っていた。サンタの巨大な白い雪だまりのような玉座は、ピカピカ光るクリスマスツリーの豆球とキラキラした装飾を絨毯《じゅうたん》のように敷いている、赤と緑のティンセルで飾られた山の上、わたしたちの頭上三、四メートルのところにそびえていた。順番が来た子供はサンタの左手の斜面にある小さな階段を一歩一歩のぼっていき、サンタは最後の客を右手に移して赤いすべり台で下ろす――来年になるまで忘却の彼方へと。

　白雪姫の衣装を着け、スパンコールをちりばめた薄物のガウンを羽織って、人工の金髪にティアラを留めた綺麗な女の人たちが列の先頭で指揮を取り、交通整理と秩序維持に勤《いそ》しんでいた。わたしたちが近づくにつれて、サンタは次第に大きく見えていった。緊張が極に達した。いまや弟はたえずメソメソしていた。わたしは弟を先に行かせていたが、うしろのほうでも、眼鏡をかけた女の子が彼女の弟に対して同じことをしていた。突然、列の前にはだれもいなくなった。白雪姫が万力のように弟の肩をつかむと、弟は斜面をのぼっていった。

「足を引きずらないで。さっさと動いて」白雪姫はあくせくと階段をのぼっていく小さな姿に向かって吠えた。

　頭上から流れてくる音楽は耳をつんざくばかりだった。

ジングルベル、ジングルベル、鈴が鳴る……残響室に入れられた、一万匹のシマリスが歌っていた……。

頭上高く、きらめく薄暗がりのなかに、サンタの巨大な膝の上にほんの少しのあいだしゃがみこんだ、弟の黄色と茶色のニット帽が見えた。そして「ホーホーホー」という声がとどろいたかと思うと、甲高くて、か細く、聞き憶《おぼ》えのある、尾を引くような叫び声が聞こえた。これまでに何千万回と聞いたことのある声、弟がたてる原初的悲鳴だ。そのとき肘《ひじ》をがっちりとつかまれて、わたしは山頂に向かって打ち上げられた。

わたしはずっと前から、サンタには腹を割って話すことに決めていた。サンディ・アンディもなし、子供だましもなし。レッド・ライダーと一緒に馬で行くのなら、サンタクロースには正確な情報を教えないといけない。

「坊や、きみの名前は?」

シマリスの声を威圧して、サンタの低音が響き渡った。サンタは腕を伸ばしてわたしの羊革の襟を巧みに引っかけ、わたしをさっと持ち上げた。するとわたしは、天地創造以来こんなにでかい膝はないというほどの膝に乗っかり、広大なおもちゃ売り場を見下ろして、遠くに散らばる小さな姿まで目にしていたのだ。

「その……その……あの……」

「坊や、いい名前だね! ホーホーホー!」

サンタの温かく湿った息が、何か宇宙の蒸気ラジエーターから排出されたように降りそそいできた。サンタはチャールズおじさんみたいにキャメルを吸っていた。

わたしは頭のなかが真っ白になった！　必死になって、ほしいものは何だったか思い出そうとした。このままだと大失敗だ！　世界にはわたしとサンタしかいない。そしてシマリスも。

「あの……あの……」

「素敵なフットボールはどうかな？」

頭のなかを探ってみる。フットボール、フットボール。無意識のうちに、声が出た。

「はい」

フットボールだなんて！　頭のなかにギアが入った。すでにサンタはわたしを膝から下ろして赤いすべり台へと送っていた。背後にはこちらも白い顔をした男の子がひょこひょことのぼってきている。

「ぼくがほしいのはレッド・ライダーBB銃で特製レッド・ライダー照準器と日時計が付いた銃床に羅針盤が内蔵されてるやつ！」わたしは大声を出した。

「ホーホーホー！　きみは自分の目を撃ち抜いてしまうぞ、坊や、ホーホーホー！　**メリー・クリスマス！」**

すべり台に落ちていく。

雷に打たれたことはないが、その感じはよくわかる。後頭部がしびれていたのだ。すべり台の終点まで来て地上に戻ると、足が鉛のようにカクンとなった。別の白雪姫が有名な無料プレゼントをミトンに押しつけた——ようやくサンタとわかるプラスチック製のクリス・クリングル（サンタ・クロースの異名）で、赤い太字のスタンプが押してある。**メリー・クリスマス。ゴールドブラットで買い**

物をすれば駐車無料――それからわたしをおもちゃ売り場へと押し戻した。ラガディ・アンの人形がうずたかく積まれたカウンターの下で弟が鼻水を垂らしながら立っていて、そこにどこからともなく母と父が現れた。

「何がほしいか、ちゃんとサンタさんにいったか？」父がたずねた。

「うん……」

「いい子にしてたかって、訊かれた？」

「ううん」

「ほう！　まあ心配するな。どうせサンタはお見通しだから。きっと地下室の窓のこともお見通しのはずだ。心配するな。サンタはお見通し」

もしかしたらそういうことなのか！　もしかしたら、サンタはわたしがどれほど堕落《だらく》しているかも本当にお見通しで、あのフットボールもただの脅しではなく罰だったのかもしれない。クリーヴランド通りでは何世代にもわたって、「いい子」でないとクリスマスツリーの下でしかるべき応報を受けるという説があった。この考えは近所のどうしようもない悪ガキたちによっておよそのところ否定されているが、いまとなっては、その説にも一理あるかもしれないという、歴然とした可能性を払拭することはできなかった。通常、いよいよその日が来る一ヵ月ほど前から、たいていの子供たちはまっとうな道を歩むのだが、わたしはソリで地下室の窓を割ってしまうことで正義の道から大きくはずれてしまい、その愚行に輪をかけて、動かしがたい証拠が出揃っているのに、やっていないと嘘をついてしまったのだ。それで大騒ぎになって、ついにその結果、口をラックスでゆすがされ、ガラス代の弁償でお小遣《こづか》いを大幅に減らされることになったのである。どうやら父かサンタのどちらか、あるいはたぶんどちらもが、済んだことは済んだことだと満足してくれないらしい。もしかしたら二人はぐるになっているのか？　それともサンタは実際には母親が変装した姿なのか？

その先の数日がうめきながら過ぎていった。一年のうちで最高の時期であるクリスマス休暇まで、登校日はあと三日。それが近づくにつれ、担任のアイオーナ・パール・ボドキン先生はますます躁状態になって、クラス全体をクリスマスイブの歓喜の渦へとせきたてていった。わたしたちは声をはりあげて賛美歌を次から次へと歌った。切り抜きの飾りを付けたクリスマスツリーを紙で作った。長いポップコーン・チェーンを作った。流れ作業からクレヨンで描いたサンタや銀紙で作った花輪がどっとあふれ出した。

部屋の端には、クレープ紙で作ったバラ飾りが飾られた机の上に、クリスマスの福袋が置かれていた。クラスの全員は、名前を書いた紙を帽子のなかからくじのように引いて、その紙を福袋に付け、その子にプレゼントを買ってくるのである。わたしはヘレン・ウェザーズのために、大きくて、驚くほど本物そっくりの、真っ黒のゴム製毒グモを買った。包装するときに思わず悪魔のような哄笑《こうしょう》が漏れた。クリスマスの福袋のどこか奥底で、そいつのビーズのような緑色の目が光っているような気がいまでもした。きっとヘレンは気に入ってくれるはずだ。

休み時間が終わると、ボドキン先生はこう宣《のたま》った。

「今日はみんなに課題作文を書いてもらいます……」

課題作文！　クリスマスが来るのにつまらない課題作文だなんて！　課題作文を書くのが大好きな子供はきっとどこかにいるはずだが、空気を吸っているふつうの人間の子供にとって、課題作文を書くのは拷問にほかならず、それに匹敵するのは異端審問で有名な、あの恐ろしい中世の顎砕きしかない。課題作文だなんて！

「課題は『クリスマスにほしいもの』です」と先生は締めくくった。

雲が晴れた。サンタを訪ねてからこのかた、わたしを包んでいた暗黒の洞窟の先に、かすかな光が見えた。安物の鉛筆からこれほどすらすらと熱のこもった言葉が流れ出したことはめったになかった。これこそぜひ語るべき課題ではないか！　その華麗に飛翔する言葉と簡にして要を得たイメジャリーを、わたしはいまでも憶えている。

ぼくがクリスマスにほしいのは、じゅうしょうにらしんばんがついていて、それから時間をおしえてくれるものもついている、レッド・ライダーのBBじゅうです。みんなもレッド・ライダーのBBじゅうを持つべきだとぼくは思います。クリスマスのプレゼントにうってつけです。フットボールがクリスマスのプレゼントにうってつけだとぼくは思いません。

インディアン・チーフのノート帳から青い罫線《けいせん》が入っている紙を一枚取り、余白にとても気をつけて書いた。ボドキン先生は余白を揃えることにやかましいのだ。課題作文が提出されると、わたしはどういうわけかこんなことを考えた。ボドキン先生はぼくの作文を読んでくれたら、きっとぼくの悩みに同情して、ぼくの代わりになってしかるべき筋に訴えてくれるだろう、そうするとどういうわけかすべてがうまくいく、と。先生は最後の頼みの綱だった。

休暇前の最後の日、明け方にはじっとりと霧がたちこめ、氷のような風が渦巻いてポーチのブランコを揺らした。ウォレン・G・ハーディング小学校は運動場の煤《すす》けた雪だまりのなかで宝石をちりばめたオアシスのように輝いていた。どこの窓も明々と灯りがついて、どの教室でもクリスマスパーティの気分で座席の子供たちはうずうずしていた。午前中は飛ぶように過ぎて、昼食後にボドキン先生は午後の残りをパーティの時間にすると宣言した。先生は成績をつけ、折って外に名前が書いてある課題作文を返した。わたしの文学作品には、ボドキン先生直筆の大きな赤いBという文字が輝いていた。ボドキン先生のいつもの鉛筆書きで、「余白に注意」とか「つづりに気をつけて」といった添削があるものだと思って開けてみた。ところが今回は、個人的な注意書きが飛び出して、部屋じゅうを飛びまわり、ヒルのようにわたしの首筋に吸いついた。

「目を撃ち抜いてしまうわよ。メリー・クリスマス」

わたしは席にすわったまま、毛穴という毛穴から噴き出す汗を浴びていた。レッド・ライダーと彼の拳銃に対する故なき偏見に満ちたこの陰謀に終わりはないのか？　びくびくしながら、机の中から「オープン・ロード・フォア・ボーイズ」の隅を折った裏表紙を取り出した。この数週間、日夜どこでも肌身離さず持っているものだ。口から大きな吹き出しが出ているレッド・ライダーのハンサムなオレンジ色の顔は、落胆しているようにも打ちひしがれているようにも見えなかった。レッドもかつては子供だったはずで、クリスマスに初めてコルト四十四口径をおねだりしたときに、同じことをいわれたにちがいない。

ぼろぼろになった夢を地理の教科書に詰めこみ、ほしいものをもらえる、幸せそうで、くったくのない、歌い出したくなるほかの子供たちをうんざりした気分で見ていると、ボドキン先生が硬いキャンディの入った小さな緑色のかごを配った。廊下のどこかで、六年生のグリークラブの生徒たちが「ああベツレヘムよ、などかひとり……」と歌っていた。

機械的に、わたしはコンクリートみたいに硬いキャンディを噛み、絶望的な気持ちで切り抜きのサンタや、赤と緑のチェーンでできた花飾りのむこうにある、窓の外を眺めた。もうすでに暗くなりはじめていた。この季節だと、インディアナ州北部では夜が早く訪れる。雪が降りはじめ、遠くの街灯の弱々しい黄色い光のなかでゆっくりと舞い落ち、わたしのまわりでは遠慮のない浮かれ騒ぎがいっそう激しさを増していた。

その日の夕食時には、わたしは運命に屈しはじめていた。結局のところ、フットボールがもう一個あってもかまわないし、いずれにせよ、またクリスマスは来るのだから、と自分に言い聞かせた。

前日、両親と一緒に、エッソのスタンドの隣りにある凍てついた駐車場に行って、腹蔵《ふくぞう》のない議論を延々とした後で、どれをツリーにするか決めた。

「うしろにハゲたところがあるわよ」

「熱を受けるとけばだつから」

「これは針が抜けるやつ?」

「それはバルサムモミ」

「そうか」

それがいま、香り豊かに、高々とそびえて、ぐらぐらと、リビングに立っている。母はすでに飾り付けを始めていた。豆球がつき、リビングは小さな暖かい楽園に変貌していた。

キッチンからは、酔わせるような匂いが家じゅうに広がりだしていた。毎年、母はパンプキンパイを二つ焼く。それがスパイシーで、食べた後には動けなくなるほどこってりしているのだ。温風吹出口からは、父がボイラーと格闘するどなり声が響いて聞こえてきた。わたしは興奮のあまり寝室に閉じこもっていた。ベッドの上には、緑と黄の色紙が何枚か、色とりどりの糸玉、ソリの景色や、花輪、ラッパを吹く天使たちが描かれた、セロファン紙入りのシールが置いてある。ツェッペリンの包装は不恰好だがもうできていた――できあがるまでに四十五分かかった――いま取り組んでいるのは大きいやつ、壮麗に輝く金色と真珠色の香水噴霧器で、これが将来きっと我が家の家宝になるはずだと確信していた。ドアのかけ金を確認してから、念には念を入れてこう大声を出した。

「だれもドアを開けないでよ!」

それから労働に戻り、ようやく完成した――布団の上にきちんとピラミッド状に積み上げられた、創造的な贈り物の傑作が。弟はバスルームに閉じこもり、おやじのために買ってきた蠅叩《はえたた》きを包んでいた。

我が家ではいつもイブにクリスマスをする。運に恵まれない家では、寒くてじっとりした明け方にプレゼントを開けるとか、聞いたことがある。ずっと文化度が高いうちのサンタクロースは、そういうのが野蛮な習慣だとわかっていた。真夜中ごろになると、薄紙で、シワシワになって、キラキラして、謎めいた包みの山がツリーの下のほうの枝に現れる。白いベッドシーツの襞《ひだ》に半分隠れているが、そのシーツがやわらかな光の中ではまるで魔法のような雪だまりに見えた。

すでに、ツリーができあがった直後、父はわたしと弟をグラハムペイジに乗せて、「ワインを買いに」出かけていた。戻ってくると、サンタはもうやってきて立ち去っていたのだ！　サイドテーブルと本棚の上には、イングリッシュウォールナッツ、カシューナッツ、アーモンドやカチンコチンの飴玉《あめだま》が入ったボウルが置いてあった。弟はツリーのまわりをぐるぐるまわり、かすかな不満の声をあげたが、冷静沈着なわたしは、中身が想像できる包装のプレゼントの山をすばやく一瞥《いちべつ》した——そして最悪の事態を悟った。

キッチンから出てきた母は、顔を赤くして目を輝かせ、おやじがとりわけ気に入っているウォルグリーン・ドラッグストアの特製ヴィンテージワインが入ったワイングラスを二つ手にしていた。クリスマスが正式に始まったのだ。二人がワインをすすっているあいだに、わたしたちは宝物庫に突入した。欲望ととめどもない強欲の恍惚感にふるえながら。背後のラジオからは、ボブ・クラチットとタイニー・ティム、そしてマーレイ老人の亡霊の話をやさしく語る、ライオネル・バリモアの喘息《ぜんそく》気味の親しげな声が聞こえていた。

最初につかんだ包みには、「サンタからランディへ」という付箋《ふせん》が付いていた。無我夢中で、いつも本を読むのが遅い弟にそれを渡して、作業に戻った。おお！

「クララおばさんからラルフィーへ」――大きくて、ゴワゴワした、赤い包装紙のプレゼントは、つまらないフットボールではないのか。あわてて包装を破った。ああ、やめてくれ！　フサフサして、ピンクで、愚かしく、寄り目で耳が垂れている、ウサギのスリッパだなんて！　クララおばさんは何年も前から、わたしがいつまで経っても四歳だというだけでなく、女の子だという妄想に取り憑かれていたのだ。母はすぐさまこういって火に油を注いだ。

「あら、いいじゃない！　クララおばさんはいつもおまえにステキなプレゼントをくれるわねえ。履いてみなさいよ、ぴったりかどうか」

たしかにぴったりだった。青いボタンの目をしたフワフワした小さなウサギが二匹、愚かしい目つきでわたしを見上げると、たちまち足が汗ばみだした。少なくともあと二年間は、クララおばさんが家にやってきたら、必ずこのスリッパを履かないといけなくなるだろう。わたしはただひたすら、フリックがこのスリッパを目にしなければと願った。こんな恥ずかしい話が漏れたら、ウォレン・G・ハーディング小学校での生活はあっというまに文字どおりの地獄になるからだ。

作業中のわたしの隣りで、弟は黙々と、根気よく包装を次から次へとはがし、とうとうツェッペリンを見つけた。大当たり！

「わあ！　ツェッペリンだ！　やったー！　わあ！」

耳をつんざくような叫び声をあげて横向きに倒れながら、弟はツェッペリンをツリーのなかほどに向けて発射した。ガラス製の天使が二個と金色のラッパが床にガチャンと落ち、吊るしてあった豆球が消えた。

「飛ぶはずがないだろ、ばかだなあ」とわたし。

「ええ、飛べないツェッペリンなんて、どこがいいの？」

「動くし、音が出る」

すぐさま弟は膝をつき、リビングの敷物の上でツェッペリンを押して動かし、うるさい音をたて、プロペラをカチャカチャいわせた。その音は、その先何ヵ月も、うんざりするほど耳慣れたものになるはずの音だった。そのときすでに、ツェッペリンが不思議なことに姿を消し、あの耳ざわりな音を二度とたてることのなくなる日がいつかはやってくる、と母は思っていたのではなかろうか。

ツリーの豆球が切れて明滅しかけた瞬間に、父は立ち上がっていた。父が何よりも好きなのは、しょっちゅう起こる回線のショートや、クリスマスツリーの飾りの豆球が切れたことの原因究明だった。それを気にもかけず、わたしはプレゼントをがさごそやりつづけ、くだらないサンディ・アンディやダンプカーやモノポリーゲームが出てくるたびに無邪気に嬉《うれ》しがるふりをした。弟からわたしへのプレゼントは、驚くほど平凡なプレゼント群のなかで唯一の光明だった。ゴム製のフランケンシュタインのお面で、これは使えそうだ。すぐにわたしはその仮面を着けて、スリットになった目の部分からのぞいて、戦利品を開けつづけた。

「まあ、怖いお面！」と母。「脱いで片づけてちょうだい」

「似合うと思うがな」と父。わたしは立ち上がり、すでに有名になったフランケンシュタイン歩きをして、突っ張った足でドシンドシンと部屋中を歩きまわり、ツリーに戻った。

ようやくすべてが終わった。ツリーの下にはもう不思議な包みはなく、クシャクシャになった薄紙と紐、それに空箱が山とあるだけだった。興奮のあまり、レッド・ライダーもBB銃もすっかり忘れていたが、それがすべてよみがえってきた。デコった！　まあ、フランケンシュタインのお面があるか。それに、ツェッペリンのほかにも、サイモナイズと噴霧器が当たりだったことは否定のしようがない。悲しみに沈んだ心を、与える喜びが高揚させることもある。

弟はゴミのなかでうとうとして、片手にツェッペリン、もう片方の手には新しい消防車をつかんでいた。父が安楽椅子から身を乗り出した。八杯目のワインを手にしている。

「おや、カーテンの陰に、何かはさまってないか？　おい、カーテンの陰に、たしかに何かあるぞ」

本当だ！　生成色《きなりいろ》のカーテンの下に、たしかに赤い色がちらっと見える。弾丸のように飛んでいき、一秒も経たないうちに、サンタがやってきたことを知った。「サンタからラルフィーへ」と書かれた、長くて、重い、赤色の包みが、どういうわけかカーテンの陰に置いてあったのだ。あっというまに包装をはがすと、あった！　レッド・ライダー、カービンアクション、レンジモデルのBB銃が、くしゃくしゃになった白のケースに入っていた。青い鋼鉄製の銃身は優雅でピンとしていて、黒光りしている銃床は西部劇の世界のありとあらゆる宝物を集めたみたいに輝いていた。そしてそのクルミ材に焼き付けられているのは、冷静なまなざしでまちがえようがない、きれいに髭を剃ったたくましい顎の持ち主、レッド・ライダー本人で、わたしの一挙一動を冷ややかに見つめている。その顔は、広告の絵に描いてあったものよりも、さらに美しくて獰猛《どうもう》だった。

ラジオからは、天上の聖歌隊が千の声を合わせた歌がとどろいていた。

「もろびとこぞりて……」

母は腰かけて、弱々しく、自信なさそうに微笑み、おやじはワイングラスを手にしながら満面の笑みを浮かべていた。

そのすばらしい武器には、ずっしりとした管が二本装備されていて、そのなかには金色で罪そのもののように硬質の輝きを放っている、美しいコプロテックBB弾が入っていた。薄い油膜に覆われたBB弾は、鋼色の長い管の側面にあるBB弾のサイズに合わせた穴から、「シューッ」という音をたてながら、二百発用の弾倉に注がれる。すると銃に重量感とヤバい感じが加わる。ほかにも印刷された標的が二十五枚あって、「1-2-3-4」と印が付いた同心円の輪の内側に大きなブルズアイがあり、それがレッド・ライダーの肖像画のちょうどまんなかに印刷されていた。早く試し撃ちをしてみたかったが、取り扱い説明書にはレッド・ライダー自身の言葉でこう書かれていた。

いいか、BB銃は決して家の中で発射しないこと。当たると本当に怖いから。それから、決してほかの子供に向けて撃たないこと。わたしは悪人しか撃ったことがないし、友達を傷つけたくないからだ。

とにかく真夜中をとうに過ぎていたし、興奮していようがいまいが、眠くなっていた。明日はクリスマスで、親戚がやってくる。ということは、さらにあれこれと戦利品が増えることになる。

静まりかえった冷気のなか、暖かいベッドで、暗い窓を雪がそっとなでていくのが聞こえた。暗闇のなか、わたしの隣りには、これまでクリスマスでもらった最高のプレゼント、油を塗った鋼色の美女が横になっていた。しだいにわたしは眠りに落ちた——飛んでいる野鴨《のがも》を撃ち落とし、目にもとまらぬ抜き撃ちをやってのけながら、無のなかに沈んでいった。

夜明け。灰色の光がシェードから布団へと忍びこむと、にわかにゾクゾクして目が覚めた。ひんやりとした海老茶色のコーデュロイのニッカーボッカー、羊革のコート、チェックのセーターを着こむ。そしてハイソックスを履き、ミトンを見つけて、クリスマスツリーの香りがただよう暗いリビングを抜き足差し足で通り抜け、ポーチに出た。家の中では、正しいことをしたという思い、満足したという思いで、みんなが眠っている。

夜中のあいだに大雪が降って、砂粒のように残ったそれまでの積雪を覆っていた。木々にはふわふわした羽毛がどっさりと積もっている。明るい太陽がまばゆいばかりにくっきりとプラスキのお菓子屋の上にのぼり、やわらかに広がる月世界のような雪景色にオレンジ色や金色のしぶきを散らしていた。たった一晩で気温が三十度以上も下がり、もろく砕けそうな空気は静かにすみきって、吸い込んだだけで肺が痛くなるほどだった。気温は零下十五度から二十度くらい、電線がきしんで苦痛にうめきそうなほど寒かった。玄関ポーチの軒先からは、節くれだった水晶のような氷柱《つらら》が、すっかり埋もれてしまった芝生の雪だまりまでずっと伸びていた。

うっすらと積もった雪でほとんど見分けがつかなくなった段を下りていき、すみきった空気のなかに立つ。さあいまこそ、最高の、延々とした、痛々しい、陶酔感あふれる恋愛を成就させるときだ。三段めから雪をはらいのけ、きらきらしたレッド・ライダーの標的を立てかけると、真っ白な雪景色を背景にして黒い輪とブルズアイがくっきりと浮かび上がった。ブルズアイの上でレッド・ライダーがじっとこちらを見て、わたしの一挙一動を目で追っている。わたしは雪の中へと六メートルほど後退してから、左膝に台座を押しつけ、ミトンをはめた左手で銃身を持ち、右手のミトンをはずして、ひんやりしたカービン・レバーに指をひっかけ、初めて鋼色の相棒の撃鉄を引いた。BB弾が弾倉に落ちる音がした。内部のスプリングがきしみ、カチンという音とともに、わたしのひび割れて、急速に蒼《あお》く変色しつつある手の中で、弾丸が装塡《そうてん》された銃が硬く引き締まっている。

初めて冷たい銃身のむこうに狙いをつけると、ハート形の照門がほとんど鼻をかすめそうになり、照星のブレードが前後上下に揺れてからようやくすっと落ち着き、ハート形を切っていちばん内側の輪にぴったりと狙いが定まった。レッド・ライダーは微動だにせず、標的の上でステットソンハットを広げて待っていた。

ゆっくりと凍てついたみたいな引き金を引いた。グッ……グッ……グッ。一瞬、わけがわからなくなった。うまく動かないぞ！ 送り返さなきゃ！ するとそのとき、

バアアアン！

銃が跳ね上がり、一瞬、すべてが静止した。標的がほんのちょっとだけピクッと動いた――そ

して強烈な一撃、ものすごい、切りつけるような衝撃が顔の左側を襲った。角縁の眼鏡が雪の小山に吹っ飛んだ。数秒間、何が起こったのかわからないまま立ちすくんでいると、温かい血が頬をつたい、レッド・ライダー二百発レンジモデルBB銃のウォールナット製の銃床にこぼれた。

わたしは痙攣《けいれん》するように銃身を下ろした。標的はそのままだった。レッド・ライダーには傷ひとつなかった。ズキズキと鳴り響くような、荒々しく耐え難い痛みが波となって、頭を揺らした。跳ね返ったBB弾はあと一センチほどで目に命中するところだったが、頬骨から耳のあたりまで、長くて血だらけの赤いミミズ腫《ば》れができていた。これが神の報いか！　レッド・ライダーがまた一人、悪人を撃ち殺したのだ！

必死になってわたしは眼鏡を捜した。するとそのとき、これほど悲惨なことはないショックを受けた――眼鏡が粉々になっていたのだ！　壊れた眼鏡ほど、大恐慌の時代の子供にとって、すばやく恐ろしい応報というものはない。左のレンズはもののみごとに吹っ飛んでいて、一瞬わたしはこう思った。ごまかそう！　レンズが取れているなんてわかりっこないさ！　しかしそれから、どんどん腫れあがっていく目のまわりの黒いあざをおずおずと指で触っていると、これはグローヴァー・ディルと喧嘩《けんか》したときにできたやつよりもひどいことになるぞ、と気がついた。

冷たい角縁眼鏡を鼻に戻したとき、玄関のドアがほんの少し開いて、母のチャイニーズレッド色をしたシェニールのバスローブがぼんやりと見えた。

「気をつけて。目を撃ち抜いちゃだめよ！　気をつけてちょうだい」

母は目撃していなかったのだ！　たちまちわたしの頭のなかでは、氷柱が落ちてきて、それが銃に命中し、それで銃床が跳ね上がって頬に切り傷をつけ、眼鏡を割ったとか、どけようとしたけれども氷柱が屋根から落ちて銃に命中しそれが跳ね上がってわたしに当たり……といった、壮大なファンタジーが展開された。わたしは大声で泣きはじめた。最初のうちは嘘泣きだったが、やがてショックと恐怖に襲われて、本物になった——肩をふるわせ、泣きじゃくって、嘔吐《おうと》しながら。

気がつくとバスルームにいて、母がわたしのほうにかがみこみ、こういっていた。

「ほら、ちょっとコブができただけよ。目を切らなくて運が良かったこと。氷柱でときどき死ぬ人もいるんだから。本当に運が良かった。さあ、このタオルを目に当ててちょうだい、それから弟を起こさないでね」

助かった！

わたしはコーヒーの苦い残りかすをすすりながら、トレイを落とした音のせいで、陽気で、没個性的で、明るく照らされたホーン＆ハーダートの喧騒《けんそう》の中にいきなり放り出された。レッド・ライダーはいまでも昔のように、応報と辺境の正義を施しているのだろうか。眼鏡が割れた子供たちをよく見かけるところからすると、おそらくそうなのだろう。

ブライフォーゲル先生と
ノドジロカッコールドの恐ろしい事件

ねっとり甘く、体が火照《ほて》るようなポルノグラフィーの味は、暖炉の火が灰で覆われ、シェードが下ろされてからも、胸のなかに長く残っているものである。そもそも、その始まりはどこだったのか？　いったいどんな原始人が、洞窟《どうくつ》のじめじめした花崗岩《かこうがん》の壁に初めて卑猥《ひわい》な絵を描き、ケケケと哄笑《こうしょう》してから、闇のなかへちょこちょこと隠れていったのか？　いったいどの時点で、にきびが痒《かゆ》く、手のひらに汗をかいた、淫猥なポルノグラファーが自分のしみだらけの作品を芸術だと宣言したのか？　それによって、目をぎらつかせ、人間の堕落《だらく》という生い茂る藪《やぶ》のなかをこそこそと徘徊《はいかい》する、一世代すべての者たち、いや膨大な数の者たちを生み出し、希望と生きる糧《かて》を与えたのである。

これまで無数の哲学者たちを狂気の寸前まで追いこんできた、卑金属の鉛《なまり》をどうすれば貴金属の金に変えられるかという、古くからの難題をわれわれはついに解決したのだ。こう書いているあいだにも、仕事熱心で、真剣で、献身的な芸術家たちが、舌を垂らし、ハアハア息をして、額にはじっとり汗をにじませ、その神聖なる執筆室のドアにはしびれを切らしたエージェントが騒々しく詰めかけるさなか、多大なる芸術的犠牲を払って、基本的に単純な肉体機能を想起せしめたり、人体の一部に妄想をふくらませたりするような描写をまた積み重ねようとしている。これはたやすいことではない。立ち止まって考えてもみよ。四文字語の数はそんなに多くないし、その並べ方も限られている。もう終わりも見えているのではないか。

しかしその任務を矮小化《わいしょうか》しているのは待ちかまえる書評家軍団であり、やつらは不純な鉛を輝かしい黄金の芸術作品に変えることを生業《なりわい》にしているのである。書評家が手持ちの武器にしている文句には、芸術家のそれに似て、限りがあるから、それが何度でも使われることになる。

「痛烈な皮肉……」

「ピューリタン的性風俗に対する手きびしい批判」

「みごとなパロディ――ヴィクトリア朝的な時代思潮をズバリと突く」

「痛快なまでに舌鋒鋭い……」

「猥雑でピカレスク風の騒動が繰り返されるこの小説の、底流にあるのは……」

「恍惚感《こうこつかん》に満ちた詩的ヴィジョンは、『チャタレー夫人の恋人』のD・H・ロレンスを彷彿《ほうふつ》とさせる」

繰り返すが、これはたやすいことではない。しかし、彼らはみずからの意志で、いや、喜んで、狭い部屋に閉じこもり、目を飛び出させて、麻痺《まひ》した爪で芸術作品をしっかと握りしめている。

われわれみなのために、霊感の訪れを待って耐え忍んでいるのだ。

あの昔ながらの助平《すけべい》おやじ、それをいうなら助平な若者はいったいどうなったのだろうか？　答えは明白。彼らはいまや芸術家であり、霞《かす》みゆく過去へと、エウリピデスまで広がっているあの偉大なる殿堂入りを果たす運命にあり、メルヴィルやコンラッド、チョーサーやシェイクスピアと並んで勇ましく行進している。長くて困難な道のりだったが、われわれはようやく現代になって、古くからの錬金術師の謎《なぞ》を解いたのである。

だが、正直にいおう。われわれの心の奥底には、ちっちゃな、目のまわりを赤くした何者かがこっちをのぞきこみ、カビが生えたような嘴《くちばし》でさえずり、卑猥な笑い声をたてていて、われわれが相変わらず自分の洞窟の壁に絵を描いていることを思い知らせてくれるのである。このしつこい全能の獣を無視することが、できるときもあれば、できないときもある。「尻」という言葉の書き方にも限りがあるのだ。

つい先日、この事実をさりげなくではあっても強く思い知らされたことがある。その日は日曜、灰色で、どよんとした、伝統的な「なにもない日曜」だった。わたしはコーヒーカップを手にして、金ぴかの小部屋でくつろぎ、あまり感じたことのないかすかな恥辱感と不快感をぼんやりと意識していた。日曜版の新聞にどっぷりつかって、そのつかみどころのない恥辱感と罪悪感を追い払おうとしても無駄だった。わたしは二十世紀人だ。そんな感情なんて知っているものか！　だとすればどうして、どこか熱があるみたいに顔が赤らんだり、手のひらがねっとりしたり、なんとなくソファ兼用ベッドの下にもぐりこみたくなるような気がするのだろう？　たしかに、昨晩は堕落の限りを尽くし、溺《おぼ》れに溺れたが、結局のところ、堕落そのものはいまや芸術の一形式として認知されているのであり、わたしはまだ駆け出しの、創造的実践者にすぎない。だったらどうして、こんなにしつこく不安がつきまとうのだろう？　もしかしてこれは、良心の呵責《かしゃく》とやらの名残《なご》りが再発したのだろうか？　そんな可能性はすぐに打ち消した。というのも、いまの時代を代表する一市民として、そんなことはありえないとわかっていたからだ。

だとすれば、これは肉体と精神の外にある何かが原因で、内から来ているものではない。でも何だろう？

あたりを見まわしてみた。テレビが部屋の隅で無害な音をたてて、プロゴルフの試合を放送しつづけていた。アーノルド・パーマー、ジュリアス・ボロス、ゲーリー・プレーヤー、ジェイ・ハーバートやそのほかの現代の英雄たちが、テレビ国の緑の丘で、小さなボールを短い杖であきもせずに打っている。この無邪気な画像が原因のはずがない。もう一度部屋を見まわしてみた。すべては見慣れた、ふつうに満足のいくものだった。

香り豊かでコクのある、ぬるいインスタントコーヒーを落ち着かない気分ですすりながら、もっと健康な方面に気分を戻そうとしてみた。むりやりに、高邁《こうまい》な物事を考えてみる。先週に行ったヌーヴォー・シネマティーク・リアリテ映画祭で見た、すばらしい八ミリ芸術映画の名場面をいくつか思い出そうとしてみた。『情熱の女装者』は、扱いにくいテーマを繊細《せんさい》な手つきで描いた秀作であり、併映の『働くティリー対ウィニー・ウィンクル』は、現代のピューリタン的風俗をコケにする荒唐無稽《こうとうむけい》な喜劇だった。われわれ映画通には『情熱』として知られるこの映画は、ヴォルテール風の鋭い諷刺《ふうし》が効いたタッチで描かれている、ストレートな反戦映画『キャンディ対キングコング』と同じくらいかそれ以上に良かった。

それでも無駄だった。何かが気になる。いてもたってもいられなくなって、足首にかかっていた新聞を蹴り上げた。すると何かが目にとまった。じっと見つめてみた。あのつかみどころのない、不吉な罪悪感が最高潮に達した。そのときにわかった！　まちがいない！　イタリア製のダチョウ革で、ワニの形をした室内用スリッパの爪先《つまさき》にかかっていたのは、これ見よがしに半開きになっている、「サンデー・タイムズ書評付録」だった。

それは、いまにも襲いかかろうとしてフードを広げたコブラみたいに、わたしの落ち着かない視線を釘付けにした。しかしそれはおなじみの「書評付録」にすぎない。幾度となくカクテルパーティの危うい瞬間にわたしを支えてくれた、たよりになる友人である。ところがいま、まったくどういうわけか、その忠実な友が、内臓の奥深くにわき起こる、あの凶々《まがまが》しい、かすかではあるがやむことのない、恐怖と恥辱の不快感に触れたのだ。

いつもなら、のろのろとした、終わりのない日曜には、いわばご馳走《ちそう》をとっておくように、付録と雑誌欄を最後に残しておくのだが、今日だけは疑いようもなく、新しく耳慣れない音が響いたのだった。「書評付録」は不思議なことに、魂のなかで長いこと死んだままになっていたのか、とにかく眠ったままになっていた亡霊を呼び起こしたのだ。

おそらくわたしの言葉遣《づか》いは大げさかもしれないが、冷静で揺るぎのない目とさりげない手を保っていられないときもある。

このなんということはない新聞の、どこがどうだというのか？　かがみこんで一面をしげしげと眺めてみた。すると、いつもの単調な灰色の紙面が、突然くっきりと浮かび上がってきた。「ルネサンス古典の新版」——見出しは太字で、中央には白黒の木版画があって、おとぎ話に出てきそうな木の下で物憂《ものう》げに寝そべる若者が描かれ、その若者を見下ろすようにして、修道院のゆったりしたガウンをまとったフィレンツェの貴婦人が立っている。あの若者、あのぐったりとした若者と、あの教会の貴婦人をどこかで見たような気がするのだが。

ちょうどそのとき、不気味にも、かすかに聞こえてきたのは、潜在意識の底なし沼の深みからただよってきた声だった。まるで有史前の怪物が分解してできた粘液から発生する、おぞましい可燃性ガスの泡がはじけるように、ぷつりぷつりとした不明瞭な音で。女性の声だ！　いったいわたしに向かって何をいっているのだろう？

その亡霊のような声の主に耳を傾けてみた。それはまるで木版画のまさしく表面から聞こえてくるようだった！　どこか遠い国で、サム・スニードが四メートル半のパットを沈め、ケリー・ミドルコフがバーディを決めて嬉《うれ》しそうにしていたが、あの日、わたしの心にはなんの喜びもなかった。わたしはさらにかがみこみ、電動式振動うたた寝椅子にさらに深くもぐりこんで、神経をとがらせ、五感をピリピリさせて、危険に備えた。声がますます近づいてくる。そしてそのとき、明瞭に、はっきりと、その声がわたしに質問しているのを感じ取った。以前に、いや永劫の昔にたずねられた質問だ。神様！　もう逃げ隠れはできない！

「あの本をどこで手に入れたんですか？」

声にならない叫び声をあげて飛び上がり、あの毒々しいサソリ、あの文化を泳ぐサメというべき付録を部屋の隅に蹴飛ばしてやったら、そいつはくるくる舞ってからしばらくおとなしくなり、そのページが何かおぞましい生き物みたいにひらひらしていた。

ふるえが足まで伝わってよろけ、無邪気な十歳のときからこのかた経験したことがないような恐怖で半狂乱になった。あわてて内壁に取り付けられているチーク材パネルのスライド式デンマーク製バーに駆け寄り、やみくもにボタンを押した。数秒後、三本の指でシーバスリーガルをつかみ、なんとか体勢を立て直そうとした。

しかし、ブライフォーゲル先生は追いかけてきて、何度も質問を繰り返した。声がますます大きくなる！　ブライフォーゲル先生！　するとすべてがよみがえってきた。あの惨《みじ》めな、芬々《ふんぷん》たる事件の一部始終が。

ふるえながら椅子に深々と身を沈めると気持ちも落ちつき、自分ではどうしようもできない力に操られて、恩寵《おんちょう》と純潔から堕落してしまったあの恐ろしい瞬間を痛ましくも再現しだした。わたしはかつて、降る雪のように純白で、リンゴのようなほっぺたの、春には小鳥の鳴き声や、夏にはかすかにハミングするような午後に嬉々とする少年だった。そしてそのわたしは、気がふれたように、狂おしいほどに、すっかり恋をしていた。ブライフォーゲル先生に。まわりがなにも見えないほど。

ブライフォーゲル先生は六年生の国語を教えていた。そのいつもの四十五分間、わたしは先生の拝謁《はいえつ》を許されていた。そして先生の足元にひれ伏していた。先生のハート形をした柔和な顔と、黒く潤んだ目が、目覚めているときはいつもちらついていた。先生は、自分も心乱されているそのぶりをこれっぽっちも見せなかった。しかし、わたしにはわかっていた。

ブライフォーゲル先生が詩を朗読してくれているあいだ、クラスメートは一人残らずマヌケで居眠りしていた。でも、恋に疼《うず》き、目が霞《かす》んだわたしは、先生が朗読するロングフェローの「エヴァンジェリン」やウェンデル・ホームズの「古い装甲艦」に涙した。先生に恋心を伝えるには方法がひとつしかなかった。分かち合っている狂おしい情熱のほかにもうひとつ、二人だけの秘密の言葉で先生に話しかけること——それが「読書感想文」だった。

アメリカという国では、ほとんど一人残らず、青春の大半を忌《い》まわしい読書感想文に費やすので、大人になると書評を読むようになってしまうのだろう。書評とはただの大げさな読書感想文でしかない。そしておぼろげな過去の読書感想文と同じで、書評家がわざわざ実際に本を読んだりすることはめったにないのではないか、とだれでもうすうす勘づいている。その巧みなごまかし方、あざやかな逃げ方、大げさな自己満足の言葉遣い、流暢《りゅうちょう》な水増しに、ついつい見とれてしまうのだ。なにしろわれわれにも覚えがあるから、よくできたインチキは見ればすぐわかる。

ブライフォーゲル先生は毎週の感想文を重視していた。学期の初めに、先生はガリ版刷りの「推薦図書リスト」を配った。そこから生徒は弾薬を取ってくる仕組みだ。

わたしはスタイリストなんかではなかったが、正直にきちんと書くこと、それに綴りに気を配り、余白をたっぷり取ることで、微妙なメッセージが伝わると思っていた。

実際に読んでいた本としては、グレンおばさんがどうしても読めといってくれた『野外冒険団』、それに『フラッシュ・ゴードン対ミン皇帝』、『ポピュラー・メカニクス』に好みが偏《かたよ》っていた。そして『G-8と空のエース』の古いバックナンバーが三冊、これまでに七十四回は読み返し、読めば読むほどその豊かなモザイクから多くのものを得ていた。とはいえ、そうした本は感想文に書けない。

そういうわけで、毎週が拷問《ごうもん》で、金曜の感想文をびくびくしながらでっち上げていた。本じたいは公立図書館から借りたもので、ミス・イースターが渡してくれる。ミス・イースターは親切で痩《や》せている年配の女性で、生まれたときから金縁《きんぶち》の遠近両用眼鏡をかけているみたいで、髪は青みがかった灰色でたっぷりとして、司書の鑑《かがみ》のような人だった。目を光らせて、若者の道徳を守る人だ。ある地獄のような週に、ミス・イースターと我が心の傷のどちらからも強く薦められた、『アイヴァンホー』とかいう作品を読もうとして、最初の四語も行かないところで投げたことをはっきりと憶《おぼ》えている。

わたしの感想文は実際にはある形式のようなものに則《のっと》っていた。たとえばこうだ。

『ロビンソン・クルーソー』

ダニエル・デフォー作

『ロビンソン・クルーソー』はそうなんしてこの島にやってきた男の人の話です。その男はコナッツのからでぼうしを作り、はまべで足あとを見つけました。島の名前はフライデーで、ヤギをかっていました。これはとてもおもしろい本です。わくわくしました。ぼくは『ロビンソン・クルーソー』がいい本だと思います。」

とか、

『黒馬物語』
アンナ・シュウェル作
「『黒馬物語』はとてもひどい男に売られた馬の話です。その男は黒馬をなぐり、黒馬はとてもふこうになりました。黒馬はやさしい馬で、だれもなぐらなかったからです。馬の本はとてもわくわくするとぼくは思います。『黒馬物語』はとてもわくわくする本です。三〇二ページあって、だれが読んでも『黒馬物語』は楽しめるとぼくは思います。」

推薦図書リストのどの本であれ、べた褒《ぼ》めすれば、ブライフォーゲル先生が読んだ本に対するわたしの深い思いが先生にきっと伝わるし、Cはもらえるだろう、と強く感じた。
金曜から次の金曜へと、恋心はつのっていった。惨事が刻一刻と近づいているとは知るよしもなかった。災難はつねに仔猫のような足どりで忍び寄ってくるものだ。音もたてず、無邪気に、こっそりと。そしてそれは往々にして、自分を向上させたり、視野を広めたり、水準を上げたり、もっとすみきった、明るい世界へ抜け出そうとする結果なのである。

ブライフォーゲル先生は「参考本」と呼んでいるものをたえず奨励していた。これは公式のリストに載っていない本という意味だ。ミス・イースターはそうした望ましい非公式の公式推薦本を大きなファイルにとじて手元に用意していた。ウォレン・G・ハーディング小学校に勤めるブライフォーゲル先生のようなすべての人たちと手に手を取って、野蛮と無知の辺境を押し戻し、文化のはためく幟《のぼり》を高々と掲げようとたえず努力していたのである。そしてインディアナ州ホウマンでは、それはたやすいことではない。溶鉱炉、コークス工場、製油所から黒く渦巻《うずま》く靄《もや》が吐き出されるなか、ミス・イースターは図書館という赤々と照らされた幻想と夢の島で、何エーカーもの無口な子供たちが『湖の麗人』や『デイヴィッド・コパフィールド』にかじりつく姿を夢想していた。

それまでわたしは、どこに落とし穴があるかわからない参考本の道を通ったことが何度かある。危険だし、たいていあきれるほど退屈だった。しかしすでにわたしは、適当に選んだ段落二つと、ブックカバーをじっくり読むことで、感想文をまるまるでっちあげるという技術を習得していた。これはいまでも大勢のプロの書評家に結構な稼ぎをもたらしているシステムである。

しかし、好奇心旺盛な人間にとって、本の入手源は図書館だけではなかった。家というものがある。わたしの場合、父の貴重な悪書コレクションであふれそうになっている、ダイニングの本棚がある。うちでは文芸誌を定期購読していなかった。父はこれまで一度も書評を読んだことがないのではないか。そもそも、書評というものがあるのを知っていたかどうか怪しいが。そういうわけで、父の読書は純粋に娯楽のためで、『フー・マンチューの爪』や『カナリア殺人事件』、

『ユタの流れ者』、それにファイロ・ヴァンス物全作というところに好みが偏っていた。とにかく、父がダイニングの本棚に置いていていたのはそういう本だった。わたしはそういう本を読書感想文と結びつけて考えたことが一度もなかった。それはただのお話であり、読書感想文はまともな本を扱うものだ。

家のどこかに置いてあって、あまり話に出てこないが、ただあるというだけの本がほかにもあった。多くはないが、両親の寝室や押し入れに謎めいた本が数冊あった。それを読んではいけないとだれもいったことがなかった。ただ、わたしたちの手の届かないところに保管されていた。憶えているかぎりでは、母が使っているサイドテーブルの下の棚に、表紙が緑色のぶあつい本があった。長いあいだそこにあって風景の一部になっていたので、もうそれは本ではなく、ただの「物」だった。いつでもそこにあった。これまでにそのページを開いたのは二度くらいだっただろうか――活字が小さくて、まったく理解できない、ただの本だ。すべてが変わった、あの重大な日までは。

寒くて、暗い、いまにも雨が降りそうな午後だった。フィリップス66オイルとナンバーワン平炉のエッセンスを運ぶ油っぽいかすかな風が、痩せ細った木々のあいだや軒の下を吹き抜けていた。わたしは一人っきりで家にいた。そしてむずむずしていた。

これはだれでも身に覚えがある、危険な状態だ。何かすることはないか、何かふと目にとまるものはないかと、サラミサンドを頬《ほお》ばりながら、だれもいない家のなかを歩きまわっているうちに、必然的に悪の根源へとたどり着いた。両親の寝室にはめったに入ったことがない。主な巡回区域からちょっとはずれているからだ。それはフロイトともヴィクトリア朝とも関係がない。ただ行動範囲じゃなかったからだ。しかし、気圧計が下がり、むずむずが増してくると、ふらりと寝室に入って真鍮製《しんちゅうせい》のベッドのそばに行った。特に何かを探しているわけでもなく。吸い寄せられて。

どうして、なぜその本が手に入ったのか、その瞬間の正確なことははっきりと思い出せない。たぶんその事実も重要なのだろう。どういうわけか、いわれなくても、それがまちがったことだとはわかっていた。自分のしていることがなんとなく一線を越えているような気がした。勘とは恐ろしいものだ。

ポーチに足音が聞こえないかと耳をすまして、その本を引きずってバスルームに入り、不品行と堕落へと身を落としはじめた。

本の題名はなんのことかさっぱりわからなかった。ミス・イースターの本棚にも、ブライフォーゲル先生の推薦図書リストにもなかったが、ぶあつくて活字が小さく、きっといい本にちがいないと思った。少なくとも公式本では。それればかりか、題名が外国語で、題名が外国語の本なら何でも重要だというのは、学校に行った人間ならだれでも知っている。

それはともかく、冒頭の文を四つも読まないうちに、手にしているのはブライフォーゲル先生の情熱的な心を開く黄金の鍵だと気がついた。この本はまったくといっていいほどわからないばかりか、修道士や修道院長、伯爵《はくしゃく》や伯爵夫人、騎士、王や女王、それと大勢のイタリア人の話だった。それに絵も付いていて、ブライフォーゲル先生が絶賛していたほかの重要な本を思い出させるような木版画だった。読書感想文を書くときのいつもの手順に従って、目次に目を通し、困った質問をされたときに引用できそうな、これという個所を拾うことにした。

こんな目次は見たことがなかった。リストになっていて、

「一日目」

「二日目」

「三日目」


とあり、その「三日目」という見出しの下にこんなものが目にとまった。

「第一話
ランポレッキオのマゼットがおし《ダム》のふりをして尼僧院の庭師になると、尼さんたちは競って彼と寝ようとした。」

こいつはもってこいだ。というのも、「おし《ダム》」という言葉の意味を知っていたからだ。なにしろ同じクラスには頭の悪い《ダム》子がたくさんいた。それにお隣りのミセス・キッセルのところには庭がある。ホームグラウンドで戦うようなものではないか。

先に進んで、苦労しながら読んでいくと、これは悪くてもBプラスがもらえるぞという気になってきた。車寄せに音がしないかと全身を敏感にさせながら、わたしは未知の領域に踏みこんだ。その物語には、まるで巨大な磁石が目に見えない不思議な力場で鉄の原子を引きつけるみたいに、

わたしを引きつけるところがあった。鉄は磁気というものをわかっているのだろうか？　わたしは尼僧院での出来事をわかっていたのだろうか？　庭師が院長と寝たことも？

院長というのは、安全パトロールの女性か虫歯のようなものだとなんとなく思っていた。しかしそこには何かがあったのだ！　わたしは読むのをやめることができなかった。そして不思議なことに、汗をかきはじめた。あの冷たくじっとりとした汗を。

物語はどれもちゃんと終わってはいなかった。『野外冒険団』でいじめっ子のダンが、楽しいことが大好きな冒険団の一人ウィルに拳《こぶし》をふりあげようとして、手下たちに囲まれながら、こそこそと引き下がるときにこういうのとは大違いだ。

「ウィル、それからおまえら冒険団のみんな――きっと仕返ししてやるからな！　待ってろよ！」握り拳をふりまわしているあいだ、冒険団たちはほがらかに笑い、電動カヌーに乗ってキャンプ地へと向かうのだ。それとは違って、この物語はどれもちゃんと終わっていなかった。ただ尻すぼみになっていくだけだ。それでもわたしは夢中になった。

熱くなって、むずむずしながら、読んで読んで読みつづけた。延々と。家のなかはだんだん暗くて寒くなり、風も出てきた。はるか彼方の地平線では、だだっぴろく不気味な製鉄所で夜勤交代が行われていた。溶鉱炉とベッセマー転炉が雲を鈍い赤とオレンジ色に染めると、夜空が色づいた。目がズキズキと痛み、喉《のど》がカラカラに渇いていた。わたしは若い娘や処女の話、夜啼鳥《よなきどり》やカッコールド（黄色っぽいカナリアのような小鳥）の話を読んだ。とうとう、疲れて変わり果てて、緑色の本をそろそろと元の場所に置き、キッチンに行ってまたサラミサンドを作った。今日は頑張ったなあ。どんなすごい本を読んでいるか、ブライフォーゲル先生に見てもらうのが楽しみだ。

これまで、読書感想文を書くのが楽しみだと思ったことはそんなになかった。今日は木曜、そしてもちろん翌日は運命の日だ。

夕食が終わってから、わたしはキッチンテーブルにかじりつき、青い罫線《けいせん》入りのインディアン・チーフのノート帳を前にして、ウェアエバーの万年筆をしっかり握りしめた。そしてブライフォーゲル先生への愛の捧げ物の作成にとりかかった。

「『ボッカッチョのデカメロン』、ジョヴァンニ・ボッカッチョ作」。わたしは慎重に考えをめぐらせた。頭のなかはたっぷり油をさした時計みたいに軽やかに動き、どんな文句を使おうかとあれこれ考え、ああでもないこうでもないと思案してから、とうとう書き出しを選んだ。

「この本はぼくがこれまで読んだなかでいちばんおもしろい本です。イタリアの人の作で、この本はとてもおもしろいとぼくは思います。この本はき士やしゅうどう士やカッコールドのお話をする人々の話です。」

(ブライフォーゲル先生が鳥を好きなのは知っていたので、これはなかなかいいタッチだと思ったのだ)勢いがついて、こうつづけた。

「マゼットという名前の男の人の話がありました。この男の人は庭ではたらいていて、頭が悪《ダ》い《ム》ふりをしておかしなことをいっぱいしました。いん長という名前のりっぱな女の人がいて、マゼットと寝てあげるといいました。たぶん、マゼットがうそをついているのではじをかかせたくなかったからだと思います。いん長はそうして、二人はとても幸せになりました。ぼくはこの話が好きになりました。庭があるのはいいことだと思うからです。この本にはほかにも好きな話がたくさんあります。とても読みにくかったのは、字が小さかったからです。でも、この本を読んだ人はだれでもこの本が好きになると思います。」

わたしはうしろにもたれて、我が傑作を読み返した。よく書けている、これまでで最高の出来ではないか。母がチャイニーズレッド色をしたシェニールのバスローブ姿で流しにかがみこみ、皿洗いをしながら「いつの日か君に」を口ずさんでいた。ちょうどそのころは、母がビング・クロスビーにどっぷりつかっている時期だったのだ。キッチンは暖かく、おなかもいっぱいで、暮らしは申し分なかった。

金曜の明け方は明るく晴れて、珠玉のような朝だった。宿題はノートにやってあるし、世界は手中に収めたという人間の高揚した気分で、わたしはウォレン・G・ハーディング小学校にウキウキと向かった。小鳥がさえずり、牛乳配達人が口笛を吹き、ブライフォーゲル先生の6-B国語の時間が待ち遠しかった。先生はきっとわかってくれる。このひたむきな愛をただの一時的な気まぐれだと勘違いするはずがない。

その日の午後、机にすわっているブライフォーゲル先生はいっそう近づきがたく、とらえどころがなくて、いつにも増して情熱的に見えた。切り出しの言葉はいつものお決まりだった。

「読書感想文を前の人に渡して、教科書の七十八ページを開きなさい」

わたしの前ではサイモンスンが、『若き遊撃手サム』と題名を書いてある、しみだらけの紙を突き出していた。うしろから、ヘレン・ウェザーズが『名犬ラッシー　家路』でわたしの耳を突き、わたしは心のなかでヴァイオリンをピアニッシモで弾きながら、我がすばらしい書簡をみんなのみすぼらしい紙束に付け加えた。ブライフォーゲル先生が読書感想文をまとめて引き出しに突っこみ、動名詞の授業が始まった。

ようやく、まるで天国にいるような、ブライフォーゲル先生との逢瀬《おうせ》が終わった。ベルが鳴り、燃えるような近眼で先生を愛《いと》おしく愛撫しながら、罠《わな》が仕掛けられていると知りつつ、ふらふらと廊下に出た。先生はこれから週末のあいだずっと、わたしとわたしたちが共にする人生のことを考えるだろう。わたしが目指すさらなる高み、征服した頂上を先生が知ったからには、もうなにものもわたしたちをとめられない！

土曜と日曜が恍惚の翼に乗って飛ぶように過ぎていった。そして月曜――幸いなる月曜。記録に残るインディアナ州の教育の歴史において、ごくふつうの、血気盛んな男の子が、いつもよりたっぷり十五分は早く朝の七時に飛び起きて、泣きごとひとついわずに学校へ向かったのはこれが初めてだった。

その日は際限もなく、やきもきするほどのろのろと進行して、きっと訪れるはずの至高の勝利の瞬間へと向かっていった。ブライフォーゲル先生の教室に入った瞬間、わたしは「大きなストライク」を取ったのを知った。まだ席にも着かないうちに、先生は机のところに来るようにといった。何度も見たクラーク・ゲーブルをまねて、わたしは振り向いた。ブライフォーゲル先生は、ちょっと妙な声で――きっと情熱のせいだ――こういった。

「ラルフ、授業が終わってからちょっと残ってちょうだい」大当たり！

どうだといわんばかりに席に戻った。子供たちのなかでただ一人の大人だ。それから五十五分後、ブライフォーゲル先生の祭壇の前に立ち、いかなる命令にも応じる用意ができていた。先生はまずこういった。

「ラルフ……あの……感想文のことだけど。とてもよく書けていましたよ」

「へへへ。よかった」

こういうことには慣れていなかった。勉強について何かいわれたことが一度もなかったからだ。なにしろガチのCプラス人間で、Cプラス人間は決して褒められない。ブライフォーゲル先生は妙に低い声になっていた。

「とてもよく書けていたけど。本当に……おもしろかった？」

「はい。とてもワクワクする本でした」

するとブライフォーゲル先生は、それまで先生がそんなことをするのを見た憶えがないようなことをした。「危険」という最初のかすかなささやきが、わたしの通気システムにただよってきた。先生はじっとすわったまま、長いことこちらを見つめ、とても静かな声でようやくいった。

「ラルフ、本当のことを話してちょうだい」

本当のことだって！　ブライフォーゲル先生はもしかして、わたしが彼女をだまし、彼女の好意をもてあそんでいるように錯覚しているのだろうか？　わたしはいった。

「はあ？」わたしはコーデュロイに少し汗をかきはじめていた。

「本当にあの本を読んだんですか？　それとも、どこかからあれを写してきたんですか？」読書感想文には絶対守らなければならないルールがある。その本を読まなかったとは決して認めないこと。それが基本中の基本だ。

「はい……読みました」

「あの本をどこで手に入れたんですか？　図書館で借りた？　図書館でミス・イースターが渡してくれた？」


我らが内なる獣は決して眠ることがない。暖炉で半分目を閉じてうたた寝している犬でも、邪悪なるものを感じとる。純粋な本能から逆毛が立つ。かすかではあっても紛れのない、「ヤバい」という鼻をつく匂いが、チョークの粉や弁当箱から忍びこむ。脳ミソが、鋼鉄製の罠みたいに、すばやく活動しはじめた。

「その……ええと……ええと……男の子にもらいました。そう、男の子にもらったんです！」

ブライフォーゲル先生が詰め寄った。

「男の子？　クラスのだれか？」

おっとっと！　気をつけろ！

「あの……違います！　男の子……休み時間に運動場で会った。大きな男の子でした」

「大きな男の子があの本をくれたって？　あれは大きな本よ、そうじゃないの？　ぶあつい本」

「はい、これまで読んだうちでいちばん大きな本です」

「で、男の子がくれたって？　その子はハーディング小学校の子？」

「あの……一度も見たことがない子でした。どこの学校の子か知りません。大きな子で……お菓子屋さんのそばにいました」

ブライフォーゲル先生は椅子を回転させて、ブラインドをまるで二年にも思えるほど見つめていた。そしてゆっくりとこちらの方に向き直った。

「お菓子屋さんのそばにいた大きな子が……ボッカッチョの『デカメロン』をくれたって？」

「…………………ええ」

「その子、何かいった？」

「……ええ。いいました……『ほら、本だよ！』って」

「『ほら、本だよ！』っていったの？　それで渡してくれたのがあの本？」

「…………そうです！」

「お菓子屋さんのそばで？　また会ったらその子だってわかる？」

「ええと、その……暗かったんです！」

「暗かった？」

「そうです！　暗かったんです！　それに……あの……雨も降ってました！　暗かったんです！」

ブライフォーゲル先生はいちばん上の引き出しからクリップを取り出して、しばらくそれを整えてから、それまでよりもさらに静かな声でいった。

「本当のことをいってるの？」

「…………………………はい！」

「あの本はどこで手に入れたの!?」

「………………家です！」

「家で？　この本を読んだことを、お家の人は知ってるの？　お母さんは？」

「………はい！」

「本当？」

「あの………はい」

ブライフォーゲル先生はペンを取り、机の引き出しから紙を一枚取り出してから、こちらを見た。それはジーン・ハーロウがクラーク・ゲーブルに見せたことがない目つきだった。

「これからお手紙を渡すから。お家に持って帰って、お母さんに渡してちょうだい。一時間したら、お母さんがちゃんと受け取ったかどうか、電話をかけます」

靴下がむずむずしだした。この家に持って帰るお手紙というのは、これまでに経験したことがあったのだ！

「…………わかりました」

「本当のことをいってるの？」

「違います！」

この瞬間、まさしくこの一瞬、このコンマ一秒が、人生における大きな転換点であることを、もうそのときにもわかっていた。ブライフォーゲル先生は回転椅子にもたれ、温和な先生に戻っていた。

「そう。本当はどこで手に入れたの？」

「お父さんの部屋」

「あら？　あなたが取ったって、お父さんは知ってた？」

「いいえ」

「悪いことをしたって、わかってますか？」

「…………はい」

「あの本、好きだった？」

どういうわけか、これが意味深長で、鍵になる質問だということはわかっていた。

「…………はい」

「なるほど。とてもおかしかったんでしょ？」

「…………違います！」

それは本当だった。この二年間で初めて本当のことをいったような気分だった。この本で笑ったのは一度もない。おかしいだって！　好きなのは城と騎士だけだ。笑えるところなんて一個所もない！

「本当に、どこもおかしいとは思わなかったの？」

「そうです！」

本当なのは先生にもわかった。

「そう、よかった。本当によかった。それじゃ、ひとつだけ約束してちょうだい――お父さんとお母さんの部屋に忍びこんで本を取ったりなんか、もうしないって。お家にお手紙を持って帰らなくてもいいいと、約束してあげる代わりに」

「………わかりました！」

「これでおしまい」

安堵《あんど》の大波がどっと押し寄せ、波に揺られながら、わたしはドアに向かって必死に漕《こ》いだ。もう少しで、そこを通り抜けて安全に外へ出られるというときに、

「そうだ、ラルフ？」

「何ですか？」――先生は約束を反古《ほご》にするんじゃないか。

「ちょっと気になるんだけど。あれをぜんぶ読んだの？」

「はい」

「そう、とてもよろしい。最後までやり通すのは先生も大好きよ。さあ、外へ遊びに行きなさい」

ブライフォーゲル先生の声が記憶の闇のなかへと永遠に消えていくうちに、わたしは温かいスコッチをちびちびすすった。アーノルド・パーマーが三アンダーのスコアで十八番に来て、ジュリアス・ボロスがこれからパットを打とうとしているところだった。わたしの膝《ひざ》は硬くなり、心は病んでいた。外のどこか遠くでサイレンが鳴っていた。新聞をめくって、「書評付録」をふたたび見つけた。そう、そこにはあの男がいる。懐かしの友、気だるそうな若者が、挑発的に横になって。尼僧が何世紀にもわたってその若者を見下ろし、おとぎ話の背景のどこかでは、カッコールドが巣作りに勤しみながら甘い声で歌っていた。

スカット・ファーカスと
魔性のマライア

「ジョージ、このおもちゃの馬車は捨てますよ。もうこんなもので遊ぶ歳でもないでしょうが。いまのおまえは将軍だし。地下室でほこりまみれにしといてもね。それと、誕生日におまえが買ってもらったあの手斧も、いらなければ一緒に始末しますよ。あんなものを家のなかにぶらさげておきたくないの。騒動の起きるもとだから」

ジョージ・ワシントンの母親が、過ぎ去った歳月というおぼろな靄《もや》の彼方から、ふるえを帯びた、古風な声でしゃべっているのが聞こえる気がする。わたしの目の前のケースには、上品で、古めかしく、背中を丸めた感じの馬車がはいっていた。大きなスポークのついた車輪。時代物の赤い塗料が鱗《うろこ》のように剝《は》がれているのまでが見える。説明文にはこうあった――

少年時代のジョージ・ワシントンの持ち物と思われるおもちゃの馬車。この貴重な記念品は、

ほぼ確実に本物であると証明された。

ジョージ・ワシントンの小さな赤い馬車！　わたしは驚嘆を味わった。建国の父が大きな車輪の木製おもちゃをひっぱって、未開拓地を歩く場面を想像してみる。十八世紀のオーバーオールがかすかに湿り気をおび、砂の上に十八世紀の子供靴の紐《ひも》がひきずられながら、全歴史を通じて最も輝かしい革命家への道を歩んでいるところを。

博物館の陳列品のあいだを歩きまわるわたしは、いまや沈思黙考の大渦《おおうず》に巻きこまれ、これまで一度も思いつかなかった新しい考えの鉱脈を掘りおこしていた。つぎの陳列ケースには、渋い色のビロードにおおわれた台の上に、使い古された傷だらけの木製のコマが飾られている。わたしの子供時代にはスパイクシーと呼ばれた種類で、何世紀ものあいだ、子供の世界におけるおとなとガキを区別してきたコマだ。この腹立たしい考案物のことに疎《うと》い不運な人たちのために説明すると、スパイクシーはコマの形をした、きわめて機能的な木製おもちゃで、その下端は美しく冷酷にとがり、ギラギラ輝く鋼鉄の大釘に似た回転軸で終わっている。

はたとわたしは足をとめた。おのれの目が信じられなかった。目をこらし、きらきら光るガラスケースを透かして、陳列ケース内部のずんぐりしたおもちゃを見つめた。これはただのスパイクシーじゃない。このわたしがむかし出会った、あの不気味なコマの一族と瓜《うり》ふたつだ。陳列品の上に身を乗りだして、説明文を読んだ——

めずらしい手製のコマ。来歴不詳。若き日のトマス・ジェファソンの所持品であったといわれる。

なんとなんと！　トマス・ジェファソン！　理性の時代が生んだ、優雅で完璧な人物。建築家、政治家、ユートピア主義者にして文人。わたしは謙虚にもこう考えた。コマまわしなら、このわたしも二、三の芸当をトムに披露できたかもしれないぞ。早い話、独立宣言は独立宣言、喧嘩《けんか》ゴマは喧嘩ゴマだ。台の上に、無言で、謎《なぞ》めいて、静かに休息しているコマ。黒ずんだ、趣のある、やや褪《あ》せた小豆色《あずきいろ》。いったい、これはどういう名前のコマで、アメリカ流の生き方を定めた男のためにどんな戦いをしたのだろうか。遠い過去にどんなふうに戦い、そしていまも戦うのだろうか。

そのコマを見つめるうちに、先細りのイタリア風スラックスの下で、コマの古傷がうずきはじめた――おぼろげな過去に、スパイクシーの勝負で、競争相手としのぎを削ったときに受けた傷だ。いまでもよくおぼえているのは、ジュニア・キッセルの無駄のない、横手投げのスライス気味のモーション。彼が緑色の紐をひと振りするのと一緒に、黄色のスパイクシーがヒューンと音を立てて、十セント硬貨の上でまわりだす。いっぽう、フリックは――もっとむらっ気で、もっと派手というか――大仰《おおぎょう》に輪を描くような上手投げのモーションから、スパイクシーを運動場の地面より六十センチも上に投げる。自己顕示的な、わざとぐらついている感じでまわりだしたコマは、二、三度ためらいがちにバウンドしてから、本調子になる。このわたしの得意技は、もっとひそやかな、蛇を思わせる下手投げだった。腰のあたりを起点に、両膝《りょうひざ》の周囲をめぐって、やや上へ。つぎに鞭《むち》のように鋭いフォロー・スルーのあと、コマはすばやく地上に放たれる。フリックの動きは見ていてたのしい。キッセルはきちょうめんで端正。わたしの動きは不気味。

あのころはコマで遊ぶ子供に二種類のタイプがあった。ただコマで遊ぶだけの子供――ディレッタントというか、無計画で、ぞんざいで、見る価値がない。だが、もうひとつの種族にとっては、コマは最も純粋な意味での武器、おのれの意志の延長、才能と攻撃性を示す武器だった。絶対におもちゃではない。わたしはその孤独な種族に属していた。戦いの場のコマは、ただひとつの目的にしか使われない――破壊だ。汗ばみ、緊張した、本物の業師《わざし》の手に握られたコマは、まばたきひとつするあいだに、相手のコマをまっぷたつにできる。

　いまも忘れられないのは、わたしのコマが排水溝に転がりこみ、まっぷたつに割れた回復不能の姿で、酔っぱらいのようによろめいた姿だ。相手のスカット・ファーカスは、なめらかで、不気味で、真っ黒な自分のスパイクシーをポケットにおさめ、あともふりかえらずに、すたすた去っていく。そのとき、その場で、わたしのむこう二、三年間の鬱屈《うつくつ》した人生行路は、妥協の余地もなく定まった。何時間もひとりで地下室にひきこもり、これまでに知られたあらゆるモーションをひそかに練習したのだ。そこにはめったに見たことがなく、マスターするのが困難な鞭打ち風の動きから、女性的でデリケートな横手投げまでが含まれていた。やがて自己本来の個性的なフォームが、じょじょに固まってきた――ある春の日、わたしは三人の親友の大切なコマを、わずか五分間でつぎつぎにまっぷたつにしていった。これで一流になれるぞ、という自覚がわいた。

だが、ちょっと待てよ。たしかにコマ回しの腕には自信がある。だが、問題はかんじんのコマがないことだ。無教養な目には、コマはコマに見えるだろう——赤いのや、緑のや、青いのがあるだけだ、と。信じがたいことだが、一部の人間にとっては、きっとそうなのにちがいない。無知は祝福かもしれないが、哀れでもある。なにも知らない人間の目には、野球選手の使うバットがすべておなじに見える。だが、これほど真実から遠いものはない。大リーグの選手たちは毎年ケンタッキー州ルイビルまで足を運ぶが、その緊急な目的はただひとつ。よく乾燥した木材を選んで、細心の注意で削り上げ、綿密に重量を計算しつつ、精密に仕上げられたバットを手に入れるためなのだ。それが一流選手と無名選手のあいだに立ちはだかる壁でもある。彼らはその個人的武器を、熱烈な根気強い警戒心で守りつづける。長い冬の夜、国際的に有名なスラッガーたちは暖炉わきにすわり、油でギトギトのポークチョップの骨で、来シーズン用のバットを、注意深く、果てしなく磨きつづけるのだ。ついに開幕の日が訪れると、クリーンアップに指名されたバッターはホームプレートに近づき、個性的な、しかも、人と道具が完全に一体化した動きで空気を切り裂く。たとえばブーグ・パウエルのバットは、トニー・コニグリアロのバットとは、夕暮れと夜明けほどもちがう。どちらもよく似て見えるが、握った感じはまるでちがう。

スカット・ファーカスのコマは、マライアというその名を近隣一帯に鳴りひびかせ、すくなくとも五十からそれ以上の確実な殺しの実績に加えて、半ダースものほぼ確実な噂《うわさ》が流れているだけでなく、致命的な切り傷やえぐり傷を負わせた回数は神のみぞ知る、という評判だった。噂によると、そのコマの旧所有者は、ファーカスの父親だったらしい。無口で鋼のような目つき、髭《ひげ》の剃り跡が青々として、ひどいしわがれ声の男だ。この父親の経営する屑鉄《くずてつ》置き場には、寿命のつきた自動車の朽《く》ちゆく残骸や、錆《さ》びるにまかせた列車の車輪が山積みにされている。一部の連中にいわせると、そのコマはじつはコマでなくて、一種の外国製ナイフだという。ふつうのコマほど大きくなく、奇妙にずんぐりした形は発育不良の真っ黒なキノコそっくり、たいていのコマより上半分が大きく、急速にすぼんだダークブルーの下半分は、焼き入れしたサーベルの輝く切っ先に似ている。そのコマは見かけが風変わりなだけではない。回転すると、不快な低い唸りを上げる——とても特徴のある不気味な音で、高くなっては低くなり、まるで遠くから死と破壊をたくらんで接近するフォッカー機の編隊にも似た、奥深い轟音《ごうおん》だ。すべての真のプロがそうであるように、ファーカスもよほど腹を立てたときでもないかぎり、めったに自分のコマを他人に見せない。運動場をひそやかに歩きまわるファーカスの尻ポケットは、意味ありげにふくらみ、そこからコマの紐が一本、わずかにのぞいている。ファーカスは、つねに敵意に満ちて歩きまわる、挑戦という名の生き物だった。

ビー玉のプレーヤーとしてのファーカスは、この上品なゲームからとっくに閉め出しを食っていた。スリー・イン・ワンのオイルで軽く磨きあげた、青い鋼鉄のボールベアリングを使い、ハイスティーやスピットシーのゲームをいつもめちゃくちゃにしたあげく、運動場に残されるのは、こっぱみじんにされたコムシーや、高価なアギーの残骸——そして、うち砕かれた希望だった。ファーカスは、その言葉の最も正しい意味で、本気のビー玉をやったといえる。ファーカスのキャノンボールに打ちのめされたアギーは、存在することをやめ、こっぱみじんになった灰の煙と一緒に消えてしまう。

ファーカスの秘密は、武器の選択だけにとどまらなかった。彼は邪眼の持ち主でもあった。だれもが人生で一度か二度は、そんな目を見た経験がある。ほんの一瞬、たとえば地下鉄に乗ったときや、土曜の夜の雑踏する歩道や、オルフィウム劇場のB級映画に出てくる死刑囚監房の鉄格子を透かした暗闇や、爬虫類館《はちゆうるいかん》の湯気の立つ異臭の彼方で、恐ろしい、血も凍る一瞬に、ちらとそれを見るわけだ。ウォレン・G・ハーディング小学校の運動場で、ファーカスの目がどんな効果を発揮したかを語るのはむずかしい。解剖学的にそんな効果がありえないことは承知しているが、ファーカスの目はまじりけのないシルバーグレーに見え、まばたきひとつせず、その内部には宝石のように硬い輝きがある。幅がせまく、頬骨《ほおぼね》の高いイタチ顔の、鼻水を垂らした鋭い鼻の上にくっついた両眼は、無数の未成年者のひよわな心に永久の傷痕《きずあと》を残してきた。真夜中に汗びっしょりで悲鳴を上げながら目ざめた子供たちの数は多い。子供たちが見たものは、柵《さく》を跳びこえ、ポーチの下をくぐり、車庫を通りぬけて、あの容赦《ようしや》ないイタチ顔に追いかけられる夢だった。その一般的な性質で、肉体的にも精神的にもスカット・ファーカスにいちばん近いものをわたしが見たのは、ある晴れた日の午後、フロリダのドックでのことだ。まだ完全には死んでいない、二、三メートルもあるアオザメの顔だ。スカット・ファーカスは、十歳にして、すでに侮《あなど》りがたいおとなだった。

わたしが聞いた噂のなかで、葉巻も、紙巻きタバコも、トウモロコシの毛を巻いたタバコもめったに吸わない子供は、ファーカスひとり。ファーカスがやるのは、リンゴ汁に漬けたレッド・

ミュール印の噛《か》みタバコだけだった。教室でも、外でもそうだ。唾《つば》を遠くへ飛ばすことにかけては、まちがいなく史上最高の何人かのうちにはいるだろう。教室内ではたいてい自分のインク壺《つぼ》を標的に使い、運動場ではたいていだれかの髪の毛を狙う。それに対して公然と抗議する者はめったにいないし、抗議した者は後悔の日々を送ることになる。ファーカスの視線が、教室内のただひとりを除いて、つぎつぎとあらゆる男生徒にメッセージを送りつけるのだ。そのメッセージとは——「この決着は放課後につけてやる」抗議者は運命がきわまったことを知って、たいていはその場でパンツを濡らす。

ファーカスは、クラスメートのだれにも、名字でしか呼びかけなかった。ファーストネームを使うのは、なんとなく仲間意識や弱さのしるしに受けとられ、頑固な好戦主義者という建前が崩れるからだろう。犠牲者の名字のあとには、つねにおなじ文句がくる。「このへなちょこ野郎!」

純粋な残忍性という点で、だれもが知っている彼の唯一の好敵手は、おなじく悪名高いグローヴァー・ディルだった。このふたりはおたがいをきわめて危険な相手と認めあい、暗黙の同盟を結んでいた——ほかの子供たちを完全な支配下におく同盟を。

喧嘩ゴマでのファーカスは、みんなから無敵の名人と認められていた。マライアと、風を切ってスリークォーターから投げおろすファーカスの短い動きの組み合わせは、まさに破壊的だった。ワイルドな速球派投手とおなじで、ファーカスは正確さを犠牲にしても威力を心がける。マライアがぶつかった場合、もはや反撃はやってこない。

ときおり、ウォレン・G・ハーディング小学校での圧倒的なファーカスの評判を聞き伝えて、放課後によその学校から挑戦者が現れることもあった。両者が一騎打ちの構えをとると、両陣営のガキどものあいだに興奮のさざ波が伝わる。ウォレン・G・ハーディング小学校の生徒には、強烈な愛校精神がみなぎっていた。いわばみんなが、「よくてもわるくてもウォレン・G・ハーディング」という考えなのだ——しかし、スカット・ファーカスが、たとえば、聖ペテロ教区小学校や、ジョージ・ロジャーズ・クリーク小学校の挑戦者と対決する場合はちがう。スカット・ファーカスは、その背中にウォレン・G・ハーディング小学校の旗を背負っていない。筋金入りのならず者がすべてそうであるように、彼に見分けのつく唯一の旗の色は血の赤なのだ。もちろん、それは相手の血。

毎週毎週、毎月毎月、スカット・ファーカスとマライアが、インディアナ州ホウマン最高のコマをつぎつぎにぶっこわしていくのを、われわれはなすすべもなく見まもった。それだけではない。死神の大鎌にも似た邪眼ににらまれて、ファーカスの勝利を讃《たた》えることを強《し》いられた。まさに〝この上もなく無情な仕打ち〟だ。フリックの背中をぽんとたたいたわたしの口から、こんな唾棄《だき》すべき言葉が出てきたのをおぼえている——「ファーカス名人は無敵だよな」フリックはうつろな声で答えた。「……うん」

マライアをポケットにおさめ、唾を吐きちらしながら、ファーカスは体を揺すり、男子便所の薄闇へと歩いていく。なぐる相手を物色中なのだ。すでに多くの刻み目のはいった彼のベルトに、またひとつ刻み目がふえたのだから。

わが仇敵の性格はそういうものだった。わたしはその相手を仮想して、毎日毎日、地下室のボイラーの隣で、芽吹いた技術を育て、研ぎすまし、磨きあげた。なぜそんなことをしたかはいえない。男たちのなかにはエベレスト登頂にとりつかれた連中もいれば、酒樽やビーチ・ボールに乗ってナイアガラ瀑布《ばくふ》をくだる連中もいる。また、べつの連中は素手でワニと格闘したがる。わたしにわかっているのはこれだけだった――最後に残るのは、ファーカスと自分、それとおたがいのコマだけだろう。

ひとつだけは確実だ――マライアとおなじリングに立つためには、プラスキ爺《じい》さんが駄菓子のケースのなかで、風船ガム入りキャンディや、棗《なつめ》の飴玉《あめだま》や、蠟製《ろうせい》の歯型といっしょにならべているような、しけたコマではだめだ。プラスキのコマは喧嘩ゴマじゃない。あれは小さいガキのお遊びゴマ。弱くて、無防備で、よたよたした雑魚《ざこ》だ。女の子だってあんなものは使わない。

「この小さいコマのほかに、もうコマは置いてないの？」

「コマがほしいのか、ほしくねえのか？」血に染まった肉屋のエプロンをかけたプラスキ爺さんは、わたしをにらみつけた。奥ではリトアニア系やポーランド系の主婦たちが、スープ用の骨を求めてわめきながら、押し合いへし合いしている。

「ほしいさ。でも、このてのコマなら持ってる」

「じゃ、こっちのきれいな赤いコマはどうだ？」さっさと売りつけようと、爺さんはケースのなかに手をつっこんだ。

「黒いコマはない？」

「ああ、まったくもう！　黒いコマだと！　なあ、坊や、おまえの冗談なんぞにつきあっておれん！」

「スカット・ファーカスは持ってるよ」

「スカット・ファーカスの小僧にはこういってやった。二度とうちの店へ寄りつくな。そのけつを蹴飛ばしてやるぞ、とな。やつはこの店で黒いコマなんぞ買ってねえ」

「でも、持ってるよ」

「じゃ、どこで買ったか、あいつに訊けばええ」

明らかに、それは問題外だ。どこでマライアを手に入れたかをファーカスに訊くのは、どこで牙《きば》を手に入れたかをキング・コングに訊くようなものだ。そこでわたしは駄菓子屋や、十セント・ストアや、おもちゃ屋を端から順々にまわりはじめた――コマが置いてありそうな店ならどこでもいい。毎日、新聞配達のルートをたどり、鼻をきかせ、さぐりを入れた。ときどきは、有望な挑戦者らしく見えるコマを買いさえしたが、心の底ではわかっていた。どれひとつ、マライアの足もとにも寄りつけない。プラスキの店で売っているものよりもましなものもあるが、もっとひどいものもある。これまで見たことも聞いたこともないようなコマ、手のこんだコマや、女っぽいコマや、ごてごて飾りのついたコマも見つけた。春のあいだ、ずっとそれがつづいた。やがて、ある穏やかな夕暮れ、わたしはエルジン自転車――わが人生の誇り――のペダルをゆっくり踏みながら、家路についていた――自転車にくっつけたキツネの尾が無風状態のなかで垂れさがり、心は五光年も遠くにさまよっているとき、思いがけず、わが捜索は終わりを告げたのだ。

そこはいつもの活動範囲よりすくなくとも六キロは先にある、荒れ果てたおんぼろ共同住宅のかたまった界隈《かいわい》、留置場に近い界隈だった。このあたりでは、入れ替え機関車の轟音と唸り、モノン貨車の悲鳴や轟音が、週七日、一日二十四時間、たえまなく聞こえる。太陽が明るく輝いていても、ここの空は灰色だ。こんな遠くまで足をのばしたことはめったになかった。異国にいるようだった。わたしはあてどもなくペダルを踏みながら、うらぶれたうす暗い通りや、年とったみすぼらしい自動車のわきを通りすぎ、看板の文字をつぎつぎに読んだ。字の読みかたをおぼえて最初の二、三年の子供は、目につくあらゆるものを注意深く読むものだ。

ビーチ・ナット印タバコ……ブル・ダーラム……フィスク・タイヤ……貸間有り——鉄道員歓迎……小便するべからず……チリ・パーラー、ホット・タマーレ……靴磨き……理髪店……玉突き場……トータル・ヴィクトリー新聞売店と雑貨店……石炭……

待てよ。**トータル・ヴィクトリー新聞売店と雑貨店**か。その店は陰気な赤煉瓦《あかれんが》の建物に左右からはさまれた、暗くて間口のせまい、ちっぽけな店だった。旋盤の上に背をかがめて合い鍵をこしらえる店主が、セルロイドの櫛《くし》の販売も兼ねているての、ちっぽけな造りだ。わたしはハンドルを切り、キーッとブレーキをかけて自転車を道路脇にとめ、見捨てられたハドソン・テラプレーン（一九三〇年代にハドソン社が売りだした乗用車）のうしろへおいた。トータル・ヴィクトリーの店の正面には、色褪せた赤い金属製の新聞陳列ケースが、鍵のかかったコカ・コーラの冷蔵庫によりかかっていた。店の窓は人間の目には透視不可能だった。機関車の煙と、溶鉱炉からの煤《すす》と、近くの精製工場からのシンクレア石油の微粒子がいりまじり、湿った厚い膜を作っている。コペンハーゲン印の嗅《か》ぎタバコや、機械工の友であるスイート・オールの作業手袋とラーヴァ石鹸《せっけん》の色褪せた広告ポスターが、その目隠しを完全にしている。店内へはいってまる一、二秒間は、なにも見えなかった。それほどに店内はくすんで暗かった。

「なにがほしいんだい、坊や？」うちの近所のポーランド系の奥さん連中のように、黒いショールで頭をすっぽり包んだ婆《ばあ》さんが、鋭い目つきでわたしを見つめた。

「あー……」

「オレンジ・ポップでもほしいのかい、坊や？」婆さんの言葉には、ちょっぴりヨーロッパなまりがあった。

「コマは置いてない？」

「おや、あるわよ、坊や」

婆さんはカウンターの奥へひっこみ、長いあいだ出てこなかった。店内の空気には、キャベツと、ガーリックと、嚙みタバコと、古い衣類のにおいがした。外では、ディーゼル機関車がけたたましく警笛を鳴らし、轟音を上げて中間距離へ遠ざかっていった。

「坊や、これなんかどうだい？」

婆さんは、コマの詰まった段ボール箱をカウンターの上においた。もっと早く気がつくべきだった。婆さんのコマの仕入れ先は、きっとプラスキ爺さんとおなじだ——どこでも目につく、しけたコマばっかり。

「あのう……あるのはこれだけ？」

「赤いコマはどうだい、坊や？」

「うう……ほかにはないの？」

「ほかに？　どれもみんないいコマだよ、坊や」

「ううん、こんなコマなら持ってるよ。さよなら」

これまで、町なかの小さな駄菓子屋で何度もそうしたように、帰ろうとした。戸口までたどりついたとき――

「ちょいと、坊や。もどっといで」

なんとなく不安な気分で、わたしは向きを変えた。片足は歩道の上、もう片足はぬるぬるした床の上だが、ケッズの運動靴はエルジン自転車のほうへ飛びだす構えだ。婆さんは、ビーズのカーテンの奥へひっこんだ。つぎに姿を現したときは、クエーカー・オーツの段ボール箱をかかえていた。それをカウンターにおき、しなびた手でなかをひっかきまわしはじめる。わたしは待った。きっとヨーヨーでもとりだすんだろう。あれはとんまやまぬけのオモチャ、能なしどもの慰みだ。

婆さんがその箱からとりだしたのは、輪ゴムや紐のかたまりと、洗濯挟《せんたくばさ》みがふたつ、それにネズミの死骸らしきものだった。入れ替え機関車が、ぜんそく病みのように外気を呼吸している――そのあとに制動手たちのくぐもった罵《ののし》りが聞こえる。

「あったあった！」婆さんは箱のなかをひっかいた。目的の品物がなかなかつかめないらしい。

「このコマは、だれにでも売るわけじゃないんだよ、坊や」

「ほんとに？」わたしはいつでも逃げだせる構えをとった。

「だけど、坊やがコマをほしがってることはよくわかるさ」婆さんがケッケッと笑うと、うっすら生えた白いあごひげがぼうっと光った。缶のなかから出てきたのは、なにか丸いものをつかんだ婆さんの手だった。

　驚き桃の木！　かぎ爪そっくりな婆さんの手の上にあるのは、スカット・ファーカスが持つ恐ろしいマライアの、悪意に満ちた複製だ。なにもかもそっくり――根性も、形も、サイズも、あらゆるものが――ただ、ちがうのは色だけだ。それは磨かれ、すりへって、銀色がかった鈍い白《しろ》鑞《め》色《いろ》だった。一度もお目にかかったことのないコマの色。だが、それをいうなら、黒いコマだってマライア以外に見たことがない。

「中古だから、そんなにお高くないよ、坊や」

「いくら？」そうたずねるのが怖かった。

「十セントにしといたげる。これは輸入品だよ、坊や。ジプシーのコマ」

ツイていた。めったにないことだが、そのときは懐ぐあいがよく、ジーンズのポケットに十二セントもはいっていた。わたしはなるべく落ちついたようすで二枚の白銅貨をとりだし、いまに歴史的発見物となるだろうコマを手に入れた。これまでに見た最高の喧嘩ゴマを、とうとう手に入れたのだ。ぬるぬるして、重くて、しっかりした手ざわり。まるで、そう、短銃身のコルト三十八口径スペシャルを握ったように心強い感じ。すでにわたしはそのコマを、ウルフと名づけていた。

「じゃ、幸運を祈るよ、坊や。気をつけな、そいつは性悪女《しょうわるおんな》だからね」

外では操車場がつぶやきと唸りをもらし、長い無蓋《むがい》貨車の列がガタゴトと製鋼所を目ざしていた。わたしはウルフを尻ポケットにしまいこみ、たそがれのなかをクリーヴランド通りめざして、必死にペダルを漕《こ》いだ。いよいよ決戦のときが訪れたのだ。それはわかっていた。スカット・ファーカスも、どこかの塒《ねぐら》でそれに気づいたにちがいない。

その夜、夕食のあとで、地下室のおぼろな黄色い電球に照らされながら、わが家の地下世界を支配した、見あげるほど大きなボイラーの隣で、わたしはとっておきの紐をはじめてウルフに巻きつけた。前のひと巻きの隣りへ平たく並ぶよう、つぎのひと巻きを強く締めつけるうちに、とうとうウルフは発射準備態勢にはいった。

紐そのものも、真の名人にとってはとても重要だ。わたしが選んだのは緑色の硬い撚《よ》り紐《ひも》で、しっかりコマの側面にからみつく。このての紐は扱いがむずかしいが、いったんなじめば、他《た》の追随を許さない。紐の末端につけるありふれた木製のボタンもとっくに卒業して、いまのわたしは母親の裁縫かごからくすねた飾り貝のボタンを使っていた。非常事態に備えて、ドレッサーの引き出しに、もう三個の予備をこっそり隠してある。

うす暗い電球が灰色のコンクリートの床に投げかけるおぼろな円。その光の池の中心に目標のマークを刻みつけ、暗闇のなかまでさがった。いつかまたハップモービルを買う日まで父親が壁に吊るした腐りかけの古タイヤや、コンクリート・ブロックの壁ぎわに積んである、白カビの生えた何年も前の古新聞の日曜版や、この地下室で一生を送った無数の世代の野ネズミの臭いや、階段下の棚に並ぶ、ほこりだらけのガラス瓶《びん》にはいった、ぶどうゼリーといちごジャムの匂い、仕事台の下でとぐろを巻いた撒水用《さんすいよう》ホースの鋭い――きつくて強い――ゴム臭と、真っ黒な大箱にはいった半トンもの湿った柔らかい石炭の、もっと微妙だがあたり一面にひろがる臭い。そのすべてをまとめあげているのは、空気穴のあいた、鉄蓋つきの下水溝の石鹸くさい湿気だ。この下水は、毎週、うちの家族の排水をミシガン湖へ運んでいる。

ゆっくりと、細心の注意をはらって、わたしはウルフをはじめてコンクリートの床においた。われわれは似たもの同士だ。ちょうどマライアがスカットと似合いであるように。コマの個性には奇妙な点がある。マライアの個性は激しい怒り、その回転を見る不運に見舞われたあらゆる人間の嫌悪と恐怖を買う、肉食性の衝動だ。いっぽう、ウルフは、もっと堅実で、マライアよりかん高いが、ある意味ではそれ以上に恐ろしい音を立ててまわる。マライアは熱い血をたぎらせた野獣。ウルフは冷血な蛇。これはおもしろい対決になりそうだ。

わたしはそのコマを自分の描いたマークの上へ正確に置きなおし、その手ごたえをたしかめ、じょじょに自分を解放し、興奮と自信の高まりを感じつつ、残忍なウルフを馴《な》らしていった。だが、そもそもの始まりからひそかな不安があった。なぜか自分が実はこのコマを所有していないような気がする。最初のうちは、このコマに不慣れなせいだと考え、自分の直感の正しさにまだ気がついていなかった。

それから二週間、夜ごと夜ごと、ウルフとわたしは地下室での練習に励んだ。ファーカスとの対決の日がくるまで、このコマはだれにも見せずにおこう、と決心していた。まだファーカスとの対決準備もできないうちに、むこうがウルフの存在とわたしの計画を聞きつけたら、なにが起こるか知れたものじゃない。しかし、たとえ対決に持ちこんでも、ファーカスをうち負かすことはおろか、引き分けに持ちこむ確率さえ乏しいことはよくわかっていた。ことわざにいう、地獄で雪玉が生きのびるほどの見こみもない。

みんなの前では二流のコマを使って、わたしは自分の腕前を宣伝しはじめた。やがて、体育館や、講堂や、教室で、その噂がしだいにひろがった。休み時間には、ささやかなファンたちの声援を受け、かわいそうな相手のコマをたたきのめすまでになった。

ファーカスは、みんなの前でわたしに大恥をかかせて以来、もうわたしのコマの腕前など眼中にもないようだ。しかし、一度だけこんなことがあった。ファーカスがジャック・ロバートスンの腕をうしろにねじあげ、もう片手で肋骨をこづいているそのとき、わたしのオレンジ色のコマが、デルバート・バンパスの黄色いボールベアリング・スピナーのそばへみごとに着地したのを見て、ファーカスはピュッと噛みタバコの汁を吐きかけたのだ。もしかするとその場でわたしに挑戦したかったのかもしれないが、ロバートスンにヤキを入れるほうに手いっぱいだった。ファーカスは、周期的にひとりずつクラスのだれかを選び、腱《けん》が切れるほど腕をねじあげる。肩甲骨《けんこうこつ》のまんなかまで手首をねじあげ、犠牲者の顔が灰色になり、目が飛びだし、舌がだらんと垂れるほどの苦痛を与える。そして、こうなる――「さあいえ、このくそ野郎。いえったら!」

「……ぐらああああくっ!」

「さあ、いえよ！　このくそ野郎」ファーカスは相手の腕を二度ほどねじあげ、自分の膝を犠牲者の尾骶骨《びていこつ》にガツンと当てる。

「早く**いいやがれ！**」

犠牲者は、無言の冷笑をうかべた人垣――もとガールフレンドもそこにいるにちがいない――を悲しげにながめ、ついにキイキイ声でいう――「ぼくはへなちょこ野郎だ」

「聞こえねえぞ。でっかい声でいえ」

「**ぼくはへなちょこ野郎だ！**」それを聞くのと同時に、ファーカスは、苦痛にさいなまれた相手を荒っぽく見物人のほうへ突き飛ばす。

「ディルよ、タバコ一本くれ」

そして、ふたりはこっそりと玉突き場めざして去っていく。ファーカスはほぼ六ヵ月に一度の割りで、クラスのみんなにこのヤキ入れをくりかえす。みんなはこう考えていた――きっと名簿があって、その日がくると、犠牲者の名前にチェックを入れるのだろう。

あれは金曜だった。きょうがその日だ、という気がした。なぜか、こういうことはピンとくる。その前日は夜通し激しく雨が降りつづいた。中西部特有の土砂降りだ。いまのわたしは、パンケーキをおもちゃにしながら、危険の予感が高まるのを感じていた。

「おまえ、聞いてるの？　お母さんが話しかけてるのに」

「あー……なに？」

「こっちが話しかけたときは、ちゃんと聞きなさいよ。耳にポテトでも詰まってるんじゃない？」

いつも母はわたしが話を聞いてないという。足をひきずるという。おかげで気が変になりそうだという。まっすぐに歩きなさいと、いつもどなりつける。

「何度いったらわかるの？　食事中は前かがみになっちゃだめ。胃によくないから」

わたしは椅子の上で縮こまり、母の話を聞くふりをした。

「きょうの午後は早く帰っておいで。一緒に買い物に行かないとね。もう二度といわせないでよ」

「うん。うん」

「『うん』といわないようにって、何度いえばわかるの？」

「……うん」

説教は三時間かそこらつづき、ようやく放免されて、家から出ることができた。ウルフは尻ポケットの底におさまっている。ふたつの二流ゴマは上着の右ポケット。対決の用意はばっちり。いまにも降りだしそうな空模様のなか、路地を抜け、柵を乗り越え、空き地を横切って、運動場へ向かった。水たまりの泥水をはねあげ、できたばかりの小さい池の水面に、瓶のキャップを投げて遊んだあと、戦場をめざした。つぎのブロックには、おなじ方角へ向かう二、三人の子供がいた。低い灰色のちぎれ雲の下で、どの木も生温かいしずくを垂らしている。真っ昼間なのに、北のミシガン湖の方角では、低く垂れこめた雲の手前に製鋼所の黒ずんだ赤い輝きが見える。

ついに運動場へ到着して、わたしは練りに練った計画を実行に移しはじめた。「おい、キッセル、ちょいと一戦やらかそうか？」
わたしのコマ、オレンジ色の二流ゴマが風を切って飛び、パチンと音を立ててアスファルトの上に着地した。

「どうだい、キッセル？」

わたしはコマをすくいあげて、こんどは学校の階段の上におき、一段ずつ下りてこさせた。このしゃれた芸当は、わが基本的レパートリーのひとつだ。それにあおられたのか、ジュニア・キッセルもポケットからずんぐりした小さい緑のコマを出した。

「まっぷたつにはしない。ちょいとかじるだけさ、キッセル。心配すんな」
二、三人が見物にやってきた。なにか面白いことがありそうなのを嗅ぎつけたのだ。わたしはわざと自分の腕をひけらかした。
「なんなら、おまえに先手をゆずるぜ、キッセル。さあ、くるか――へなちょこ？」誘惑するように、キッセルのインディアン・トレッドのテニス靴のすぐ前でコマをまわした。むこうもこれには抵抗できなかった。きつく唇を嚙んだ。

「わかったよ、このうぬぼれ屋。これでも食らえ！」キッセルの緑のコマは、わたしのコマをわずかにそれて、アスファルトの上でバウンドし、単調な唸りを上げはじめた。わたしはすばやく自分のコマをすくいあげて、紐を巻きつけ、彼にお返しをしてやった。緑のコマは酔っぱらいのように体をかしげ、どぶのなかへ飛びこんだ。

「ごめんよ、キッセル。コントロールがきかなくてな」わたしはコマをポケットにしまいこむと、大声でこういった――「どのみち、ここらにはコマの名人なんていやしないもんな。さあ、ソフトボールでもやろう」

すべてをはじめるのに先だって、野次馬《やじうま》のなかにグローヴァー・ディルがいることはちゃんと確かめてあった。こんな不敬の言葉を吐いた以上、つぎに起きることはただひとつ。なで肩で、猪首で、虎刈りのクルーカットのディルが、すでに学校裏の路地へ消えようとしている。そこはディルとファーカスが葉巻を吸い、嚙みタバコをやり、いろんな陰謀をたくらみ、ヤキ入れの名簿を調べる場所だ。この時点で自分がすくなからず神経質になっていたことは認めるが、ひきかえすには手遅れ。賽《さい》は投げられた。

神経質な手つきで、わたしはポケットからトッツィ・ロールのチョコレート・キャンディをとりだし、苛立《いらだ》ちを隠そうとそれを嚙んだ。思ったとおり、五分とたたないうちに――まだ、ソフトボールのゲームでどっちのチームにはいるかをみんなで決めている最中に――うしろから力まかせに突き飛ばされ、わたしは水たまりのなかへ腹ばいになった。とたんに、野次馬がどっと寄り集まってきた。ぬかるみのなかから見あげると、ファーカスが左手にさりげなくマライアを持ち、脂《あぶら》ぎった黒い紐を投げ縄のように片手でまわしている。その紐が風を切る音がかすかに聞こえた。

「立てったら、このへなちょこ野郎」

ファーカスはすばやくマライアに紐を巻きつけ、空中高く投げ上げてから、落ちてきたコマを手のひらで受けとめた。つかのま、マライアが手のひらの上で調子よくまわっているうちに、それをかぎ爪のような指で包みこんだ。

「早く。立てったら」

のろのろとわたしは立ちあがり、悔い改めたふりをした。

「どうしたんだい、ファーカス？　ぼくがなにをした？　まいったなあ！」まわりの野次馬から、低いクスクス笑いがもれた。この前兆、おなじみの前兆に見おぼえがあるからだ。ひとりの例外もなく、これとおなじ言葉をときどき口にしたことがあるので、他人がその罠《わな》に落ちたのを見てうれしいのだろう。

「おまえのコマを出せ」

「ぼくのコマ？」

「さっさと出せ！」

雨がぽつりぽつりと落ちて、まわりは刻々とうす暗くなってきた。いまでは野次馬の数がふえ、まもなく周囲には、どっちつかずの顔の並ぶごたまぜの人垣ができた。噂が流れたのだろう。ファーカスがこれからだれかをとっちめるので、見物にこい、と。哀れにも運命のきわまったオレンジ色のコマを、わたしは神経質な手つきでとりだした。ファーカスに狙いをつけられたら、もうこのコマには望みがない。練りに練った計画で、このコマを生贄《いけにえ》に選んだのだから。

「コインで先手を決めようぜ」ファーカスがどなるようにいった。ひややかな目つき。手のひらに載せているのは、準備のととのったマライアだ。

「はじけよ、ディル。表だ」

ファーカスの親友が、両面とも表の悪名高いコインを灰色の空へはじきあげた。

「表だ。おまえの勝ちだぜ、スカット」ディルがわたしのほうへどなった。

野次馬から不穏なつぶやきが漏れたが、どこに利口者がいるのかをさぐるようにファーカスがそっちをにらむと、とたんにつぶやきが静まった。

「まわせよ、このヘボ」

わたしはオレンジ色のコマに紐をきつく巻きつけ、アスファルトの上でしっかり両足をふんばった。低く速い下手からのひと振りで、ゆうに五メートル先までコマを投げた。

ファーカスはなかばうずくまり、よごれた親指にマライアを食いこませ、ボタン代わりの錆びた座金《ざがね》を指のあいだからのぞかせている。その腕が鋭く振りおろされると、紐がパシッと音を立て、黒いマライアがおそいかかった。だが、狙いは二センチばかりはずれた。ふたつのコマがしばらく並んでまわるのを見てから、わたしは急いで前に飛びだし、自分のコマをすくいあげて後退した。目の前には、黒いマライアがヒキガエルのようにうずくまって不機嫌な唸りを上げ、ファーカスは軽蔑《けいべつ》もあらわにこっちをながめている。

わたしはいよいよ決闘の覚悟を決めた。ふたたび腕を振ると、オレンジ色のコマがさっと飛びだした。黒いマライアの急所めがけてまっしぐら。狙いはぴったりで、ファーカスにもそれがわかったのか、のどの奥で低い唸りを上げた。野次馬から興奮のざわめきが上がるなか、オレンジ色のコマは激しくマライアにぶつかった――だが、そこで急に弱々しくよろめき、見物人の足もとのほうへそれていく。マライアはびくともしない。

「もういっぺんだ、このへなちょこ野郎」

ファーカスはマライアをすくいあげ、わたしのつぎの動きを待った。くるべきものがきた、とわたしはさとった。せっかくのチャンスを逃がしたか。だが、このかわいそうなコマには期待をかけていない。まだ奥の手がある。

わたしはコマを投げた。するとファーカスは、いつも戦利品をとりあげるときに見せる冷笑的なゆとりと派手な動きを見せて、わたしのコマをまっぷたつにし、あの世へ送りだした。恐ろしい大釘が、濡れたアスファルトの上で薄い水しぶきを散らした。

伝統的な習慣で、おおぜいの見物人はファーカスの勝利を褒《ほ》めそやした。

「ワーオ！」

「びっくりしゃっくり！」

「すっげえ！」

「やったあ！」

その他もろもろの嫌味な賛辞。

ファーカスはさりげなくマライアをつまみあげ、わたしに背を向け、ディルをしたがえて歩き去ろうとした。野次馬がふたりの前でふたつに分かれた。いまだ！

わたしは片手をさっと尻ポケットにつっこみ、すばやくウルフをひっぱりだすと、あっというまに紐を巻きつけ、思いきり投げた。かん高いコマのうなりは、歯医者のドリルのように休みなく、その二倍も不快な音で、降りかけた雨を切り裂き、ファーカスをばったりと立ちどまらせた。

彼はふりむいて、じっとわたしのコマを見つめた。目がまんまるくなり、ウルフの正体を見きわめたとき、すくなくともほんの一瞬、その顔が青ざめたようだった。われわれの中間で、銀灰色のコマはあざけるように歌っている。わたしは一言もしゃべらなかった。ウルフがすべてをいいつくしていた。

なにかが起きたのを感じとった野次馬が、きゅうにしんとなった。どこか遠い南のほうで雷鳴がとどろき、そして静まった。ファーカスはさりげなくマライアに紐を巻きつけ、無言でそれを投げた。悪意のこもった、上手からの激しく鋭い投げは、ペンキの皮一枚の差でウルフとすれちがった。ふたつのコマが、そのあいだに日もささないほど接しあって回転し、マライアの低い轟音が、ウルフの不気味なかん高い唸りと一緒に、奇怪で怒りに満ちたデュエットを奏でている。

すばやくわたしはウルフをすくいあげ、こんどは渾身《こんしん》の力をこめて、大きな相手を狙った。銀灰色の稲妻のように、ウルフの姿が目の前でぼやけた。それとわかるためいきが、野次馬から漏れた。スカットが鋭くマライアを見やる前で、ウルフは絶叫を上げながらとどめの一撃を加えようとした。

信じられない！　ウルフはマライアの上を影のように跳びこえ、髪の毛ひとすじの差ですれちがった。ファーカスがケッケッと笑いながら、すばやくマライアをすくいあげ、のどの奥からの笑い声とともに、ウルフにとどめを刺そうと送りだした。これまでにも、スカットがゲームの相手に対して本気で怒ったのを見たことがあるが、こんな表情ははじめてだった。見るのが怖くなり、なかば背を向けようとした——だが、群集の大きなさけびでわかった。信じられないことに、マライアの狙いがはずれたのだ！

こっちの番。生まれてはじめて、わたしの神経は鋼鉄さながらに張りつめた。こんどはかぎりなく慎重に狙いをつけ、さっきよりやや高く、揚力をふやし、より恐ろしい軌道を描くようにコマを投げた。ウルフは舞いあがり、まるで灰色の鷲のように舞いおりてきた。だが、最後のありえない瞬間にくると、空中でわずかにコースを変えたらしく、マライアを軽くかすっただけで、水たまりのなかへ飛びこんだ。

何度も何度も、わたしたちはおたがいに攻撃を仕掛けた。最初はウルフ、つぎはマライア。何度も何度もふたりは相手の急所を狙った。なにか奇妙な現象が起きていることに、ようやくファーカスとわたしが気づき、やがて野次馬もそれに気づいた。信じられないことに、ふたつのコマはおたがいを怖がっているらしい。でなければ、どちらのコマも、なぜか、なんらかのかたちで、謎のジンクスにつきまとわれているらしい。

腕が痛くなってきた。ファーカスは服の袖《そで》で洟《はな》をかむあいだだけ手をとめ、ふたたび攻撃にもどった。あたりはいっそう暗くなってきた。ようやくわかってきたのは、この調子だと、どちらも相手を倒せないということだった。ゴミだらけ、泥だらけになった狂気のコマがふたつ、まるで生き物のように跳びはねている——かすり、跳びこえ、おたがいの上を舞い、昔からこれまでどんなコマも見せたためしのない動きを見せている。どちらも相手を憎んでいる。だが、そのくせ、双方が結託しているようにも見える。

ディルは、すべてのヒキガエル野郎にふさわしく、ウルフを妨害するためあらゆる手管を使った。わたしがコマを投げるときには泥を蹴りあげ、二度もわたしを強くこづいて、バランスを崩そうとした。ファーカスはまだ元気だが、しだいに怒りをつのらせ、獰猛《どうもう》になってきた。とうとう傷だらけになった戦場からマライアをつかみあげると、憎悪のこもった恐ろしい目つきでわたしをにらみつけ、低い声でいった。

「よし、このへなちょこ野郎。こんどは〝ぶんどり〟でいこうぜ」

〝ぶんどり〟というのは、自分のコマが相手のコマをコンクリートの上に描いた円の外まで押し出せば、両方のコマが自分のものになるゲームだ。喧嘩ゴマの最終テストともいえる。ファーカスはウルフに対してマライアを賭けてきたのだ。アスファルトと平行に走るコンクリートの歩道に、すばやくディルがいびつな円を描いた。コンクリートの硬い表面は〝ぶんどり〟ゲームにぴったりだった。

「おまえが先だ」とファーカスが命じた。

このゲームのルールでは、相手のコマへじかに当てることは許されない。だから、どちらが先に投げるかはあまり関係がない。ふたつのコマが戦い、円内でおたがいに相手の周囲をまわりながら、最後にどちらか片方が相手を押しだす。

わたしはウルフを投げた――もうほとんどなにも考えなかった。コマは鋭い唸りを上げながら、低い弧を描いて円の中央に着地した。ありったけの力をそのスピンにこめ、思いきり力をこめて紐を引いたのだ。ウルフは、マライアを待ちかまえながら回転した。スパイクが鋭く硬い音を立てる。そこでファーカスもマライアを投げ、いまやふたつのコマは、二センチほどの距離をたもちつつ、唸りを上げた。ふたつのコマはゆっくりと歩き、じょじょに距離を詰め、見物人たちも前ににじりよってきた。近く、さらに近く、そして最後に――カチッ……カチッ……カチッ――ふたつのコマが触れあった。死闘のなかで、まずウルフとつぎにマライア、そしてマライアとつぎにウルフが、カチカチと触れあい、高く低くリズミカルにブーンと唸りを上げ、運命の円周の縁へとにじり寄っていく。どちらが先に外へ出るのか?

しばらくは運命きわまったかに見えたウルフが、そこで体勢を立てなおし、肩でマライアを押しやった。ありえないことだが、ふたつのコマは回転しながらさらにスピードを増すように思えた。どちらも怒りの上に怒りをかきたて、ついにとつぜんの突進でおたがいに激突し、狂おしく、がっきと組みあい、そこで抱擁《ほうよう》したまま旋回をつづけ、一緒に線を越えて、円周の外に出ていった。霞《かす》んだ空気のなか、おぼろなふたつのコマの上には雨が降りつづいている。

ファーカスは勝利を感じてさけんだ――「**おまえのコマが出たぞ!**」

彼は前に飛びだした。ふたつのコマはまだ戦いつづけながら、一緒に縁石から転落して排水溝にはまり、増水した溝のなかでカチカチ、ブーンと狂おしい音を立てながら、泥と泡を雄鶏の尾そっくりに撥《は》ねあげている。わたしはウルフを守ろうと、急いで駆けよった。

だしぬけにすべてが終わった。死闘をつづけるふたつのコマは、がっきと組みあったまま排水溝の奥へ姿を消し、あとには濁流の深い唸りだけ。ふたつのコマは影も形もない。コマがこんな芸当を演じるのを見たものは、これまでだれひとりいないはずだ!

ファーカスは蒼白《そうはく》な顔になり、怒りに目を燃え立たせ、排水溝の鉄格子ごしに雨水の激流を見つめた。それから無言で立ちあがり、ディルをしたがえて、雨のなかを通りの先へと歩きだした。わたしはさとった。もう二度とウルフには会えない。だが、なぜかわかっているのは、ウルフもマライアもまだくたばっていないことだった。ふたつのコマは戦いつづけるだろう。どこから自分がそれを知ったのかはわからないが、とにかくわたしにはそれがわかったし、いまもわかる。

野次馬は散らばって、三々五々に分かれた。ウォレン・G・ハーディング小学校の喧嘩ゴマ全盛時代は、ここに終わりを告げた。その二、三週間後、わたしは自転車で町の反対側まで遠征し、あのトータル・ヴィクトリーの店を捜してみた。それから何ヵ月かあとで、一度あの店を見つけたような気がしたが、よく見ると、そこは剥製《はくせい》の動物や揺り椅子を売る店だった。それからもしばらくのあいだ、わたしは捜索をつづけた。だが、あの店は二度と見つからなかった。

ジョゼフィン・コズノウスキの
薄幸のロマンス

「ルスティキ!」と大看板には一メートルもあるような文字で書かれていた。リトアニア語で欲望《ラスト》の意味なんだろうと思いながら、イーストサイドに新しくできた、しゃれた映画館「シネマ69」の前に並んでいる、マンハッタンの芸術映画好きの長い列にまじって、わたしは寒さをしのごうと足をかわるがわる動かしていた。今夜もまた、芸術的なモンタージュ、エレガントなパン、みごとなディゾルブが見られると期待して、彼らは禁欲的な顔を輝かせている。切符売り場を縁《ふち》取《ど》っているポスターに目をやると、そのひとつにはこう書かれていた。

理想に燃える農家の若い娘レスビアが、真実を求めて大都会へと旅立つ。主演はルドヴィーカ・ベリコズニック、監督は十三歳の新星、ミロシュ・ペデラスティンスキ。

「強烈な体験」……ニューヨーク・タイムズ

そのレスビア本人はというと、胸はインディアナ州のマスクメロンみたいに熟《う》れ、顔はすばらしいスラブ系で、農家の娘らしく目と目のあいだが広く、ベトコンの非正規兵とこの世のものならぬ性的絶頂を味わっているように見えた。

まわりの人だかりは、まるでフェリーニの群衆シーンみたいだった。革ジャン姿で牛追い鞭《むち》を手にしているずんぐりした体形の女性、性別不明で、ビロードのジャーキンにエルフシューズという恰好《かっこう》をして、フクロウみたいなか細い声を出す生き物の群れ、サパタそっくりの服装で、デニムのジャケットには「白豚を殺せ」という物騒なボタンが付いていて、不敵な笑みを浮かべた髭面《ひげづら》の革命家たち数人。大看板の光が何百というバラ色や青色のサングラスの、なかにはディナープレートほどの大きさのものもある、ぴかぴかに磨いたレンズにきらきら輝いていた。ビーズのヘッドバンドに、鹿革のフリンジジャケットというでたちのショショーニ・インディアンの大部隊が、なにやら神秘的なサインを交わし、ニューヨーク市立大学の猛者どもにしかできないような、奇妙にブロンクスがかった声を出していた。

ほかの連中の服装はといえば、ジョーン・クロフォードの映画で用済みになった衣装みたいだった。肩パッド、野暮《やぼ》ったいスカート、シークインのウェッジサンダル、巻き毛の髪にフェザーボア。あちこちで、グランド・コンコース通り版のハンフリー・ボガートが下唇からタバコを垂らし、群衆を見下すように嘲笑《ちょうしょう》していた。モザイクに彩りを添えていたのが、何人かのベルモンドと数人のウォーホルだった。縁石のところに立っている、絶望的に場違いな衣装を着けた救世軍のサンタクロースは、喧騒《けんそう》のなかでやる気なさそうにベルを鳴らしていた。わたしはジャッキー・クーガンのツイードキャップのつばを引っぱり、頭にしっかりと固定した。クリント・イーストウッド風のメキシカン・セラーペをかぶっているだけではちょっぴり寒い。フレッド・アステア風のツートンカラーのエナメル革パンプスでは、十二月のぬかるみには情けないほど合わない。

映画が終わってから――欠点はあるもののなかなか魅《み》せる、ブラックコメディ風で実存主義的なポルノ映画で、滑稽《こっけい》なザッヘル＝マゾッホ物に属していた――わたしはこの界隈《かいわい》で映画好きの溜まり場である「ル・ベーグル・ヴェリテ」の席に落ちついた。ジョン・バリモアが好んだとメニューに書かれているモカ・アブサンを飲みながら、ポール・ニューマン、マーロン・ブランド、ピーター・フォンダ、チェ・ゲバラ、チャーリー・ブラウンのそっくりさんたちがごったがえすなかで、壁に貼られている印象的な一枚のポスターを眺めていた。それは懐かしいルドヴィカだった。「どこかで見かけたことがあったかな?」と考えているうちに、アブサンが生ぬるい溶岩のように血管にしみこんでくる。

そうだ!　ガツンとぶん殴られたような感じだった。わたしが知っている男性たちはみな、ふつうの国産品よりも外国人の女の子のほうが、たとえ隣り町出身の子であろうと、ずっとセクシーだと信じていたのだ。わたしは瞑想的《めいそうてき》な気分になるときの癖で、シドニー・グリーンストリートみたいに皮肉たっぷりに笑った。そのときに、痛ましくも、すべてがよみがえってきた――異質な官能、異国の情熱、禁断の果実を求める、忘れかけていた冒険が。

それが何事もないかのような顔をして始まったのは、クリスマスの数週間前、わたしが若者として育った、インディアナ州北部の製鉄所の町でのことだった。クリスマス休暇の直前で、もう冬はきびしい寒さのさなかだった。煤《すす》をかぶった雪の吹きだまりのなかをとぼとぼと歩きながら、わたしの心はまるで半分しぼんだ軟式飛行船みたいにふらふらとさまよっていた。ロマンスから次のロマンスへと移る途中だったのだ。エリザベス・メイ・ロングネッカーとの短くて悲惨な恋は、彼女がイヤーマフとスナップ付きのゴム靴を着けているのを発見した、十一月の下旬にはかなくも消えていった。テニスコートでの彼女はどういうわけか違って見えたのだった。

バンドの練習で帰りが遅くなり、スーザフォンの重さでまだ左肩が痛く、序曲「一八一二年」の最終二十四小節のせいで唇がヒリヒリしていたとき、鼻にツンとくるような匂いを嗅《か》いだ。それは少年時代のウィタ・セクスアリスで劇的な役割を演じることになる匂いだった。もう一度嗅いでみた。ぼんやりと記憶があるようで、それなのに覚えがなく——そして不思議なことに興奮してくる匂い。

そのとらえがたい香りは、わたしたちが日常的に呼吸している、グラッセリ化学工場の腐った卵みたいな臭い、シンクレア精錬工場の沼の瘴気《しょうき》みたいな臭い、それに溶鉱炉の粉塵《ふんじん》のくすぶった金属質の瘴気とまじり合っていた。

家に近づくにつれて、その香りはさらに強くなっていった。

お隣りのバンパス家から灯りが漏れているのに気づいたのはそのときだった。チンギス・ハーンの軍勢でもカブスカウトのジャンボリーみたいに見えそうなバンパス一族が、ブルーティック種の猟犬《りょうけん》やどぶろくの壺《つぼ》と一緒に、未払いの家賃とゴミだらけの庭を残してこっそり夜逃げしてから、その悪名高い家はずっと空き家になっていたのだ。変だなと思いながら、灯りのついた窓を見た。バンパス家の後では、いったい何が出てくるかわかったものではない。もうワクワクする気分がわいてくるのをぼんやり感じながら、裏のポーチを上がってキッチンに入った。

「**あの、母さん……**」

「ポーチで靴を脱いどきなさいって、何度いったらわかるの？」

「うん、母さん、だれが……？」

「ポーチで脱いどきなさいっていったでしょ。ほら！　床がこんなになっちゃって！」

ポーチに戻り、ゴム靴を脱いでから急いでキッチンに戻った。弟がキッチンテーブルにすわり、むっつりした顔で算数の本とにらめっこしていた。

「ねえ、母さん、隣りに引っ越してきたのだれ？」

母は返事をせず、トマトソースのかかったミートローフをオーブンに入れるのにかかりきりだった。冷蔵庫の上に置いてあるラジオから歌声が流れてくる。

濃い紫色に染まった夕暮れがァ
　眠くなった庭の壁に落ちればァ……

「ラジオを切ってくれない？　おまえが何をいってるんだか聞き取れやしない」

いつものようにオーブンのドアと格闘して、母の顔が真っ赤になっている。こいつは引っかかりが悪くて、四回ほど叩きつけないとちゃんと閉まらない。母は姿勢を直して、キッチンタオルで手を拭いた。わたしが手を伸ばしてラジオを切ると、ちょうどそのとき裏口のドアが開き、雪をまきちらしながらおやじが鼻息荒くドカドカと入ってきた。

「まったくなんて寒さだ、キンタ……」

「ちょっと。子供たちが聞いてますよ」間一髪のところだった。

「おい、何の匂いだ？　何か新しい料理でも作ってるのか？」おやじは怪訝《けげん》そうにたずねた。おやじは食事なら肉とポテトと決めている人間であり、その基本的なメニューからはずれるものはなんでも女々しいと思っている。人が本当に好きな食べ物は肉とポテトで、ほかのものが好きなふりをするのはいい恰好をしたいだけだと、本気で信じているのである。

「お隣りさんからのもらいもの」と、母は食卓の準備をしながら上の空で答えた。

「お隣りさん？　キッセルのところで本当に夕食を作ってるってことか？」おやじは信じられないといわんばかりに声をはりあげた。もう一軒のお隣りさんであるラッド・キッセルは、何年も前に食事をとるのをやめていた。バーボンの味を覚えたころの話で、ジンで我慢せざるをえなくなった時期を除いてはひたすらバーボンだった。食事も仕事もやめてからというもの、家族のほかの者はコーンフレークを食べて暮らしていた。

「違うわよ、バンパスさんの家」

「バンパスだって！」おやじは鉄砲玉のように窓際に駆け寄った。「まさかあいつらが戻ってきたんじゃないだろうな！　畜生、またあの汚らしい犬を蹴っ飛ばしてやることになったら……」

おやじが最も恐れていたことのひとつは、おやじをイラつかせようと、バンパス一家がまた隣りに戻ってくることだった。タバコの唾《つば》を吐き、骨ばって、ギョロ目のぐだぐだした原始人の群れの記憶は、おやじの心にまだ生傷となって残っていた。

お隣りさんからただよってくる強烈な香りが、エキゾチックなガスの雲みたいにキッチンに充満していた。突然、なんの前ぶれもなく、おやじが暗闇をのぞきこんでいるときに、重くてリズミカルな大音響が喧騒に加わった。

「何事だ？」おやじの声にはかすかな怯えがまじっていた。バンパス家の鳴りやむことを知らない蓄音機から流れてくる、アーネスト・タブ、デルモア・ブラザーズ、カウボーイ・コーパスの鼻声のせいで、眠れぬ夜を幾度となく過ごしたことはよくよく憶《おぼ》えている。大音響はこれがまだ序の口で、しばらくつづくことになる。

「またおっぱじまったか」おやじはキッチンテーブルの椅子に腰を下ろし、缶ビールを開けた。

「この匂いが何だか、見当がつくわ」母は自信ありげにいった。

「ほう？」

「ロールキャベツの匂い」

おやじはビールから顔を上げた。「たしかにロールキャベツの匂いだな。でも、それだけじゃない」おやじはクンクン嗅いだ。

「ブラッドスープも作ってるみたい」母はまるでだれでも毎晩ブラッドスープを作っているみたいにいった。

「ブラッドスープだって！」おやじはビールでちょっとむせた。

「ゲッ！」弟も議論に加わった。弟はひどい偏食だった。

「イルマ・キッセルの話じゃ、ポーランド人ですって」

「いやあ、ほっとしたよ！」おやじは本心からそういった。「一瞬、バンパスが戻ってきたかと思った。ときどき、あのギターを弾く音や、あの犬が吠える声や、あの野郎がうちの車寄せにタバコの唾を吐く夢でうなされることがあるからな」

ポーランド人だって！　わたしは突然、興味津々《しんしん》になった。「子供はいるのかなあ？」とたずねてみた。

「どうかわからないけど、男の子が二、三人いるらしいわ。それと……」母はマッシュポテトを手際《てぎわ》よくかき混ぜ、左手で軽く塩を振った。「……女の子も一人いるみたい」

おやじはその話題にすっかり興味を失い、スポーツ欄を読みふけっていた。バンパス一家さえ戻ってこなければ、だれが引っ越してこようが気にならない。

女の子！　ポーランド人の女の子！　恍惚感《こうこつかん》の波がわたしの体をふるわせた。うちの近所には女の子と呼べるものは皆無だったのだ。どういうわけか、近所の子供たちはほとんどみな男子だった。実際に女の子に出会う場所は学校に限られていて、彼女たちはみな、わたしたちの家から遠く離れた神秘の地域に住んでいた。もちろん、ずんぐりして、喧嘩《けんか》腰《ごし》で、不機嫌なエスター・

ジェイン・アルベリーもいた。アメフトのヘルメットみたいな髪をして、だいたいいつも汗びっしょりで、体重は百キロ近くもあるヘレン・ウェザーズもいた。ぶあつい眼鏡をかけて、いつも図書館にいるアイリーン・エイカーズもいた。しかし彼女たちは数のうちに入らない。シュウォーツやジュニア・キッセルとよく女の子の話はしたが、たいていは仮定の話だった。

「名前はジョゼフィンといってね」と母。「歳はおまえと同じくらい。学校はオール・セインツ校だって」

わたしは平静を保とうと必死になったが、内心動揺していた。万歳《ばんざい》、大当たりだ！　同い歳のポーランド人の女の子が、お隣りに引っ越してきたなんて！

隣り町のイースト・シカゴの女の子たちはみな美人で、なかでもポーランド人の女の子はとびぬけ美人だというのが、仲間内で最大の普遍的信念だった。科学的根拠はまったくない。その必要はない。ただの既成事実なんだから。フリックにおやじさんの車を借りてもらって、みんなでイースト・シカゴに行き、窓を開けて車を流しながら、通りを歩くポーランド人の女の子たちをただ眺めていることもときどきあった。女の子たちに声をかけ、そのあたりをぐるぐると流して、脇腹をつつき合い、ニーハイのオレンジジュースを飲み、ホワイトキャッスルのハンバーガーをかっこんで、クラクションを鳴らした。この遊びはなぜかスクラッグと呼ばれていた。もちろん、実際に女の子と話すことはなかったし、近づくことすらなかった。ただ声をはりあげ、車を出して、見つめているだけだった。

「ジョゼフィン？」その名前を聞き取れなかったみたいに、関心がなさそうなふりを装った。

母が肉汁をすくいながらいった。「ジョージーと呼ばれてるわ。姓はコズノウスキ。イースト・シカゴから来たんですって」

なんだって！　シュウォーツとフリックにこの話を聞かせてやりたい！　イースト・シカゴ出身のジョージー・コズノウスキ！　新時代の始まりだ。

翌日の昼食時に、ジョンズ・プレイスというはやりの安レストランで、次のような会話が交わされた。そこは高校生がよく集まる店で、キリスト教国のなかでもいちばん脂《あぶら》がベタベタのハンバーガーが名物だ。

シュウォーツ（フライドポテトを口いっぱいに頬《ほお》ばりながら）「ぼくがクリスマスに何もらえるか、絶対に当てられないぞ」

フリック「このケチャップはひでえな。底で固まってやがら」（店内の騒々しさとジュークボックスの四百ワットの大音響にもめげずに声をはりあげて）「**おいジョン、こっちに新しいケチャップ持ってきてくれ。このボトルは六年間もテーブルの上に置きっぱなしじゃないか！**」

シュウォーツ（しつこく）「ぼくがクリスマスに何もらえるか、絶対に当てられないぞ」

フリック（座席で立ち上がり、ケチャップのボトルを振る）「**おいジョン、こっちにケチャップ！**」

ジョン（背が低くて色黒の、どこの生まれかわからない男で、ニキビ面の若者たちの嫌がらせと、三日おきにやめていく回転の速いコックたちのせいで、気性が荒くなっている）「ケチャップケチャップってうるさいのはどいつだ？」
フリック　「おれ。こっちだよ」（ボトルをまだ振っていたので、ケチャップのかたまりが不意にゆるんで、まわりにいた客にかかった。そのなかには有名なディフェンス・ハーフバックがいて、席から立ち上がったが、そこまでのことでもないと思ってか、また席に腰を下ろした。）
ハーフバック　「気をつけろよ、チンピラ」
ジョン　「手が十本あるわけじゃないんだからな。ほら、マスタード」
フリック　「マスタードじゃなくてケチャップ」
ジョン　「うるせえなあ、ったく！」（バタン！　という大きな音がして、煙の立ちこめる青いキッチンに消える。）
シュウォーツ　「うん、きっとすごいクリスマスになるぞ」
わたし（白昼夢にふけって、初めてシュウォーツの声を聞く）「ん？」
シュウォーツ　「どうしたんだよ？　風邪でもひいたのか？」
フリック（これもさだめとあきらめて、ボトルからマスタードを指ですくい、チーズバーガーに塗る）「風邪？　おれに近づくなよ！　風邪なんかにかかりたくないからな」
わたし　「風邪？　だれが風邪ひいたって？」
ジョン（汗だくになってキッチンからふたたび現れ、ホカホカのローストビーフサンドイッチのトレイを運んでくる）「ケチャップがほしいやつは？」
フリック　「おれのおじさんに、もうちょっとで風邪で死にかけたのがいてね」

ジョン　**「ケチャップがほしいやつは？」**
ハーフバック（フリックに）「おい、すかんぴん、ケチャップがほしかったんじゃないのか？」
（ジョンからケチャップを奪って、フリックのチーズバーガーにボトル半分かける。）「もういいか？　それとも頭の上からちょっぴり垂らしてやろうか？」
わたし「ケチャップをまわしてもらえませんか」
ハーフバック「気のきいたことというじゃないか」
シュウォーツ（おかまいなしに）「おやじは電動ノコギリをくれると思うんだ」
ハーフバック（ケチャップのボトルをわたしに寄こして）「気をつけろよ、小僧」
フリック「インディアナポリスの、ＹＭＣＡでもらったんだ」
わたし「何をもらったって？」
シュウォーツ「そう、ぼくの作業台に取り付けるのさ」
ジョン「カフェモルトをたのんだのは？」
フリック「ここ」
ジョン「おまえら二人はコーラだったな？」
わたしとシュウォーツ「うん」
（しばらくゴクゴクやる時間）
わたし「バンパスの家って知ってる？」
シュウォーツ（氷をなめながら）「どうせそういうことなんだろ？」

わたし　「そういうことって、何が？」
シュウォーツ　「あの懐かしいデルバート・バンパスが戻ってきたっていうんだろ。新聞配達をしている途中で、あの汚らしいバンパスの猟犬にひどく嚙《か》みつかれたことがあって、死ぬかと思ったよ。二ブロック先まで、あの犬はぼくの足にしがみついて放さなかったんだ」
わたし　「いや、ほかの人間が引っ越してきたのさ」（完璧なタイミングで、劇的効果を狙ってポーズを入れた。）「女の子」
フリック　「何だって？」
シュウォーツ　「あの忌々《いまいま》しい猟犬が毎日ぼくを待ち伏せしていて……女の子？」
わたし（そしらぬ顔でコーラを飲み、サスペンスを味わう）「うん、女の子」（フレンチポテトの端をかじる。）「ポーランド人だって」
効果絶大だった。フリックはカフェモルトから顔を上げた。そんなことはめったにしないのに、驚きでポカンとなっている。シュウォーツは手が麻痺《まひ》して、カウンターにコーラをこぼした。
わたし　「イースト・シカゴから来た」
シュウォーツ　「ポーランド人の女の子？　イースト・シカゴから来た？　おまえのお隣りさんだって？」
フリック　「名前は？」
わたし　「ジョゼフィン。ジョゼフィン・コズノウスキ」
われわれ三人は長いこと黙ったままじっとして、それぞれが個人的な思いにふけっていた。すでに、それぞれの頭のなかでは、作戦や妄想が駆けめぐっていた。

ハーフバック「コズノウスキだって?」(どうやら会話をぜんぶ立ち聞きしていたらしい。)

わたし(用心して)「そうだよ」

ハーフバック「そう聞こえたような気がしてな」(彼はルートビアをゴクリと飲んで、おどかすようにゲップをしてから、ズボンを引っぱりあげて大股で出て行った。)

シュウォーツ「どういうことなのかな?」

わたし「さあね」

フリック「ああいう手合いが何を考えているか、わかったものじゃないからな。何も考えてないかもしれないけど」

学校が終わってからその夜、フリック、シュウォーツ、それにキッセルとわたしは、さりげない足どりでバンパス家を通り過ぎた――気温は零下五度、電線に吹きつける風のうなりがまるで『ミステリーがお好き』の効果音みたいに聞こえてくるなかで、精一杯さりげなく。ゴム靴を履いてのろのろと、この十分間に十二回もバンパス家の前を行ったり来たりしていることに、なんの変なところもないかのようなそぶりで。

「きっと太ってるぞ」北極圏の寒さのなかで吐く息が渦《うず》を巻きながら、フリックがいった。

「すぐ隣りに住んでるなんて、運のいいやつだな。その子の寝室までモロ見えなんじゃないか」

シュウォーツが苦々しげにつぶやいた。

ちらっとでも見えるかもしれないと思って、その家を眺めてみた。玄関のドアには、フロイド・バンパスが蹴った跡がまだついている。フロイドとおやじのエミルが殴り合いの喧嘩をした夜のこと、タイヤレバーで殴ったエミルが勝ったのだった。同じ家のように見えても、どこか違う。いまでは女の子の家で、女らしさのようなものを発散している。たえず流れるポルカのレコードの音が足元の凍《い》てついた地面を揺らし、ロールキャベツの蠱惑的《こわくてき》な匂いが鼻の穴を満たした。あたりはもう暗くなりかけて街灯もちらほらつきだしていたころに、ジュニア・キッセルが最初の得点をあげた。

ちょうどフリックが氷のかたまりを拾って、ガレージの上でブルブルとふるえているスズメに投げつけようとしていたときだった。わたしは羊革のコートがいつもシャツにチクチクするので左肩をせわしなく掻《か》こうとしていた。シュウォーツはゴム靴の留め金をはめようとかがみこんでいるところだった。

「あそこにいる!」

わたしたちはまるで自然史博物館にある「古代人の日常生活」のジオラマみたいに、冷気のなかで突っ立っていた。バンパス家の勝手口が開いて、そこから二人の人影が暗がりのなかへと出てきたのだ。背が低くてずんぐりした、ショールを巻いた女の人と、そのうしろに、暗闇のなかでかすかに見える——女の子だ! あの年にすごく流行《はや》った、紐付《ひもつ》きのパーカーを着ていた。女の人が地下室につづく階段のそばで何かを拾い、二人は一緒に家の中へ消えていった。

三十秒ほど、だれもひとこともいわなかった。ようやくフリックが氷のかたまりを街灯の方向に放り投げ、シュウォーツが低いふるえる口笛を吹いた。

「とにかく、最初に見たのはおれだぞ」とキッセルがいった。

わたしはなにもいわなかったが、これから取るべき道はわかっていた。もう後戻りはできない。毎晩、ほかのことをする前に、やらなくてはいけない雑用があった。プラスキの店に行って、母が買い物リストに書いたものを買ってくるという用事だ。毎晩というわけではなく、母が午後に買い物をする気が起きないときだけ。今夜がその買い物の晩だった。暗闇のなか、空き地を横切るときに、ジョージーに出会う場面を想像してみた。彼女がはしごから落ちてきて、わたしがつかまえる。体育館でバスケットボールをドリブルしてスタンドに激突したら、そこはちょうど彼女の膝《ひざ》の上。あるいは、狂った運転手がハンドルを握るバスが歩道に乗り上げ、彼女がまさしくタイヤに轢《ひ》かれそうな瞬間にわたしがすくい上げる……。男はそういうことを夢想するものだ。

わたしはまだぼうっとしたままプラスキの店に入った。そこはいつものように鉄鋼労働者でごったがえしていた。噛みタバコと作業用手袋をたくさん売っているからだ。プラスキ本人はガラス張りの食肉カウンターの奥であくせく働いていて、エプロンには脂や血のしみが付いている。現在の店員は、以前エッソのスタンドで働いていたハウイーで、食料品売り場の奥からわたしをじろっとにらんだ。小銭で買えるキャンディが入ったケースのまわりで、薄汚い子供たちがたむろしている。わたしも過ぎ去りしころにはそうだった。一緒にソフトボールをして遊んだこともあったのに、ハウイーはガソリンスタンドやプラスキの店で働くようになってからというもの、いつ見ても怒っている。もう学校には行ってなくて、ひたすら働いてプラスキの小型トラックを運転し、ジャガイモや食料品の袋を配達していた。

「何がほしい？　早くしてくれよ、ったく」

毎日十九時間労働で、もう学校に行かなくてもいいなんてうらやましいなとだれでも思っていた。顔はほっそりしてタカみたいな赤ら顔。髪の毛は一種のカラシ色で、使い古した刷毛《はけ》みたいに頭の上に積んである。有名なのは、女の子のせいで学校をやめたからだ。二年生の途中でバスケ部に入ったばかりだったのに、突然退学して結婚したのだった。それ以来、いつもムカムカしていた。

「シルバーカップ、一斤《きん》ください」プラスキの店はセルフサービスではなかった。どの品も手の届かないところに保管してあった。

「大きいの、小さいの？」

「大きいの」

買い物リストの残りを読み上げると、まわりで人だかりがするなか、ハウイーはそれをぜんぶ紙袋に詰めこんでくれた。

「あ、そうだ。それからミスター・グッドバーを一つ」あの段階では、わたしはすっかりミスター・グッドバーの虜《とりこ》になっていた。ガリッと嚙むとチョコレートとピーナッツがまじり合う、その感じがなんともグッとくるのだった。

ハウイーはキャンディバーをそのまま寄こした。いつも帰り道に食べることを知っていて、それで紙袋に入れなかったのだ。お金を渡すと、彼はレジのキーを乱暴に叩いた。

「木曜日の試合行く？」わたしは頃合いを見計らってたずねた。

「冗談だろ?」ほとんど何に対しても、それがお決まりの答えだった。彼にとって、世のなかは冗談ばかりだと思っていたのではないか。

凍《こご》えそうな足を引きずりながら、わたしは家に帰っていった。この帰り道は何度も通っているので、体がかってに動く。街灯には、町が毎年取り付けるプラスチックの花輪と電気式のキャンドルが飾り付けられていた。それは四月まで撤去されないこともある。ばかでかいセミトレーラーが音をたてて通り過ぎ、歩道に灰色の泥水をまきちらしていった。

のろのろと通りを渡って、空き地を横切りだしたとき、考えていたのはあとわずか四日に迫ったバスケの試合のことだった。バスケットボールはこれこそインディアナ州の宗教である。開幕戦から州大会決勝まで、だれもほかのことは考えず、夏のあいだじゅうずっとそのことばかり議論する。この試合は憎きライバル、その名は付けも付けたり、ホワイティング・オイラーズというチームとの大一番だった。そこの選手たちは製油タンクと噴煙に埋もれた学校の出身だ。敵愾《てきがい》心《しん》に燃えたラフなプレーぶりなのも納得できる。もうチケットは財布のなかに入れていた。なにしろ今年の大一番なのだ。

空き地を半分ほど横切り、いつもの通り道を満ち足りた気持ちでサクサクと歩いていると、闇のなかで前方に何かが見えた。その通り道でだれかに会うなんてめったになかったので、わたしは一瞬立ち止まった。熊みたいな、背が低い何かぼんやりしたものが薄暗がりのなかに黒く浮かんでいる。いつかどこかで熊に出会うだろうとはつねづね思っていたが、まさかこの空き地でとは思ってもみなかった。いったい何だかさっぱり見分けがつかない。そこらへんをうろつきまわって、音をたてている。距離は二十メートルか三十メートル、いやそれ以下かもしれない。羊革のポケットに手を深く突っこんでスカウトナイフを握り、わたしはじりじりと進んでいった。

一瞬、振り向いて死にものぐるいで逃げ出したいという強烈な衝動に駆られたが、そのときに相手が何だかわかった。だれかが地面に落ちているものを拾っているのだ。わたしは用心しながら進んだ。というのも、グローヴァー・ディルもこの通り道を使っていて、冬には寒さで歯がしみるせいでヤバいやつになるからだ。

よく見ると女の子だった。ジョージーだ！　きっとそうだ。近所にあんな女の子はいない。かがみこんで、通り道に落ちている缶詰やパッケージを拾い、破れた紙袋に詰めようとしていた。彼女が顔を上げた。酒場「青い鳥」のネオンサインの光が彼女の顔をちらちらと照らした。わたしは失神しそうになった。こういう瞬間はあらゆる男性にとって身に覚えのあるもので、運命が顕現する電光のような一瞬だ。モビー・ディックを目撃するエイハブ。イゾルデに出会うトリスタン、ヨーコに出会うジョン！　彼女がぼろぼろの紙袋に缶詰を一缶突っこむと、それが雪の吹きだまりにころがり落ちた。

「やあ」そういうのが精一杯だった。彼女はなにもいわず、ただ雑草をかきわけつづけるだけだった。

「袋が破けたんだね」わたしは目ざとくいった。それでもなにもいわない。彼女は相変わらず雪のなかで苦闘していた。

「ねえ。助けてあげようか」まともな考えを口にしたのはそれが初めてだった。

すると彼女が口を開いた。太くて、官能的で、力強い声が、身がたっぷり詰まったコーデュロイのコートの奥深くから、マフラーと赤いストッキングキャップのあいだから聞こえてきた。今日にいたるまで忘れたことがない声だ。「ありがと」

わたしたちは一緒に破けた袋に詰めた。食料品はソーセージとザワークラウトみたいな匂いがするものに偏《かたよ》っていた。エロチックな緊張が波のように襲って、ズボン下があったかくなってくる。わたしたちはときおり缶詰や瓶《びん》を落としながら、闇のなかを一緒に進んでいった。

「えーっと……名前はなんていうの？」手の内を見せて、何日もしつこくストーカーしていたのを知られたくはなかった。

「ジョゼフィン」こちらの名前はたずねなかった――悪いしるしだ。

「どこに住んでるの？」それには答えず、缶ビールと一緒にころがり落ちたカブを取り戻すことで頭がいっぱいのようだった。

「キャンディ食べる？」とどめを刺す前に相手をやわらげようとしていってみた。

「どんなの？」

「ミスター・グッドバー。ピーナッツ入りの」

「歯にくっつくから」と彼女はいった。その息が香《かぐわ》しい靄《もや》になった。

ずっと横目で彼女を見ていると、街灯に照らし出されるたびに、こんな女の子が近所に引っ越してきたなんて信じられない思いがした。高くて彫りの深い頬骨、ストッキングキャップからこぼれる黒髪、コーデュロイのコートのまるみを帯びた斜面と谷間、ほのかなキャベツの匂い――

そうしたすべてがわたしの錯乱した感覚に訴えかけてきた。しかし、頭のなかははっきりとして注意を怠らず、まちがった一手を指さないようにと警戒していた。この蕩《とろ》けるような生き物は慎重に扱わなければならない、そう感じた。一歩まちがいでもしたら、彼女は永遠に荒野の彼方へと飛び去ってしまうかもしれない。エスター・ジェイン・アルベリーが相手だったら、当たり一本、はずれ一本、雪玉を投げつけられて、もうそれ以上のことはない。だがジョゼフィンにはどこか、わたしの魂にまったく思いがけない孔《あな》を開けてくれるようなところがあった。

「いやあ、ほんとに寒いな」やっとわたしはいった。それなら安全だと思ったからだ。とにかく相手の話を途切れさせないようにするのが肝腎《かんじん》だ、となんとなくわかっていた。

「うん。遠くじゃなくてほんとによかった」と彼女は答えて、寒さのなかで洟《はな》をすすった。絶好のとっかかり。

「どこに住んでるの?」まったく興味なさげなふりを装おうとした。

「この道を行ってすぐ。角から三軒目の家」

「へえ……」ありったけの力で銛《もり》を投げつけた。「ふうん。これはほんとに妙な話だなあ。ぼくは角から二軒目の家に住んでるんだよ。これまでどうしてきみを見かけなかったのかな」巧みな嘘《うそ》。

「イースト・シカゴから引っ越してきたところなの」

「いい町だね。学校はどこ?」

「オール・セインツ」

「ぼくはハーディング」

それに対して彼女はなにもいわなかった。だんだん彼女の家に近づいていく。ここで手を打たなければなにもかもおしまいだとわかっていた。バスケットボールを観にいくのは誘えない。チケットは一枚しか持っていないし、ホワイティング戦は十二年以上も完売だ。オルフィウム劇場は？　いや、クリスマスのせいでオケラ同然。弟にキャッチャーミットを買ってやったから。

足どりが重くなってきだしたとき、彼女がわたしを長いことじっと見つめているのにふと気づいた。きらきらしたクリスタルのような青い瞳が通り過ぎるヘッドライトの光を浴びて輝いた。気が遠くなりそうだった。

「パーティに行かない？」彼女が突拍子《とっぴょうし》もなくいった。

まさか！　女の子からパーティに誘われたことなんて一度もない。ヘレン・ウェザーズを除いたらの話だが、デブなので数のうちに入らない。

「パーティ？　パーティ？　そりゃ、そりゃ、うん、もちろん、えーと……ジョージー」

「この辺の人、だれも知らないの」彼女はいった。「あなたを誘ったからって、考え違いしないでね」

「へへへ。そりゃ、もちろんさ！」

信じられなかった。ポーランドの女の子は、まさしく聞いたとおりだったのだ！　知り合ってまだ五分も経っていないのに、もうパーティに誘ってくるなんて。いよいよ人生が始まった。これだ！

わたしたちはバンパス家の玄関の段を上がって、腐りかけのポーチにたどりついた。そこは夏の午後になると何度もバンパス家の飼い犬がうるさく吠えていた場所で、ある晩エミル爺《じい》さんがベロンベロンに酔って手すりから落っこちたこともある。しかしいま、頭のなかにあるのはそんなことではなかった。彼女が玄関のドアを開けると、不思議な香りのする生暖かい空気が――レコードから流れるポルカの音とともに――冬のポーチにどっとあふれ出した。

「パーティを忘れないでね」半開きになったドアを空いた手で押さえながら、彼女がいった。

「ああ、忘れるもんか！　パーティにはよく行くんだ。いつ？」

「木曜日。八時ごろ迎えにきて」

「木曜日はたまたま空いてる。わかったよ、それで……」

彼女が姿を消した。ドアが閉まった。それから買い物袋を持って家に帰ったときになって初めて、木曜日だといわれたことに気づいた。**木曜日！**　ホワイティング戦のチケットを手に入れるためなら何でもしそうな人間は、少なく見積もっても一万二千人はいただろうが、突然、バスケットボールとオイラーズは以前ほど大切ではなくなった。セックスの威力たるや恐るべし。

次の日、シュウォーツに何が起こったかを話した。

「彼女がおまえをパーティに誘ったって？　おまえを？」彼はほとんどずっこけそうだった。

「そうさ」

「まったく、あいつらポーランド人のパーティってハチャメチャだからな。カシミールから聞いた話じゃ、四日もつづいたことがあるって」

学校では一日じゅう、恍惚の領域をさまよい、歴史の先生のつまらないおしゃべりのはるか上空をただよっていた。幾何《きか》のあいだじゅうずっと、ノートの裏にジョージー、ジョージー、ジョージーと放物線でJの字を書いた。

その夜、着ていくものを考えることにした。ベッドの上に並べて、注意深く点検した。そうだな、おやじのアクア・ヴェルヴァ(男性化粧品)を使わせてもらおうか、それから……。

次に必要不可欠なのは、おやじの車を使わせてもらうこと。頭のなかで形を取りつつあった作戦に、車は絶対に必要だ。インディアナ州では、男の子だとたいてい十歳くらいで運転を始める。そういうわけで、わたしは猛スピードの名ドライバーとして、ビッグ・ブリンピイからルート41ダイナーまで、地元のドライブイン・ハンバーガー店では知られた顔だった。

「あの……父さん。もしかして、木曜に車貸してもらえないかな?」おやじはスポーツ欄にどっぷりつかっていた。車を貸してもらうには絶好のタイミングだ。

「木曜?」おやじはこちらを横目で見て、鼻の穴から煙を吹き出すと、その煙がおやじの目の前でカーテンみたいにひらひらした。映画嫌いなのを知らなかったら、おやじはハンフリー・ボガートの下で学んだといいたいところだ。わたしが知るかぎり、ハンフリー・ボガートがおやじの下で学んだのだ。おやじはやっとこさこういった。

「木曜か……ちょっと待ってくれ。木曜か。木曜には何か用事があったかな?」おやじは独りごとをいった。わたしをもてあそんでいるのだ。水曜の夜にはボウリングのリーグ戦があり、金曜にはガーツ対ズドックのレスリングの試合を観に行くことは知っていた。土曜だとたいてい勝敗は行方不明で、たいてい母の勝ちになって、母の友達であるバーニスと、電話会社に勤めるまぬけな亭主エルマーのところに、車で一緒に出かけるのだった。

「木曜の予定は？」おやじはボウリングのリーグ戦のスコアを読もうと新聞を折り返してから訊いてきた。おやじの生活は三つのことを中心に回っていた——シカゴ・ホワイトソックス、ボウリング、そしてオールズモビルで、その順番は季節によって変わる。

「で、車を何に使う？」

当然のことながら、本当のことはいえなかった。「シュウォーツと一緒に市民センターで行われるホワイティング戦に行くんだけど、シュウォーツのおやじさんのフォードが修理中なんで」

「ホワイティングにはズタズタにされるぞ。ゾドニッキは鍵穴からでもジャンプシュートが打ててブロックできないし、アウトサイドからでもシュートが打てる。ボロボロだ」

「そう？」としかいえなかった。おやじのいうことはたぶん正しいのだろうし、もしうまくいけば、その試合とはまったく無縁なのがわかっていたから。

「わかった。でも、満タンにするのを忘れるなよ。前みたいに、ブルーアイランドでガス欠になったせいで、わしとハイニーであっちこっち捜しまわってやっと見つけた、なんてことにならんようにしてくれ。まったく馬鹿の極みだよ、シカゴまで往復するのにシェルのレギュラーを一ガロンだけとはな。おまえとシュウォーツに任せておくなんて」

おやじは古傷をえぐってきた。思い出したくない、あのみじめな夜のこと、シュウォーツがガソリンを一ガロン提供し、わたしが車を提供した悲惨なダブルデートは、鉄道の待避線に乗り上げ、わたしたち四人が車のなかで零下十五度の寒さにふるえながら二時間半を過ごして幕となったのだった。それ以来、女の子二人は口をきいてくれなくなったが、それも無理はない。

「心配しないで。満タンにする。教訓を学んだから」

「ああ、そりゃそうだな」といっただけで、おやじはまたスコアに戻った。

とにかく、これでひとつ片付いた。屈辱的だったが、車を手に入れたので大成功だ。自分の部屋に行って、宿題用に使っている机に向かった。八歳の誕生日に、グレンおばさんが買ってくれたものだ。コマドリの卵の青色で、側面には黄色いウサギが描かれている。ウサギの絵が描いてあるのがだんだん恥ずかしくなってきたので、そのうち赤か緑に塗ってやろうと思っていた。おばさんはウサギに目がなかった。憶えているかぎりではクリスマスになると決まってウサギのスリッパをプレゼントしてくれるので、わたしの足のサイズがおやじのより半サイズ大きくても、また今年もウサギのスリッパをくれることはまちがいない。

やらなければならないことを列挙してみた。

1 散髪する。
2 車をみがく。
3 ガソリンを買う。
4 うがいをする。
5 ニキビをつぶす。

次の日は水曜で、曇《くも》って風が強く、午後はずっと雪が降っていた。講堂で集会があって、ジャック・モートンとグレン・アトキンスン、それにほかのだれかが賢者のような恰好をして、うちの下手なグリークラブが「われらはきたりぬ」を歌った。

「こんな試合を見逃すなんて、もったいないよなあ」その晩、学校からヒッチハイクで帰るとき、フリックがいった。「女の子よりましなのに」

わたしはなにもいわなかった。この一帯で最高の美人とわたしがデートすることにやきもちを焼いているのは明らかだったからだ。ここ数日、わたしのなかでは興奮が溶岩のようにグツグツと渦巻いていて、その熱気でもう我慢ができないほどだった。彼女のことを考えだすとまたそうなる。彼女のことをほとんど知らないのだから不思議だが、たぶんそれが原因なのだろう。知っている人間にはそういう気持ちにならないものなのだ。

「ワイルドキャッツは過大評価されすぎの弱虫の集まりだって、ゾドニッキがいってるのを聞いたかい。あんな相手なら、おれと女の子が四人もいれば、尻尾《しっぽ》を巻いて逃げ出すって？『タイムズ』の記事で読んだんだ」シュウォーツが口をはさみ、車が音をたてて通り過ぎるなかで大きな雲のような息を吐き出した。わたしたちは学校まで五キロの道のりをいつもヒッチハイクで往復する懲《こ》りない小集団で、バス代を節約するためだけでなく、それを主義にしていた。

「あいつ、ソベック相手に五点でも取れたら上出来だよ」わたしはいかにもその試合の行方に興味津々な口ぶりで答えた。

「さあ、どうかな。あの野郎は身長二メートル半もあって、四十歳くらいに見えるんだぞ」フリックが通り過ぎるディーゼル車に負けないくらいの声をはりあげた。彼がいっているのは真実だった。インディアナ州北部の高校チームは、ビッグ・テンの精鋭チームみたいに見えることもよくある。百四十キロの体重をかけたタックル、髭の剃り跡が青々とした顎《あご》、やぶにらみもざらだ。実際の年齢は貝の性別と同じくらいに不詳。将来有望な選手の多くは、十七歳になるまで一年次に入学せず、高校二年生になるころには髪に白いものがまじったベテランで、大家族を抱え、四つのリーグからプロ契約をもらっている。

「こいつを見てくれよ」シュウォーツが親指を意味ありげに振ると、サスペンションが劣化したビュイックがガタゴトとこっちに向かってやってきた。そしてゆっくり停止した。「**やった！**」シュウォーツが大声を出した。

わたしたちはいい感じのボロ車に乗りこんだ。運転しているのは製鉄工場で働く大男で、ビールと嚙みタバコの匂いをぷんぷんさせ、長い琥珀色《こはくいろ》の唾を窓から凍てつくような冷気のなかに吐き出した。

「乗るんだったらさっさと乗れよ。一日じゅう待ってられないからな！」

ビュイックのなかは耳をつんざくほどだった。マフラーはないし、揺れはひどいし、トランスミッションはひびが入った鉄の玉百万個でできているのかと思うくらい。床にはビール缶、葉巻の吸殻にボロ布が足首くらいのところまで散らばっている——本物の働く車だ。

「おい、シュウォーツ！」やかましいなかで、フリックが大声を出した。

「ふん？」

「エースが今晩得点をあげると思う？」

「セックスを発明したのは、ポーランドの女の子たちだって話だぜ！」フリックが叫んだ。

「それ、嫉妬してるだけだろ！」わたしは必死に座席からすべり落ちないようにしながら声をはりあげた。

その瞬間、運転手がひび割れたバックミラーでわたしをまじまじと見ているのに気がついた。そのときには、なんのことだかわからなかった。

騒々しいドライブも終わって車の外に出たちょうどそのとき、鋳鉄を攪拌《かくはん》する労働者がまた噛みタバコの唾を吐いて、バルブの音に負けないような大声を出した。

「おまえら、高校行ってんのか？」

「そうだよ」シュウォーツが代表で答えた。

「いまが人生の華《はな》っていうときには、気づかないものだからな」

大男はまた唾を吐いて去っていった。それはまだわたしたちが受け入れる準備ができていない点だった。当時は若者文化の時代の夜明け前で、ガキであることは現実世界に参入する前に経験することにすぎなかったのだ。

「明日の晩、デートの後で、レッド・ルースターに来るよな？」フリックがたずねた。レッド・ルースターは、どでかいことがあった夜、わかっているやつがみんな集まる場所だった。

「冗談だろ、フリック」シュウォーツがミトンでフリックの脇腹を小突きながらいった。「こいつはグダグダしてチーズバーガーを食べる以外に、することがたくさんあるんだよ」

「いいか、きみたち、ぼくが何をすると思っているのかわからないけど……」わたしは議論に威厳を注入しようとした。

「心配するなって。おまえが何をしようとするかはわかっているさ。いやはや！　もしおれがあのお人形ちゃんとデートするんだったら、そうだな……」フリックは大きく淫らなウィンクをしてみせた。

「心配するなって。どんな事態になっても対処できるから」さらに肘鉄《ひじてつ》。わたしは調子を合わせた。

家路につく。夕食はまだなので、手際よくやれば、ガレージから凍てつくような冷気のなかに車をバックで出して、デュコ・セブンを塗る時間はある。車を磨くのは眠っていてもできそうなくらいにそれまで何度もやっていた。もう頭のなかでは熱い抱擁《ほうよう》の真っ最中だったそのとき、右手でボンネットを磨きながら、巨大な影がわたしのまわりに黒く浮かび上がっているのに気がついた。低く立ちこめる雲を背景にして、その影は遠くの平炉の灯をさえぎっていた。顔を上げると、虫酸《むしず》が走るような耳ざわりな声がした。

「おい！」

恐怖が走った。「え……はい？」なんとか声を出そうとして、磨き布を泥水のなかに落としてしまった。

「ジョージーをあすたパーティに連れてくのおまえか？」

「はい」

「だともった」男はサーカスのテントほどもありそうな、チェックのウールのジャケットを着ていた。赤いイヤーマフを着け、帽子はかぶっていない。角刈りにした髪は鉄綿みたいに見える。

「どなたですか?」とたずねてみた。危険な質問だが、ほかにいうことを思いつかなかった。

「それがどうだってんだ?」相手は五キロのハムくらいの大きさがある片手でオールズのフェンダーにもたれかかった。話の流れがどうもまずそうなので、わたしは裏口に逃げこむべきかどうか考えた。

「おれはあいつのあにき。いったいどいつがジョージーとデートすんのか、見とこうともってな」

「ああ、ええ。あなたのことはお聞きしてますよ。彼女はいい子ですね。本当にいい子です。ええ」

言葉があふれ出してきた。男はポパイの漫画に出てくるグーンのアリスを連想させた。ロッカールームの匂いがかすかにする。

「フットボールをやってるんですね」とっかかりを見つけようとしていってみた。

「そんとおり、あいつはいい子だ」男は答えるまでもないと思ったのか、わたしが最後にいったことを無視した。

「ええ。本当にそうです。本当にいい子です。ええ」

「いい思いをさせてやってくれよ、いいか? そんでもしだれかが厄介《やっかい》かけてきたら、ストッシュの知り合いだっていってやれ」男がたてた音は、おそらく笑いだったんだろう。わたしの耳には、角鉄を二本ぶつけたように聞こえた。

「きっとそうします……ストッシュ」

角鉄をぶつける音をまたたててから、男は暗闇のなかへと消えていった。オールズのフェンダーに、象の足跡みたいなへこみが残っているのに気がついた。もっと気を利《き》かしたらよかった。

その日の夜、プラスキの店で、肉売り場のまわりに群がり、ポークチョップの目方を量るプラスキを見守る女性たちにまじって、わたしは自分の順番が来るのを待っていた。彼は一キロある親指で有名だった。

「そんなに脂身いらないっていったでしょ！」ストッキングキャップをかぶった巨体の女性ががなった。

「どうしろというんだね？　こっちは豚を飼育してるわけじゃないんだから！」

買い物客から怒りのつぶやきが漏れるなか、プラスキは手にした肉切り包丁で女たちを寄せ付けなかった。ハウイーがジャガイモの袋を肩に担ぎ、わたしの横を通り過ぎようとした。

「パーティに行くんだってな」彼は急いで通り過ぎるときに口の端からいった。

「どうして知ってる？」わたしはうしろ姿に声をかけた。

「聞いたよ」が答えだった。

やっとわたしが食料品の入った紙袋を受け取ると、ハウイーはカウンターから身を乗り出していった。「ジョージーを連れてくんだろ？　まあ、幸運を祈るよ」どういうつもりでいっているのかわからないような声だった。

「ありがとう」とわたしも同じ声で答えた。ハウイーは一日十八時間働いているような疲れた顔をしていたが、それは本当だった。

　案の定、帰り道でジョージーにまた会った。今度は、買い物袋を持って帰りながら、彼女はわたしの腕にぶら下がり、身を寄せてきた。

「ストッシュに会ったんだって？」喉《のど》にかかったハスキーな声だが、兄貴の声には似ていない。

「車を磨いてたらやって来て」

「きっと気に入るわ」

「ああ、もちろんさ」

「うちのおじさんたちのことも、きっと気に入るわ。みんなあなたに会いたがってる」ぬかるみを進むときに、彼女はさらに身を寄せてきた。どこかでラジオから「ホワイト・クリスマス」が流れていて、ビング・クロスビーの甘い歌声が聞こえていた。インディアナ州北部では本物のホワイト・クリスマスを迎えたためしはない。製鉄所のせいで雪が灰色になって降ってくるからだが、それでも想像としては素敵だった。ときには錆色《さびいろ》の雪が降ることもあるが、慣れてしまうとそれはそれで美しいと思えなくもない。

「特にスタンレーおじさんのことは、きっと気に入ると思う」

「ああ、それはいいね」腹の奥底では、興奮の波が怒濤《どとう》のように押し寄せていて、彼女のおじさんたち全員がわたしに会いたがっているというのがどれほどヤバいことなのか、気がついていなかった。彼女のくっきりとした頬骨、この世のものとは思えない目、墨のような黒髪に、街灯の灯りがちらついていた。彼女のコーデュロイのパーカーと、わたしの羊革のコートごしに、まるくてやわらかい、彼女の体がうっすらと感じられた。わたしは必死に紙袋にしがみついた。

上流へと何千哩も懸命に上り、滝を越え、熊と戦って交尾する偉大な大西洋鮭でも、そこらへんの高校二年生と比べれば物の数ではない。鮭はそれで命を落とすが、二年生もしばしば命を落とし、それも一通りではない。薄闇のなかを歩んでいくとき、わたしはこれから先どうなるのかさっぱりわからなかった。おそらく、鮭もまたそうで、やるべきことをやっているだけなのだろう。わたしもそうだ。

「ねえ」彼女の家にもう少しで着くとき、わたしはいった。「そのパーティ、どこでやるの?」

彼女は腺《せん》をチクチクと刺激するようなあの目つきで、わたしの目をのぞきこんだ。その視線にやられると、男性は気が狂うこともある——死ななかったら儲《もう》けもの。

「それは見てのお楽しみ。きっとおもしろいわよ」

瞬時に思い描いたのは、青く照らされている、謎《なぞ》めいたどこかの魔窟《まくつ》だった。そこでは肉体が蠢《うごめ》き、遠くで狂宴の太鼓が鳴り響いている。くすぶるような彼女の視線は無限の可能性を約束していた。わたしは奥深いところで疼《うず》きを感じたが、暗くて助かった。わたしたちのあいだに雪がひらひらと舞い降りてきた。彼女は薄明かりのなかで目を閉じた。わたしは身を乗り出した。唇が触れ合った。耳鳴りがした。情熱が奔流《ほんりゆう》となって血管を駆けめぐった。……

ビリビリビリビリッ!　紙袋が破れそうになっていた。凍てついた歩道に落ちていく卵のパッケージをわたしは必死になってつかもうとした。つづいてケチャップの瓶、イチゴジャムの瓶。ガチャンガチャンと。

軽く彼女は息をついた。「また明日ね……ダーリン」そして姿を消した。

わたしは灰色の雪だまりのなかで悪戦苦闘した。救出したのは二百グラムのベーコンスライス、ニンジンの二号缶一個に、ライ麦パン一斤だけだった。そのほかはだめになったか見つからなかった。しかしそれでもまだ序の口に過ぎなかったのだ。

翌朝、七時に起きたときは、神経がピリピリして興奮していた。いつものようにオートミールを食べてから学校へ向かう途中、ジョージーをひと目でも見ようとしたが、彼女の家は暗く静まり返っていた。学校では一日じゅう、ゾドニッキと彼がうちのバスケクラブについていった言葉のことで持ちきりだった。当然ながら、関心が高まっていた。ホワイティング・オイラーズはいつも威嚇的《いかくてき》だったが、ゾドニッキが主軸になってまくしたてているからには、遺恨試合になりそうだ。わたしはできるだけ冷静にふるまい、その試合に深く関わっているふりをした。ふだんは熱狂的なバスケ狂なのに、生まれて初めて、何か別のものが裏口からこっそり忍びこんできたような、妙な気分だった。

「おい、チケット売りたいんだろ?」放課後にシュウォーツがたずねた。「今夜はデートだから、チケットはどうするんだよ?」

「いい値段だったら、売ってもいいけど」とわたしは嘘をついた。年一番の大試合となると、そのチケットを売るなんてとんでもない。チケットを持っ**てい**るだけで意味があるのだ。

「四ドルで買ってくれるやつを知ってるよ、生物のクラスにいる」

「いや、このまま持ってる」チケット代は学生で一ドル半だから、四ドルはたいした額じゃないし、どうせ売る気はなかった。

「まあ、おまえって運のいいやつだから、おれだったらもらわないおみやげをもらってくるなよ、ハハハ」わたしが群れから離れて家路につくとき、フリックがありったけの大声をはりあげた。

「どこへ連れてく?」十二月の風が電線をヒューヒューと吹き抜け、木々の枝が氷の重みできしむ音をたてるなか、シュウォーツがたずねた。クリスマスの直前だと、インディアナ州の平野部は午後の早くにもう暗くなる。学校がちょうど終わったところで、すでに暗くなりかけていた。二人の子供が橇《そり》にクリスマスツリーを載せてそばを通り過ぎた。

「ドリームランド・ローラーリンクはどう?」シュウォーツが皮肉たっぷりに提案した。「女の子はローラースケートが大好きだし」

わたしは黙ったまま、彼の方向に氷のかけらを投げつけただけで、家に向かった。

「どうしてタマネギのクリーム煮を食べないの?」母が夕食のときにたずねた。

「うん……後で食べる」とわたしは答えた。頭のなかであたためている計画をタマネギに邪魔されたくはなかったのだ。腹は減っていなかった。今夜は大一番に臨むのだし、食事なんかどうでもいい。

バスルームに入ると入念に髭を剃った。そしていつものように、あの不思議な「髭剃り顎の法則」が発動した――まだ慣れっこになってはいなかったが、後に生活の一部になった、奇妙な現象だ。これは男性ならだれでも知っているし、思いめぐらせたことがあるだろう。大切なデートの夜になると、カミソリが決まって深く食いこみ、その跡には血が噴き出す豊かな間歇泉《かんけつせん》が残るものだ。わたしはトイレットペーパーの切れ端を顔中に貼り付け、血をとめようとした。それでは役に立たず、アクア・ヴェルヴァをひりひりする顔にふりかけた。ブロイラーにかけたヒラメみたいに顔がジュージューした。

「バスケの試合にしては、えらく念入りに髭剃ってるんだな」いったいいつまで時間がかかってるんだ、とおやじがバスルームをのぞきこんでいった。おやじは毎晩、夕食後に、そこで新聞を読み終わることにしている。

「すぐ出るから」わたしは当たりさわりのない返事をした。

「じゃあ、夜通しかけるんじゃないぞ」とおやじはいって、社説面をがさごそやった。

髭を剃ってから、「シークの血」をつけた。この驚くべきオーデコロンはおやじがパンチボードで当てた景品で、ガラスの馬に乗るアラブ人の形をした容器に入っている。翡翠色《ひすいいろ》と金色のラベルにはこう書かれていた。

「東洋の愛の霊液……アルコール度47パーセント」

それを頭から胸へとふりかけると、たちまちにして爆発的な香りがバスルームにたちこめ、鏡を曇らせた。瞬時のあいだ、愛の霊液が淫らな効果を発揮しだすと、頭がクラクラしてどうしようもなくなり、よろめきながらバスルームの外に出て新鮮な空気を吸った。オーデコロンとアクア・ヴェルヴァを混ぜるといちころだ。

細心の注意を払いながら、服を着た。Tシャツとジョッキーショーツは雪のように白いこと、藤色をしたトニー・マーティンのロールカラーのスポーツシャツは、いちばんお気に入りのスラックスのなかにきちんと裾《すそ》を入れておくこと。すべてが完璧でなければならない。なにしろ歴史的な夜なのだから。オルフィウム劇場のバルコニーでチューしたのを別にすれば、女の子と一度もたいしたことをしていないという罪悪感に悩まされることも、もう二度とないだろう。

自分の部屋の鏡で己《おのれ》の姿をしげしげと眺めてみた。二年生男子のみごとな見本ではないか。まだトイレットペーパーの切れ端が顎にくっついている。神秘的な東洋の豊かな香気が紫色の靄のようにまわりにたちこめた。もう矢でも鉄砲でも持ってこい。

マキノーコートに手を通すと、緑のイヤーマフをしっかりかぶり、二メートル半ある白と紫の大事な大事なスカーフを三十六回首に巻いた——白と紫はスクールカラーで、どんなニキビ面でも日中だと病人のように見え、体育館の照明のなかではまるで壊疽《えそ》みたいに見えるという、実にうまく選ばれた組み合わせである。さりげなく、しかしこっそりと(それというのも、おやじはなんの前ぶれもなく心変わりすることで知られていたからだ)、ダイニングテーブルから車のキーを取り上げた。

「満タンにするのを忘れるなよ」隣りの部屋からおやじがどなった。氷のような闇のなかに出ていくと、ガレージに向かった。今夜はイースト・シカゴ出身の本物の女の子とデート。それも、イースト・シカゴ出身のポーランド人の女の子。これまで、バスケの試合、二本立て映画、レッド・ルースターでフライドポテト、シュウォーツやフリックと一緒にモノポリー、そんなけちくさい生涯を送ってきたが、ついに大舞台に立つんだ！　キーをイグニッションに差しこむと、オールズはすぐさま発車した。まるで車も間近に迫る陶酔を感じているみたいに。

ジョージーは隣りに住んでいたので、家まではたいした距離ではなかったが、興奮の波が神経の末端にまで打ち寄せ、わたしはずっと上機嫌で鼻歌を歌っていた。オールズにはシートヒーターが付いていて、その気になると灼熱《しやくねつ》地獄になる。そのスイッチを入れた。すぐに熱気の洪水が足下を包み、窓は蒸気だらけになった。ホットドッグ！　万事順調！　狂ったようにミトンでハンドルを叩くと、車道から出て、ジョージーの家の前に着いた。目の前には人生が広がっていた。広大な未踏の大陸が、好きにしてちょうだいといわんばかりに。スロットル全開、全速力で、わたしは未知なるものに向かって突進していった。その先に何が待ち受けているのか、疑いもせずに。

三十秒はたっぷりと、暗闇のなかでじっとすわり、霜がついたオールズの窓ガラスから玄関ポーチを見上げながら、序盤作戦を練っていた。ヒーターがうなりをたてた。車内はいい感じに暖かくて暗い。イヤーマフを直してから、エンジンをかけたままで寒気のなかに飛び出した。

玄関のドアをノックして待った。家のなかは静まりかえっている。正面の窓にかかっている重いカーテンの隙間から、なかをのぞきこんでみた。応接間は真っ暗でなにも見えない。そこはかつてバンパス一家が汚辱の時間を過ごしていた場所で、豚や鶏、犬やラバにまじって、四六時中ギターをつまびき、古いモンゴメリー・ウォードのカタログが散らばっているなかで痰《たん》を吐いたり鼻を鳴らしたりすわりこんだりしていたものである。

もう一度強くノックしてみた。家のなかで何かが動いているようだった。ドアがかすかに開いた。

「だれに用？」ギョロ目がこちらをのぞいている。

「その……ジョージーを迎えに来ました」

沈黙。街灯に照らされて、眼球が鋭い光を放っていた。

ようやく。「ジョージー？」

「ええ。ぼくとジョージーはパーティに行くんです」

「待って」目が消えた。

わたしは吹きさらしのポーチにひとり立っていた。一瞬、逃げ出したい衝動に駆られた。実際、踵《きびす》を返して逃げ出そうとしたそのとき、ドアが先ほどよりも大きく開いて、女性のものらしい声がいった。「入って。あの子準備まだ」

そこは黒い応接間で、部屋のあちこちにはぼんやりとした角状の家具が幾何学的な正確さで配置されていることに気づいた。アップライトピアノの上には十字架があって鈍い光を放ち、その両脇には石壺のようなものが置かれている。案内されたのは暗くしたキッチンだった。ポーランド料理の強烈な香りが大蛸《おおだこ》のようにわたしを飲みこんだ。フランコ・アメリカンのスパゲッティが異国風の料理だと思われているような家庭に育った人間にとって、強烈な匂いを発散しているコンロの前を手さぐりで通り過ぎるときには、ちょっとよろけそうになった。

前方の人影は次第に地下室のドアへと近づき、わたしたちは階段を下りていった。内臓が恐怖で締めつけられる思いだった。当時わたしはサックス・ローマーの作品群にどっぷりハマっていた。『フー・マンチューの爪』や『フー・マンチュー博士の謎』で有名な作家で、そうした作品に比べれば、イアン・フレミングとそのドクター・ノーなど木偶《でく》の坊に堕《だ》してしまう。いま歩んでいるような通路を下りて、ペトリー博士が何度も邪悪な罠に引っかかっていったことは、重々承知している。最初の踊り場まで来た。逃げるとしたらいましかない。しかし、C・ネイランド・スミスのように、わたしは敵国の陰謀という蜘蛛《くも》の巣に引っかかることを潔《いさぎよ》しとした。

一瞬、地下室の明るい光に目がくらみそうになった。

「すわって。食べて」

案内してくれたのはずんぐりした女性だったことが初めてわかった。黒いショールを頭に巻き、ほっぺたが農家の人間らしく健康そうな真っ赤で、目はチャイナブルーに輝いている。

「わたしジョージーのおかあさん」

がっしりした体格の男がテーブルにすわっていた。着心地の悪そうなシャツの下から大きな肩が盛り上がっている。サスペンダーを着けているのは、消防士だけかと思っていた。なんともみごとで大胆なカイゼル髭を生やしていて、いまどきのヒッピーのコミューンに行けばたちまち人気者まちがいなしだ。薄いブロンドの髪をまんなかで分けている。

「ジョージーをパーティに連れて行くんだな」とその男がいった。その声は重いかたまりのようで、まるで鉄鉱石のかたまりがテーブルの上にドサッと投げ出されたようだった。そのとき瞬時にして、目の前にいるのが一流の平炉労働者だとわたしは気づいた。［ポーランド人の鉄鋼労働者は伝説的で、実際、ゲイリー工場のポール・バニヤン（アメリカの伝説上の巨人）はポーランド人だった。この男は、熱い鋳かたまりを手のひらにすくって丸めることができたという、ジョー・マガラック（伝説的なピッツバーグの鉄鋼労働者）その人だったとしてもおかしくはない。］

　わたしがしゃがみこんだテーブルには、粉ふきいもとポーランドの自家製黒パンを載せた皿がぐるりと並べられていた。ジョージーの母親は満面の笑みで、ぶあつくて白い外国製の陶器の大皿をわたしの前に差し出した。

「キャベツ好きだろ？」

　ジョージーの父親だと思われる人物が、自分の皿にかぶりつき、夕食にがっついていると、まわりに汁のしぶきが飛んだ。わたしは自分の皿を見下ろした。目の前にあるのは、山のような、何を蒸したか神のみぞ知る料理だった。

「でも食事は済ませてきました」とわたしは弱々しく抵抗した。

「食べて」と彼女は相変わらず満面の笑みを浮かべながら繰り返した。

　逃げ道はなかった。しかし、情熱の夜にはそうしないといけないというのなら、やってみる価値はある。大きく息を吸ってから、一口食べてみた。一瞬、キャベツとスパイスと肉のクラクラしそうな混ぜものが口のなかで大きく湿ったかたまりになり、その忘れることができない、まばゆいようなジューシーさと、必然さ、それに正しさが、わたしを深く感動させた。まったく、これまでの人生で食べたどんな食事でも、この足下にも及ばない。これぞ究極の料理だと思っていたレッド・ルースターのチリ・マックでさえ、この驚くべき混ぜものとは比較にならなかった。テーブルをはさんだ向かい側では、ジョージーの父親が黒ビール片手に二皿目をたいらげているところだった。キャベツを頰ばると、まるでわたしのなかで長いあいだ密閉されていた何か秘密の部分が一気に解放されて、獲物を求めているような気がした。

食べながらあたりを見渡すと、椅子、テーブル、ソファ、たんすがあることに気づいた――地下室がまるごと家なのだ。地下室に住んでいて、後で知ったことだが、二階は結婚式や葬式、税務署員の来訪といった公的行事用に取ってある、という人間に会ったのは生まれて初めてだった。地下室のいちばん奥にそびえている暖炉は、まるでおとぎ話に出てくるような何本も手がある怪物みたいで、あざやかなコマドリの卵の青色に塗られていた。家具――木造りのテーブルや椅子、ベンチ――はどれもイースターエッグ色だった。

「ジョージーの準備もうすぐ」と母親がいい、ポーランドのピクルスをごっそり押しつけてきた。抑えきれないほど激しい空腹感に襲われ、ジョージーの父親がズルズルすする音やフォークをカチャカチャいわせる音にあおられながら、わたしは食べに食べた。

「あんたごきげんね。あんたいい子。あんたキャベツ好き?」と母親がたずね、ローリエで香りをつけたポテトをフォークで皿によそってくれた。

「キャベツうまい。ぼく好き」知らないうちに、二人の口調が移っていた。

体内のどことも知れぬ暗い空洞から、大きなゲップがわき上がってきた。わたしの力ではどうすることもできなかった。燻製《くんせい》ハムや晩秋のカブをどっさり積んだ貨物列車が通り過ぎるように、それは喉の奥で鳴り響いた。同席者はカイゼル髭ごしに愛想よくゲップをして、さらに二リットルのビールを一気に飲み干した。

「きみよく食べる」と彼はぶっちゃけた。ダメな本ではよく人々が「ぶっちゃける」のでこの言葉は極力使いたくないのだが、彼はいかにもポーランド人の平炉労働者らしく本当にぶっちゃけたのだ。

「ピクルス、ポテトも、うまい」とわたしはもぐもぐやりながら一息入れてつぶやいた。キャベツの汁にどっぷりつかり、皿までなめたいという狂おしい欲望を抑えつけて。

次の瞬間、わたしの目玉は二個の防空気球みたいにいまにも繫留《けいりゅう》が切れそうになった。ジョージーが加わったのだ。わたしがゲップの途中で、奥歯に引っかかったキャベツの切れ端をしゃぶっているあいだに、階段を下りてきていた。彼女はディアンドル・スカートを穿《は》いていた。当時、女子高校生のあいだで大流行していたが、彼女はそのディアンドルをまるで虎が皮を着るように着ていた。くびれたウェストは急にふくらみ、豊満で、彫刻のような農家の娘風のヒップへとつづいている。幅の広いディアンドル・ベルトの上は、刺繡《ししゅう》のレースが施されたパフスリーブのブラウスで——キャベツよりも中身がたっぷり詰まっている——、それが春のワルシャワの空を流れる大きな白い雲のようにたゆたってはさざなみをたてていた。第二次大戦後、ドイツ兵がポーランドを離れたがらず、むりやり祖国へと文字どおりに引きずっていかれても、その道すがら一時たりとも抵抗をやめなかったという話を聞いたことがある。その気持ちはよくわかる。二年生の男子が豊穣《ほうじょう》の女神とデートする機会などそうやたらにあるわけではない。

地下室、ブラウス、ロールキャベツ、カイゼル髭、そして覆いをかぶっている謎めいた応接間の家具、という組み合わせがどういう効果をもたらしたのか、説明するのは難しいが、そうしたすべてのせいで、わたしはエキゾチックな幻覚みたいなものを見ているような気がした。キャベツに薬が盛られていたのだろうか？　やつらは実のところ、権力狂いの東洋人に雇われている、高度な訓練を受けた強盗団なのだろうか？　やつらの目はたしかに奇妙に見えた。エスター・ジェイン・アルベリーの健全な日曜学校の目とは違う。

「こんちは」彼女がいったのはそれだけだった。張りのある低い声で、中世ヨーロッパの古い橋を流れ過ぎていくドナウ川のようだ。

「こんちは」とわたしは答えた。最高に切れ味が鋭い我がウィット。

「おかあさんが食事を出してくれたのね」トム・マッキャンのサドルシューズの奥底で靴下がむずむずしたのは、彼女が微笑《ほほえ》んだせいだった。

「うん。おいしかった。いやあ。ほんとに」

「ジョージー上手料理」母親は皿を片づけながら、次の料理を出そうとしていた。サワークリームをのせた豪勢なプラムの団子だ。「この子キャベツ作る」

「ジョージーがキャベツ料理を作った？」わたしは寝ぼけたような声を出して、なんとか立ち上がろうとしたが、どうしたわけか、腰から下に鋳鉄製のボウリングのボールを何個か抱えているような感じだった。

「この子いい奥さんなるいつか」爪でガシッと臓腑《ぞうふ》をつかまれたような気がした。コズノウスキ夫人の目にはどこか、これまで母親の目には見たことがないものがあった。後年になって、そのまなざしの意味がよくわかるようになるのだが、当時はキャベツのせいで目が曇っただけだと思っていた。

「ねえ、どうする？　もう行く？」ジョージーは軽くたずね、思わせぶりに指先でわたしの腕に触れた。

「きみ次来るか、わしらピノクルする？」父親が立ち上がり、イースター島の石神みたいに頭上高くそびえ、見下ろしている顔は天井のすぐそこだ。すわっていると人間だが、立っていると一メートル九十五センチか九十八センチの記念碑になり、着ているものも首まわりがおそらく五十六センチでシャツのサイズは七五はある。

「ぼくピノクル上手」とわたしは答えたが、これは嘘ではない。わたしたちは握手した。というか、わたしが小さな拳《こぶし》を万力に一、二度ぶつけたというほうが正しい。拳はバキバキッと折れてしまった。

「今度ジョージー食事ぜんぶ作る。あんた気に入る」母親は食事のことしか考えてないみたいだ。ジョージーがコートを着ると、わたしたちは地下室の階段を上り、暗い応接間を手さぐりで進み、ポーチに出た。背後ではコズノウスキ夫人が母国語をさえずっていた。

暖かくて排気ガスが充満したオールズにやっと乗りこんだ。彼女の手がわたしの腕に置かれているのを感じながら、ローギアに入れた。これからどこに行くのかはさっぱりわからない。

「みんなあなたのこと気に入ってた」とジョージー。彼女はさらに体を寄せながらわたしの腕を愛《いと》おしくつかんでいた。

「うん、みんなほんとにすばらしかった」地下室の場面についてたずねてみたかったが、まあいいか、自分は自分で他人は他人、と思い直した。

「あのキャベツ、ほんとにきみが料理したの?」曇りどめをいじりながらたずねてみた。彼女はなにもいわなかったが、腕をつかむ力がかすかに強くなった。

「ふう、車があってよかった」彼女はためいきをついた。いったい何をいいたいんだろう?　一言一言、一息一息に二重の意味があるのが感じ取れた。

「うん、うちのおやじがいつでも好きなときに貸してくれるんだ」これはもちろん見え透いた嘘だった。いつでも好きなときに車が借りられるなら、おやじは八キロ離れた職場まで歩いていくはめになっただろう。

「まあね、へへへ。どこ行く?　例のパーティに行こうよ」

「カリフォルニア通りを右に曲がってくれたら、その次に曲がるときに教えるから」

「パーティを開いてるのはだれ?」

「あら、あのサンタクロース見て」彼女は質問を無視して、曇った窓から、クロッケーのボールを打っては鼻をほじくるのを繰り返しているように見える、店のウィンドウに置かれた電気仕掛けのでかいサンタをのぞきこんだ。

車を進めていく。だんだんパーティが近づいてくる、その期待感はもう我慢できないほどだった。ほかの男たちが行く、すごいパーティの話はいつも聞いていた。その話しぶりといったら、セックス指南書みたいに臨床学的な微に入り細を穿《うが》つものだった。わたしも何回か行ったことがあるようなふりをしていたが、もちろんそれはわたしの人生の大半と同じで、見せかけでありインチキだった。行ったことのあるパーティは、押し合いへし合い、うろうろしながらコーラを飲み、レコードプレイヤーの音量を上げたり下げたりして、しょっちゅうポテトチップスのおかわりをもらいに行くというものだった。わたしの隣りで脈打っているこの生き物は、生命力とロールキャベツに満ちあふれていて、明らかにポテトチップス以上の魅力があった。

オールズはいかにも慣れたように、道のくぼみに入ったり出たりしてゴトンゴトンと音をたてながら進んでいった。

「右に曲がって!」彼女が突然いった。彼女の手に腕を官能的につかまれて、わたしはオールズをガタゴトと右折させ、轍《わだち》の跡がついた氷の上を進んだ。いったいどこに案内しようとしているのかわからなかった。この近所に住んでいる学校友達はだれもいない。〈とこしえのやすらぎ〉葬儀場兼家具店の前を通り過ぎるとき、緑と赤のネオンサインが殺風景に雪の上で光っていた。

「停めるときにはいって」わたしはロバート・カミングスのような口調でいった。

「ここで左に曲がって」女の子にはありがちだが、彼女は振り返って指示を出し、通り過ぎかけた直後にその道を曲がってくれといつもいうのだ。わたしはあわててハンドルを切った。配達用トラックがなんとかこちらを避けようとして、轍の跡を入ったり出たりしながら小走りで通り過ぎていく。浅黒い顔をした運転手が汚い言葉を口にするところがちらっと見えた。わたしたちは暗くなった道を這《は》うように進んでいった。

「いいわ。ここに停めて」

通りの両側、左手の駐車場に車が停まっていた。駐車枠に車を入れる。一瞬、暗がりのなかで彼女の手を握りしめると、彼女の唇が耳に触れた。それからわたしたちは寒空に出て、雪に覆われた灌木《かんぼく》のあいだを縫う砂利道のようなものを上っていった。闇のなかに、石造りの円塔がある建物が見えた。万歳、大当たりだ! と思った。新聞の見出しが見える気がした。「**富豪宅で狂宴。ティーンエイジャーたちを逮捕**」。横の入口から人々が入っていくところや、建物のなかでかすかに灯りが光るのが見えた。わたしたちはいま、巨大な石造りのファサードが落とす暗がりのなかに立っていた。氷のかたまりの小さな帽子をかぶったガーゴイル像が黒い隅から嘲《あざけ》るような目つきでこちらを見ている。ジョージーの目が興奮で光り輝いた。**ええっ!** と思った、**まさかそんなことが!**

そうだった。重い木製のドアが開き、わたしたちは聖イグナチオ・ローマ・カトリック教会の拝廊に足を踏み入れた。敬虔《けいけん》なパーティ参加者の群れがわたしのまわりでおごそかに渦巻いた。わたしは全的堕落といって済ませられないほどのだまされ方をしたのだ。無神論者だったころのわたしがずっと疫病神《やくびょうがみ》のように避けてきた、教会で行われるクリスマス・パーティに、うまくだまされて連れていかれたのだ。

「おや、お目にかかったことのある方ではありませんね」金縁の眼鏡をかけたハゲ頭の司祭が飛び出してきて、わたしの手を取り、困ったことになかなか放してくれなかった。

「おや、うちのジョゼフィンと一緒に来たんですね。そうそう、あの子に洗礼を授けたときのことを憶えていますよ、それがまあこんなに一人前のお嬢さんになって、お相手をわたしたちに紹介しようと連れてくるとはね。まあ、これからお互いに深いお付き合いができるようになると思いますが、それから……」

お相手だって！　お互いに深いお付き合いができるようになるだって！　これはいったいどういうことだ？　うちのジョゼフィンがわたしのそばに立ち、わたしと腕を組んで、目を輝かせていた。

「ええ、神父様、この人はここに来るのがもう待ち切れなくて」

わたしはまじまじと彼女の顔を見た。ウィンクか、冗談よという何かのしるしがそこにあるとばかり思っていたが、さにあらず！　神々《こうごう》しい顔には慈しみに満ちた敬虔な表情が輝いている。わたしはだんだん、リンゴのなかの虫、ピンで刺された蝶《ちょう》のような気分になってきた。会衆が前に進み、司祭は初めての参加者に挨拶《あいさつ》し、わたしのほうを指差した。会話の断片が耳に入った。「ジョージーのお相手」「いやはや、赤ちゃんだと思っていたら、もうその次には結婚だものな……」

口髭を生やした恰幅《かっぷく》のいい男たちやショールを巻いた婦人たちがニコニコ顔でわたしを見た。何百人もの小さな子供たちがわたしの膝の高さのところでぶつかったりうろついたりした。教会の内陣のどこかから、足を踏み鳴らすドシンドシンという音がたえず聞こえていた。わたしたちが大群衆のなかを進み、階段を下り、廊下を通ると、足を踏み鳴らす音はしだいに大きくなった。

わたしはふたたび恐怖の発作に襲われた。もう手遅れになる前に逃げろと本能がいっていた。
しかし実際にもう手遅れだった。そこはばかでかい部屋で、汗とポーランド料理の匂いでムンムンしていた。リズムに合わせたドシンドシンという音で床はきしみ、壁がふるえた。汗が肩甲《けんこう》骨《こつ》を流れ落ちた。ジョージーが右手を握った。

「ダーリン、踊る？」

いささか限られた仲間うちだと、わたしはとりわけ粘り強いダンサーとして知られていたが、それでもこんなものは見たことがなかった。部屋の片側に設置された舞台では、サスペンダー、変なズボン、刺繡入りのシャツ、羽根飾りを付けた山高帽という恰好をしたフランキー・ヤンコヴィッチ&ポルカ・オールスターズが、「ドーン・パトロール・ポルカ」という、このジャンルのなかでも特にしつこく激しい曲を演奏していた。ジョージーが左腕で力強くグイッとひっぱっただけで、わたしは足が宙に浮きそうになるほど持ち上げられた。彼女の美しい足が床を狂ったように踏み鳴らすたびに、わたしはピンと張った紐で吊るされたヨーヨーみたいに上下した。肘がグサリとわたしの肋骨に突き刺さった。かすかに視界に映ったのは、汗だらけの顔に踏み鳴らす足だった。フランキー本人が真珠母色のアコーディオンを弾きながら率いる、フランキー・ヤンコヴィッチ&オールスターズは雷鳴をとどろかせ、電子ギターを演奏する最強のロック・グループでも粉砕できるほどだった。三拍子ごとに、足が巨大なコンクリートの球のように上下した。

どういうわけか、わたしは自分がポルカダンスの達人であることに気づいた。ポルカは本物のソウルダンスである。覚える必要はない。けたたましいコルネット、ゆったりとしたクラリネット、ベースドラムとシンバルのとどろくようなシンコペーションの洪水に飲みこまれ、押し流されてしまうからだ。ドラマーはがっしりした体格のポーランド人で、ヒキガエルのようにしゃがみこみ、杭打機《くいうちき》のような正確さでスティックを操っている。わたしは飛び跳ねて汗をかき、ジョージーはまるでビートに合わせて生まれてきたみたいにしがみつき、ホップし、身をかがめ、頭を振った。踊っているうちに、だんだん彼女は見慣れない異国の人間になっていくようだった。「星条旗ポルカ」の二十三回目のコーラスの最中、壁沿いに禿鷹《はげたか》のように並んで立っているショールを巻いた婦人たちをクルクルとまわりながら通り過ぎたとき、青白くて、疲弊《ひへい》した、鷹のような顔がちらっと見えた。制御が利かなくなったメリーゴーラウンドみたいに、わたしたちはふたたびフロアをクルクルとまわった。ターター **ドン** ドン ター ター **ドン** ドン！ ドラマーの重い足がエアハンマーのように上下して、ベース音をドンと響かせた。

あの蒼白《そうはく》で、やつれた顔がまるで絶望した幽霊みたいにじっとこっちを見つめているのが、また目にとまった。それはハウイーだった。ハ、ハ、ハウイー！ 目と目が合った。彼はわたしに何か伝えようとしていた。丸々と太った小柄な女の子が彼の肘にしがみつき、そのまわりには、まるで岩のまわりにヒキガエルの群れが集まっているみたいに、三人のずんぐりした子供たちがいて、鼻水を垂らし、泣いている子もいれば、わめいている子もいて、三人とも目のあたりがハウイーそっくりなのだった。バスケットボールさばきがボブ・クージー並みだったあのハウイー。ポーランド人のガールフレンドと結婚して以来、プラスキの店で一日十八時間働いて、ジャガイモの袋を運びサラミの目方を量っているハウイー。

ここから早く逃げ出さなければ、と思ったのはそのときだ。ジョージーは悪魔本人が調合したと思《おぼ》しき香水をつけていた。彼女が踊れば踊るほど、香りは強烈になっていったが、わたしはそのセイレーンの誘惑には心動かされなかった。というのも、振り向くたびに、ハウイーがショールを巻いた婦人たちのなかで丸々とした小柄な妻や子供たちと一緒に立っているのが見えたからだ。

フランキー・ヤンコヴィッチがアコーディオンでさざなみのようなリフを奏で、それが体操競技の小休止の合図だった。わたしは体調万全で、このところバスケットボール、フットボール、インディアン・レスリングを何ヵ月もつづけていたにもかかわらず、ゼーゼーと息をしていた。「来てとてもよかった。あなたもきっと神父様を好きになるわ。すばらしい人よ」祝典の参加者たちが押し合いへし合いしながら隣りの部屋に入っていくのが目にとまった。どうもそこでは何か食卓が用意されているらしい。

「ええと……飲み物か何か取ってくるよ、いいだろ?」

ジョージーは女友達とひそひそ話をしているところだった。わたしのことを話しているらしい。女友達がうなずいているのが同意のしるしに見えるのは、いったいどういうことだろうか。

「コーラを二杯持ってくる。それからきみの友達にも」

ジョージーが微笑んだ。油を塗った豚みたいに。わたしは駆け出して戸口を抜け、オフタックルで走るハーフバックみたいに人ごみの中を縫っていった。修道女が人形《ひとがた》ビスケットやサイダーを売っているテーブルを横切った。またハウイーの姿がちらっと見えた。彼は子供たちにドーナツを配っているところで、いつも以上に疲弊しているらしい。骨の髄まで凍えそうな光景だった。下りてくる人の流れに逆らいながらわたしは階段を上った。拝廊に出ると、影のように動いた。そしてようやく入口までたどりついた。

突然、なんの前ぶれもなく、背後から重いものが左肩にかぶさってきた。一瞬、踊りすぎて麻痺したのかと思った。何か巨大な力でわたしはぐるっと反時計回りに回転させられた。巨体のせいで部屋のほかの部分が視界からさえぎられてしまった。

「あ……やあ、ストッシュ」

彼はわたしを見つめた。小さな丸い目には、獲物を前にした喜びのようなものがちらついている。カンザス・シティのラインマンがジョー・ネイマスに詰め寄るときの目つきだ。

「ジョージーと楽しくやってるか？」彼は大げさにたずねた。

「ええ！　もちろん！　最高です！」

彼が一人ではないことに気づいたのはそのときだった。友人が一緒にいた。どことなく見憶えのある顔だ。

「ジョージーのお相手だよ」彼はわたしを紹介してくれた。「こちらはスタンレーおじさん」

「やどもども」とその男はもぐもぐいって、ばかでかい巨大なミットを突き出した。その声でピンときた。まさか！　ビュイックを運転していた、鋳鉄の攪拌係じゃないか！　彼の目つきは冷ややかで、悪意に満ちていた。彼が運転するオンボロ車の後部座席で交わした、あのなんともみごとな会話のことを思い出したのはそのときだった。得点をあげるとかなんやらを！

スタンレーおじさんがわたしを見下ろし、ほんの一瞬、わたしのことを憶えていなければいいがと思った。「よう、元気か?」そのいい方から、ばれていることがわかったし、どうもまずいことになりそうだった。「おい、ストッシュ、ジョージーはどこだ? ちょっとあいつに話がある」スタンレーおじさんは本気らしかった。

二人とも振り向いてジョゼフィンを捜しにいった。いまがチャンスだ。わたしはあっというまにドアを出た。背後では、ポルカ・オールスターズが二回目の演奏のためにピッチを上げていた。氷が張った道を必死にダッシュすると、背後でドアがバタンと開いて壁にぶつかり、ストッシュがみごとな殺戮《さつりく》本能を全開にしてバックフィールドにノッシノッシと現れるのがちらっと見えた。後で車を取りに戻らなければならないことはわかっていた。コンクリートの壁に沿って走り、背後でストッシュがハアハアいいながら追いかけてきた。生垣を抜け、通りを横切り、路地を抜け、中古車置き場を抜け、〈とこしえのやすらぎ〉葬儀場兼家具店を通り過ぎ、また路地を抜けると、長くて暗い通りに出た。ストッシュは大男のわりにびっくりするほどよく動いたが、数時間ほど経って、とうとう追跡をあきらめた。わたしはやみくもに、興奮状態で走りつづけた。わたしが逃げているのは、ストッシュやスタンレーからだけではないと思っていた。ハウイーに起こったこと、ドーナツ、ヒキガエル、ショールを巻いた婦人たち——そうした一切合切からだ!

ようやく見慣れた地域に来た。ここにも大きな建物があって、何千台もの車が集まり、黄色いライトが輝いている。市民センター! ホワイティング・オイラーズ! 大一番! コンクリートの長い階段を駆け上がり、息を切らし、入場口のところで財布のなかをがさごそやって、チケットを見つけた。

「第何クォーターですか？」入場係にたずねた。

「ちょうど第三クォーターが始まったところ」

「スコアは？」

「六十五対六十三。ホワイティングが勝ってる」

競技場の奥深くから大歓声が聞こえた。助かった！　帰ってこれた！　指定席を必死に探す。21区のG列6番。やっと見つけた。空いている。ここだよといわんばかりに。待ってくれて。頭上には黄と赤のライトが点滅する大スコアボードが心強くそびえ立っている。

隣りにはシュウォーツがいた。一緒にチケットを買ったのだ。そして彼の反対側にはフリックがいた。胸は高鳴り、汗が顔を伝った。雪のなかを八キロ走ると、バラ色のほっぺたになるものだ。

「おい、さぞかし相当なデートだったんだろうな！」シュウォーツが感心するようにわたしを見つめた。観客からどよめきが起こった。フリックが叫んだ。「ゾドニッキがまた一発決めた！あの野郎のフックショットを見ろよ！」

上の空で、シュウォーツが脇腹に肘鉄を食らわせた。「あの子どうだった？」

「すごかった！　信じられない！　いいようがないよ。ポーランド人の女の子って、たいしたもんだ！」

その夜、伝説が生まれた。わたしは仲間たちのなかで抜きん出た存在になった。当然のことながら、いろいろと細かいところはぼかして、ほかの部分は誇張したが、人生とはそういうものだ。その後、ジョージーにはあまり会わなくなった、というだけで充分だろう。サングラスをかけて学校に行き、毎晩日が暮れると地下室の窓からこっそり家に帰るような生活をしていれば、だれかとよく会うのはそう簡単なことではないのである。

ダフネ・ビグローとカタツムリがびっしりついた
銀ピカ首吊り縄の背筋も凍る物語

男はなぜ革命家になるのか？　人生という宇宙規模のボウリング・ゲームで、己《おのれ》がしがないテンピンにすぎないことを、まぎれもなくはっきりと認識するのはいったいいつなのか？　そしてほかの連中はそのゲームのボールだということを？　いかなる偉大な革命家であれ、若かりしころの私生活をよく調べてみれば、そこには必ず一人の女の子がいる。そのあたりのどこかで、カール・マルクスは妖精のような瞳に決定的に打ちのめされ、家に帰って『共産党宣言』を書き出したのだった。わたしは人生の転機をよく憶《おぼ》えている。人生の転換点とはたいていそうしたものだが、思いがけないときに、それも僥倖《ぎょうこう》に化けてやってくる。彼女の名前はダフネ・ビグロー。その出来事から十光年離れたいまでも、あのぞくぞくするような情熱とひそかな思慕の念を思い出すと、かすかなふるえを抑えることができない。彼女の肌はこのうえなく清純でたぐいまれな、透きとおったアラバスターのようだった。彼女には世俗的な意味で「目」がなかった。というか、翡翠色《ひすいいろ》をしたジャングルの双子池《ふたごいけ》を通して彼女は世界を見ていたし、世界も彼女を見ていた。それが鏡になって映し出しているのは、あまりにも不可思議で、あまりにも謎《なぞ》めいているので、半径数メートル以内の高校一年生がみな首をひねる、彼女の魂だった。「髪」という言葉を使うのがためらわれるのは、それを真正面から見据えようと思えば仏陀でも長いこと必死になって思惟《しい》しなければならないような、至高の美をたたえた顔を縁取《ふちど》っている、あの魔法の後光、あの虹色のうつろいゆく雲を表現するには、嘆かわしいほどに不適切だからだ。なぜこんなに自分を鞭打《むちう》つようなまねをつづけているのか、我ながらよくわからないが、それでもつづけるしかない。

ダフネには、人間の言語という悲しいまでに不完全な手段ではちゃんと伝えられないような何かがあって、それがなんとももどかしい。ダフネは夜明けがやってくるときのやわらかな靄《もや》みたいなものに包まれて歩いていた。目の前にいても、まるでそこにいないかのような気配をいつもただよわせていた。薔薇色《ばらいろ》がかった金色と青色の色彩がぱっと現れたかと思うと消え、そこにかすかな風が吹く。ダフネがふわふわした足どりで生物Iの教室に入ってくると、通った跡にはミモザの花びらが散り、どこか異国の地で眠っていた鳥たちも思わず声をあげる。それはまだ人間がかつて体験したことがないような恍惚感《こうこつかん》だった。

クラスの成績下位三分の一の底に沈み、ぷんと臭いがする弁当箱や体臭がしみついたゴム製の学校靴でしゃがみこんだり、ドライブイン・シアターでリンゴの芯やビールの空き缶がころがるなか、停めてある三流オンボロ自動車から世のなかの大ページェントを眺めているのが永遠のさだめという、のっぺらぼうの人間たちの大群にまじっているわたしには、希望を持つことすら叶わず――そこには、どんな地上の隔たりも取るに足りないものに見えてしまうほどの、大きな溝があるのだ――、ただじっとすわり、生物Iの学習帳に隠れて、来る日も来る日も彼女の姿をこっそりと目でむさぼるだけだった。

ダフネがホウマン高校にやってきてからの一学期じゅう、わたしの驚きは、まるで潜在意識という石炭貯蔵室に生えた、何かじめじめして分類不可能な毒キノコのように成長していった。最初のうち、うぶなわたしは自分がひそかに恵まれているとぼんやり思いこんでいた。どこにいても彼女の顔を捜した。廊下で、階段で、みんなが集まっている講堂で、早朝の時間帯に入れてもらおうとドアの外でしびれを切らして待っているむっつりとした群れのなかで、最後の授業が終わって一斉に学校からどっと出ていく騒々しい群れのなかで。どこででも。ときおり、ダフネは一瞬視界に入ったかと思うとまた消えていく。いわゆる「課外活動」の参加者リストに彼女の名前が出てくることは決してなかった。そういう下賤なものとは無縁なのだ。日々が永遠の歴史のなかへと消え去っていき、わたしの精巧に組み立てられた分泌腺システムが成熟していくにつれて、注意深く隠していたダフネ・ビグローに対する情熱はふくらんでいって、ついにはヨナのように鯨《くじら》の体内の真っ暗闇のなかへとわたしを飲みこんでしまったのだ。

中間試験がやってきては過ぎていった。クリスマス休暇のあいだ、わたしは名状しがたい恐怖に取り憑かれていた。ダフネが視界から消え去ったからだ。新たな戦慄《せんりつ》が襲ってくる――次の学期、生物の授業で同じクラスになれるだろうか？　そしてとうとう、恐れていた日がやってきた。自分の目が信じられなかった。恐れ多くも、ダフネ・ビグローはわたしたちと同じクラスのままでいてくれただけでなく、新任の生物教師が――縁なし眼鏡をかけ、黒い髪をテカテカにして、キュッキュッと音がする靴を履いていた、セトルマイヤー先生というおしゃれな紳士だった――わたしの思いを見抜いてか、気を利《き》かして、ダフネ・ビグローを生物IIの実験パートナーに指名してくれたのだ！　わたしたちは一緒になって、人間がほんの一部分でしかないこの広大な動物王国の謎を解明していくのだ。

いまでもよく憶えているのは、あの至福に満ちた午後のこと、ダフネとわたしは一緒に、ホルマリン漬けでふにゃふにゃになったカエルをコルクの標本板に固定し、そこで一家の主であるわたしは、勇敢にもメスを手にして、実力のほどを見せつけたのだった。教室の壇上では、セトルマイヤー先生がポインターでカエルの各部を解説していたが、そのあいだわたしの横ではダフネが上手ねというほんのかすかな表情を見せて微笑《ほほえ》んでいた。もしかすると、わたしが技術と度胸の圧倒的な高みにまで達したことに、まあステキと思ってくれているのかもしれない。わたしが解剖を行っていると、ダフネは微妙に目をそらした。いかにも女の子らしい怯えからちょっとしかめっ面をしたことで、不運な両生類の内臓を剝《む》き出《だ》しにしてみせたわたしはさらなる高みへと駆りたてられたのだった。その日の授業の成績として、わたしたちはどちらもA＋をもらった。

あのどうということはないように見えてもきわめて象徴的な始まりから、わたしたちの愛は根を張って成長していった。三週めの終わりには、ファーストネームで呼び合う仲になっていた。これはたいした進歩と思えないかもしれないが、本物の女神をファーストネームで呼び、むこうからも同じように応じてくれる特権を持った男性など、そうざらにいるものではない。

ダフネについての情報は日々増えていったが、そのほとんどが外部情報だった。家でどんな生活をしているのか、どんなことが好きなのか、将来何になりたいのか、どんな夢を持っているのか、めったに語らなかった。それに対してわたしは、男性なので、際限なくベラベラしゃべりつづけ、二人のまわりに神話と壮大な哲学的一般論を織りあげていった。

冬が音もなく去って早春のやわらかな官能に包まれたころ、わたしの決意は固まって具体的な形になったが、生物の授業以外でダフネを見かけたことは一度もなかった。つまり、公式的には、ということだ。非公式的には、昔のインドにいた邪悪な追い剝《は》ぎ集団ダコイトみたいに、しつこいくらいに彼女を尾行していた。遠くから眺めながら、その一挙手一投足をカタログにした。着ている服装を一つ残らずこっそりとメモにした。彼女のワードローブは量も膨大なら種類も無数にある。一方、わたしの海老茶色《えびちゃいろ》のコーデュロイのスラックスは、前年のクリスマスからの着古しで、だんだん嫌いになりつつあった。紫色のプルオーバーのセーターは、ブロック体で描かれた「H」の文字も色褪《いろあ》せてきて、前みたいにごきげんにはなれなかった。

ダフネはスクールバスにも電車にも乗らず、わたしやシュウォーツやフリックみたいに徒歩で帰ることもなかった。ただ魔法のように姿を消してしまうのだ。ある日、学校から一丁離れたところに駐車していた、胴体が細長い黒のキャデラックに、おぼろな人影が乗りこむのを見かけたような気がしたが、ダフネかどうかはわからなかった。

廊下ですれ違うとき、わたしはいつも、入念にリハーサルを行った、屈託のないフレッド・アステアばりの微笑みを浮かべ、思いがけなく出会ったのを心ひそかに嬉《うれ》しく思っているという表情を見せた。しかし、いつもダフネはさらに謎めいた微笑みを返しながら去っていくのだ――いつも一人きりで、薄汚いふつうのガキどもの騒々しい高校生活から距離を置いて。

春のダンスパーティの時期が急速に近づいていた。ダンスの相手どうしは、この催しのかなり前から招待状を交換するのがならわしになっていた。ポスターも現れた。地元の大物バンド、ミッキー・アイゼリーが進行役を務めることが決定していた。わたしはあまりにも大胆で、あまりにも危険な計画を立てて、その下準備をすることにした。もしこの計画をシュウォーツやフリックに漏らしたら、やつらはすぐさまわたしを地面に組み伏せて、おまえもとうとう気が狂ったかとわめくにちがいない。しかしわたしは、宇宙一とまではいかなくても、ホウマン高校一のすばらしい女性に気があるということを、だれにも打ち明けてはいなかったし、自分自身にすら告白していなかった。そんじょそこらのチンピラが、一等賞を獲得しそうな血統書付きの娘に思いを寄せることはめったにない。ところがわたしはその決まりを破って、生涯忘れることのない教訓を学んだのである。

ある夜、ベビーサークルから初めて這《は》い出《だ》して以来、ずっと慣れ親しんでいるごつごつしたベッドにぬくぬくと身を寄せ、天井の暗闇を見つめていると――どこか遠くからかすかに聞こえてくる、魔法の人々を乗せて不思議な外の世界へと運ぶ列車のロマンチックな汽笛の音が、ひび割れた窓のシェードや寝室のだらりとしたカーテンから忍びこんできた――、春のダンスパーティの招待状をダフネ・ビグローに送ろうと決心がついた。そのことを考えただけでも、頭がくらくらするほどだった！　わたしは狡猾に計画を練りはじめた。まず、デートをしなくてはならない

――なにげない、ごく日常的なデートだ。そしてそこから、必然的に、あのまばゆいばかりのダンスホールに導いていき、そこでわたしたちの愛はダンスの熱狂のうちについに完結を迎える。手足がぶらぶらになり、汗だくになって、長時間の練習で鍛え上げたダンス、ダフネであろうが、ほかのどんな女性であろうが、決して抗《あらが》うことができないとわかっているダンス、つまりリンディだ。競争相手のなか、微妙な創造性や言わず語らずの美というものを本当に理解できる人間のなかで、わたしのリンディに敵《かな》うものはない。

次の日、生物IIの授業中、わたしのそばでダフネが一緒に解剖している大ミミズにかがみこみ、エキゾチックなフランス産香水のくらくらするような香りが保存用アルコールと死んだミミズの濃厚な匂いと刺激的に混ざりあったとき、わたしの辛口マティーニのウィットが炎のように燃え上がった。勇気が出ると、口にする至言もますます警句風になる。オスカー・ワイルドもわたしの前では舌を巻いたことだろう。そしてそのとき、さりげなく、セトルマイヤー先生の指導法の欠点をみごとに分析しながら、わたしは爆弾を投下する準備にとりかかった。

「あ、そうだ、ダフネ――へへへ――頭の丸いピンをもう一本渡してくれないか」

もう夜に這いまわることもできなくなったミミズからダフネが視線をそらし、繊細《せんさい》な手を、限りない上品さで、ピン入れのケースに伸ばすのを、わたしは目の片隅からこっそりと眺めていた。一瞬、パニックでほとんど身動きができなくなった。あまりの美しさで息が止まりそうだったのだ。それでもすぐに気を取り直し、思い切ってこういった。

「あの――へへへ――」

彼女の手からピンを受け取ると、彼女の指がわたしの指に軽く触れて、アーガイルの靴下とケッズのスニーカーの通気孔まで鳥肌が立った。なにも考えずに、わたしは思い切ってやった。言葉が早口で出た。

「キミトボクガデートスルッテノドウ？」

すぐさま、わたしは死亡した地下の一住民である我が友の上にかがみこんだ。強い耳鳴りがして、教室が意識から消え去ったかと思うと、わたしはただ一人、臆《おく》することなく、闘牛場に立っていた。霞《かすみ》がかった遠くのどこかから、フルートのような声がかすかに聞こえた。

「え？」

そこには信じられないという響きがあったのか、それとも気のせいだろうか。彼女をちらりと見る勇気も出せずに、わたしは質問を繰り返した。三世紀に及ぶ沈黙の後で、答えが返ってきた。

「いつ？」

遠くの講堂から、学校のバンドが序曲「一八一二年」を演奏しているのが聞こえてきた。大砲の音、ラッパの音。こんなに大成功を収めようとは、とてもじゃないが、夢にも思わなかったのだ！　そのあとどんな話をしたかは、ありがたいことに、いまでは記憶から消え去っている。ただ、ジョン・ウェインが出る映画の話をしたこと、迎えにいくと約束したことは憶えている。彼女は住所を教えてくれた。次の晩、金曜こそが、その日になるのだ！

やらなければならないことがたくさんあり、一刻も猶予がならないことに気づいて、檻《おり》の扉が仕方なく開けられた瞬間、わたしは弓から放たれた矢みたいに家に飛んで帰った。汗だくになりながらエロチックな白昼夢を何度も見た寝室で、豊富な衣装のすべてを点検し、女性を惹きつけるのに絶対必要な効果をあげるには何が最善かをひとつずつじっくりと計算してみた。アメリカン・リージョン・ベースボールのレフトのユニフォームをはじめとして、なにひとつ漏らさず、検討し、秤《はかり》にかけ、捨てて、迷った。運命の夜となるはずの時のために、重大な服装の小さな一点一点を選んでいったのだ。靴下の一足一足にも念には念を入れ、光にかざし、伸ばして、最終審査用にうやうやしく脇に置いた。

鍵をかけたドアのむこうから、いつもの家の音が聞こえてきた。鍋をドシンと置く音、弟がときどきぐずる声、そして最後には、おやじのオールズが車道をやってくる音。影が濃くなって、長くなった。そしてとうとうアンサンブルが完成した。もし衣服が暴虐《ぼうぎやく》な運命の矢玉からいささかなりとも身を守る役に立つなら、これで備えは万全だ。

夕食時に、人生の転機となってもおかしくないような話を家族に打ち明けるつもりでいた。左手にすわっているおやじは、いつものように長ズボン下の恰好《かっこう》で、ミートローフをがつがつかっこんでいた——それも、いつものように、マッシュポテトと豆に混ぜずに細かく刻んで、その上にこってりしてピリッと辛口のハインツのトマトケチャップをドボドボかける。

弟はプラスチック製のミッキーマウスのマグに鼻を突っこみ、ココモルトを音をたててなめていた。いかにも嫌そうなそぶりなのは、そいつの正体に気づいているからだ——牛乳を飲ませるための安っぽい手品だと。この儀式に先立つ毎晩の喧嘩《けんか》は、わたしが食卓につく前に終わっていた。飲みながら、弟は母の言葉を借りれば「食べ物で遊ぶ」という毎日の儀式をやった。どういうわけだか、マッシュポテトとミートローフと赤キャベツはふくらましたフットボールみたいな形にすると味が良くなる、と弟は思っていた。ときどきこのパターンを変えて、プロペラといった象徴的な形を作ったり、ときには「働き者ティリー」に実によく似たものを作ったりすることもあった。それから弟はみんなにこう問いかけた。

「これ何に見える?」

だれも答えなかった。わたしたち一家は、食卓でそんな言葉を使わない。

母はコンロと流しと椅子のあいだを行ったり来たりしながら、弟がちらかしたカスを拭きとったり、おやじにコーヒーのお代わりを注いだりして、食事の流れがとぎれないようにしていた。そんななかで、わたしはだれにともなく、何気なくこうたずねた。

「ダフネ・ビグローの話をしたことあるのを憶えてる?　生物IIのクラスの」

相手がだれであろうがまともな会話が苦手な母は、最初のうち、わたしがいったことの意味がわからずに、グレイビーをもっとくれといっているのかと思ったらしい。キッチンでの会話にはめったに耳を貸さないおやじは、ホワイトエナメル塗りのテーブルにカップをドカンと置いた。コーヒーのお代わりの合図だ。おやじはコーヒーの熱心な信奉者だった。わたしはまたしゃべりだした。

「ほんとに最高の女の子なんだ」

わたしの背後では、冷蔵庫がカタカタキーキーと音をたてていた。夜も昼も、これがわたしたちの生活に欠かせないバックグラウンドミュージックだ。弟はベロをぎりぎりまで突き出していた。四十センチは優にあるその舌で、弟は赤キャベツに大きな渦巻形《うずまき》を描いている。

「食べ物で遊ぶのやめなさい！」

母は濡れた布巾《ふきん》で弟の腕をピシャリと叩き、べとべとした手にフォークを押しつけた。黙ったまま、弟はうつむいてお皿をにらみつけた。またいつもの夜が始まったといいたげだ。食べさせるのに漏斗《ろうと》と突き棒を使って、父がドライバーで歯をこじ開け、母がカブを口のなかに流しこんだこともある。ぼんやりと、父はスポーツ欄から顔を上げていった。

「女の子？」

「ダフネ・ビグローだよ」

いまでは腰かけて、弟が頭の上に載せているミッキーマウスのカップを手からもぎ取ろうとしている母が、こうたずねた。

「だれ？」

「ダフネ・ビグロー」

「**ふざけてないで食べなさい！**」

父がまた顔を上げてたずねた。

「その子がどうしたって？」

ナイアガラの滝に飛びこむ覚悟を決めて、わたしは食卓を見まわし、我が家の子豚が楽しそうに飼い葉桶ではしゃいでいるのを目にした。

「その、ぼくはダフネ・ビグローとデートすることになったんだ。オルフィウム劇場に連れてって、ジョン・ウェインが出てる『牧場の熱血漢』を見る。ほんとに最高の女の子なんだ」

いっちゃった！　もう取り返しがつかない！

「バスに乗って、むこうの——」

そこでおやじが口をはさんだ。

「バス？　その子はどこに住んでる？」

そもそも、このあたりの男の子は、自分の家の庭から五十メートル以上離れた場所に住んでいる女の子とデートしたことがない。バスに乗って女の子の家に行くというのは実に革命的な発想で、それはわたしもわかっていた。慎重に言葉を選びながら、わたしはぐさりと鎗《やり》を打ちこんだ。

「ああ、ウェイヴァリー通りさ。ノースサイドの」ノースサイド！　その一言でわたしが呼び起こしたのは、わたしたちとはあまりにも遠くかけ離れた土地というか世界で、手が届かなすぎて、ほとんど現実の範疇《はんちゅう》には入っていなかった。それは北極といったようなものだった。ノースサイドとは広大な芝生、ニレの大木、だだっぴろい領地からなる伝説的なおとぎの国で、そこに行こうと思うと、曲がりくねった専用車道を通って、すばらしい景観の不思議の国を抜けていくことになる。

父は、我が家のお膝元《ひざもと》でおそらくは危険な新世代の出現が育まれつつあるのを見て取り、警戒心を起こして興味津々《しんしん》というおももちになった。母は、何かの罠《わな》かと思って、椅子にもたれていた。

「ダフネ・ビグロ、、、ーっていいわなかったか？」

「いったよ」

「ウェイヴァリー通りの？」

わたしは鉱脈を掘り当てたのだ。おやじにとって、わたしは解禁日のニジマスだった。

「そうさ。生物Ⅱのクラスで一緒なんだ」

母は、聞いたことがどれほど重大な話かを十分に理解できず、よくわからないままこういった。

「エスター・ジェインはどうなったの？」

わたしの唇の隅に、かすかな謎めいた微笑みが浮かんだ。父は「シカゴ・ヘラルド＝アメリカン」紙の皺《しわ》をゆっくりと伸ばした。そしておおげさなくらいに慎重な手つきで新聞を折りたたみ直してから、こういった。

「ダフネ・ビグローか。第二キャルメット地域ナショナル・バンクの、ビグロー氏の娘さんかな？」

「それって、二番窓口にいる、背が高くてひょろひょろっとした男の人のこと？」と母がたずねた。父は、毛穴という毛穴から不信感を発散しながら、いささか驚いたようにいった。

「いや。会　長《チェアマン・オブ・ザ・ボード》だよ」

これは初耳！　しかしそのころは、それがどういうことなのか、よくわかっていなかった。それはもうじき思い知らされることになる。

そのころは、チェアマンというのは小槌《こづち》を持って机にすわっている人、つまり議長のことだと思っていた。ボードというのは何なのかさっぱり思いつかず、フリックとわたしがときどき盗んでいろんな用途に使っていたツーバイフォーの板しか知らなかった。

「マックスウェル・ビグローは、公園にあのアイススケートリンクを寄付した人だ」とおやじ。

いまでは妙な顔つきでこっちを見ている。

「じゃ、同じ人のはずがないわね。だれかマッシュポテトもっといる？　いらなかったらコンロに戻すけど」不可解な話の流れに直面すると、母はそれをよくなかったことにした。

「そこの娘とデートに行くのか？」父は湯気が立っているブラックコーヒーをゆっくりとかき混ぜた。

「うん、映画に行く」

「どうやってデートに誘ったの？」と母。

「生物のクラスで一緒なんだ。それで誘ってみた」

それ以上はないほどに注意深くゆっくりと、おやじはテーブルの上にカップを置いた。昔からエドガー・ケネディのファンなのは伊達《だて》じゃない。

「おまえ、何事でもないみたいにいうじゃないか」——おやじは芝居がかって一呼吸おいた——「誘ってみただけだって？」

「そうさ」

「マックスウェル・ビグローの娘を？　第二キャルメット地域ナショナル・バンクのマックスウェル・ビグローの娘を？　誘ってみただけだって？」

「そうさ」

「なんてこった！」

上昇志向の気運がついにホウマンを襲ったのだ。インディアナ州ではそれが草の根レベルで起こった、初めて記録に残る事例だった。

母は、マッシュポテトをもっとどうといったところで変わらない状況にだんだん巻きこまれてしまい、だったら話を合わせることにした。

「じゃあ、その子の親御さんには行儀よくしなさいよ」

もう何年も、母は決まってこの忠告をくれるのだが、それがどういう意味なのか、さっぱりわからなかった。いろんな機会に「行儀よくしなさい」という相手は、先生だったり、わたしが新聞配達をしている道順にいる人々だったり、製鉄所長だったり、最近だと曹長《そうちょう》だったりすることもある。母が絶対的権威だと思う人間や組織ならなんでもありなのだ。

母はこうつづけた。「育ちが良くないと思われたくないし」

「やってられんな！」良い子に育てるのに大きな役割を果たしてきたおやじは、どんな場合にもこのいい方を好んで使った。

「うん、オルフィウム劇場に連れてく。その後で、レッド・ルースターに行くつもりさ」

「それじゃ、あまり遅くならないでね、むこうのお母さんとお父さんが心配しないように」母にとって、それが人生の諸問題を解決する箴言集《しんげんしゅう》のすべてだった。母は成り行きまかせで、途中行儀よくさえしていれば、家に早く帰ってくることができたら、何事もうまくいくと思っていた。

デザートのあいだ——母の十八番、ルバーブのライスプディングだ——移動手段、服装、ふるまいといった技術的な問題が議論された。どうやらわたしは高得点をあげたらしく、この比類なき偉業に対して両親が感じた畏怖の念は、しだいにしかるべき誇りへと変わっていった。

おやじは長ズボン下のボタンをはずし、自分が優柔不断な若者だったころのすばらしいデート体験談を語りはじめた。むっつり黙ったまま、母はテーブルの上の食器を片づけると、いつもの持ち場に戻り、赤キャベツとミートローフとコーヒーかすの匂いがまだただようなか、食器洗いパッドを手にして流しにかがみこんでいた。冷蔵庫のキーキーいう音が、隣りの部屋のラジオから流れてくる、ハワイの娘がどうとかいうビング・クロスビーの歌とまじり合った。わたしは自分の格が上がったのを感じるようになった。

寝る時間になり、大冒険用の装具一式を点検していると、生まれて初めて、我が家のなかで一人前の英雄になったような気がした——これは後になってから知ったように、そうそうある経験ではない。でももちろん、まだガキだったので、これが自然の成り行きにすぎないと思いこんでいた。

その後、暗闇のなかで、ダフネに向かっていうとんでもなくウィットに富んだ言葉の数々が、ぐるぐると頭のなかでとんぼ返りを打った。球場や体育館で拾ってきた、かっこいい話のあれこれをふるいにかけた。暗闇のなかで、ほっそりしたわたしがダフネを豪華絢爛《けんらん》たるオルフィウム劇場の席にエスコートしている姿が浮かんでくる。それから、魔法みたいにさっと場所を移して、わたしたちはレッド・ルースターでジュークボックスの隣りの特等席にいる。さりげなくコインを投入すると、拍手喝采を浴びながら、わたしは敵う者がないリンディを披露し、バーテンのバッキーにさりげなく手で合図して、いつものをもう一杯とたのむ。ダフネは恥ずかしげもなくまあステキと目を輝かせて、胸の内を打ち明ける。彼女の手を強く握りしめ、翡翠色をしたジャングルの双子池の奥深くをのぞきこみながら、わたしはついに本物の魂の触れ合いというものを知る。笑い、歌、ダンス、そして愛の目覚めに満ちた夜。その背景には春の夜空——そしてもちろん、くっきりと尖ったわたしの顎《あご》の線。

修道院さながらの質素な寝床で寝返りを打っていると、恍惚感が波のように押し寄せた。暗闇の外、遠くで鳴る春先の雷の音にまじって、永遠につづくような列車の汽笛のさざめきが暗闇のなかに届いてきて、遠ざかっては近づき、また遠ざかっていくのだった。寝室の窓の外にある錆《さ》びた網戸を、数滴の雨がポツポツと叩いた。わたしは次第に眠りに落ちていったが、なんの苦労もなく眠れたわけではなかった。

ボロボロのシェードからこぼれてくる灰緑色の光と、早朝の饗宴《きょうえん》を催してチュンチュンチイチイとやかましいスズメの鳴き声で目が覚めたとき、いったい今日は何の日か思い出せなかった。そのとき、とっておきの重装備、一大行事用のスポーツジャケットが寝室のドアにかけられているのに気づいて、そうだと思い出した。今日こそ作戦開始の日なのだ。

通学服に着替えるのも上の空、頭のなかは作戦ばかり。朝食のテーブルでも、奇跡の予感がまだ濃厚にただよっていた。オートミールをスプーンでかっこんでいると、弟が学校で描いたへたくそなカボチャの絵が掲示板に貼りだされたというありきたりのインチキ話を始めた。わたしのものであってしかるべき栄光を強引に奪い取ろうというつもりらしいが、そうはいくものか。しょうがないやつだなと微笑んで、わたしは学校に出かけた。

その朝、学校までヒッチハイクで行く仲間と合流すると（わたしも含めて、毎日親からもらったスクールバス代を着服して、無駄遣《づか》いしている連中だ）、短いあいだ一緒にいても、わたしはもう彼らと同類ではないということを、いわずにすませるだけで精一杯だった。とりわけフリックは、その朝、無礼なだけでなく、いささか横柄なように思えた。フリックはこのヒッチハイク界隈《かいわい》では、少なくとも本人による盛った話だと、ファニータ・クロバーマンとかいう女の子とよろしくやっているという作り話で多少の名声を得ていた。当然ながら、わたしは彼の話に異を唱えたりはしなかった。わたしがダフネ・ビグローとデートした――それもおおっぴらに公衆の面前で――という噂《うわさ》が広まれば、ヒッチハイカーたちのあいだでも、一目置かれるべき存在はだれなのか疑問の余地がなくなることはわかっていたからだ。

しかし、生物の授業に臨んだときには、多少の懸念があった。もしかしたら、ダフネは怖気《おじけ》づくかもしれない。しかしそうではなく、いつもの日と変わらず、いつもの授業だった。わたしがホルマリン漬けになったバッタにかがみこんだとき、ダフネはいつものようにクールかつ冷静で、しかもぞっとするほど美しかったが、いまやわたしの心の奥底では、ひそかな計画を実行に移そうとするときの、どうにも抑えることができない興奮が高まっていた。授業の終わりかけに、わたしはとっておきの都会的なさりげないそぶりで、ずばりとこう切り出した。

「あの――へへへ――何時に迎えに行けばいいかな？　あの……」

ダフネはいつもの超ドライなレモンツイストみたいな微笑みをかすかに浮かべた。それはわたしの方に向けられたありとあらゆる微笑みのなかで、今日に至るまでとりわけ記憶に残っているものだ。

「今夜？」とダフネはたずねた。アイスピックのような恐怖がわたしの脊髄を突き刺した。彼女は一呼吸おいてからつづけた。

「いつでもいいわよ」

「あの――めしの後はどう？」

「めし？」

どうしてかは知らないが、打球がファウルだったのはもうわかっていた。

「ああ、ディナーのことね」とダフネ。

ディナー？　ディナーとは、日曜や感謝祭、正月やクリスマスのまっぴるまに食べるものだった。お日様が高くのぼっている、午後三時ごろで、それが終わるとすぐさまおやじはベルトをゆるめ、リビングルームをよたよたして、大きなゲップをしながら「いやあ、満腹」とわめいてソファに倒れこみ、そのままいびきをかいて昏睡《こんすい》状態になるのだった。そういうわけで、ディナーの後にダフネを迎えにいくのは無理だと思い、安全策をとることにした。

「じゃ、あの――七時半はどう？　八時二十分の回に間に合うよ」

「いいわね」

彼女が微笑み、わたしたちはバッタ、コオロギ、ゴキブリの世界へ戻った。後はおぼろのうちに過ぎていった。ベルが鳴り、チョークがカシカシと音をたて、バスケットボールがリングをくぐり、紙が手から手へと渡され、詩が読まれ、質問がされた。学校がずるずるとつづいた。

やっとことさで家に帰ると、わたしは寝室に直行した。昨晩に選んだ一点一点を念入りに二度再点検すると、ワードローブの隅から隅までを調べて、興奮しすぎて服装のヘマをやらかしてはいなかったか確認した。大丈夫だ。

「ここのもの、だれもさわらないでよ！」わたしは廊下に首を突き出して叫んだ。

母がフライパンをカタカタと鳴らす音、弟が車道に出て家の側壁に黙々とボールをぶつけている音を耳にしながら、バスルームに行って、念入りな沐浴《もくよく》の儀式を始めた。この儀式の終わりには、目もくらむような男性美に惚《ほ》れ惚《ぼ》れして、今夜は大勝利に終わるしかないという気分になるはずだ。

しっかりとドアに鍵をかけ、注意深く自分の顔を診察しながら、外科医さながらの冷静沈着な技術で、そこにいつもながら咲き乱れているあざや角栓、そして父が「吹き出物」と呼ぶものの手当てにとりかかった。手術の合間に湯気をたてている熱湯をあてがって、じっくりと進めていくと、ついにバスルームの鏡に出現したのは、つやつやでピンク色をした、ダイナミックな美男子の輝く姿だった。

シャワーに飛びこむ。なんといっても一大事なのだから、シャワーを浴びるのがこれで今週二回めになるのも無理はない。水が轟音《ごうおん》をたて、わたしはオリンポスの神々のような胴体に香り高いライフブイの泡をべっとりと塗りこんだ。なにしろ広告を読みすぎていたので、掟《おきて》に背《そむ》く者には何が起こるかわかっている。万全に万全を期した。熱湯と冷水を交互に流すうちに、湯気でもうもうとしたバスルームのなかで吹き寄せられた雪のように清らかになると、バスタオルで軽く体を拭いた。薬入れ戸棚の最上段に手を伸ばし、父のオールド・スパイスのタルカムパウダーを取り出す。これは父が何年も前のクリスマスに贈り物でもらって、わたしが知るかぎりでは一度も使ったことがないものだ。饐《す》えたような甘い匂いがするそいつをたなびく雲のように体にふりかけた。あちこちにはたいて、伸ばし、塗りこんだ。

厳重に守られている父のカミソリをこっそり使って、それからまさしく根元まで髭《ひげ》を剃った。肉眼には見分けがつかない金色のうぶ毛が十七本ぜんぶ、シャボンやお湯と一緒に洗い流された。ライオンのたてがみを想わせる男らしい赤褐色の髪は、徹底的にシャンプーで洗ってあり、父が「熊油」と軽蔑《けいべつ》して呼んでいる秘薬でマッサージすることにした。これは幾世代にもわたる中西部の色事師たちの野望をたきつけるべく、ワセリン社が開発した調合液である。その香りは、ほのめかすというよりはむしろ直言で、可燃性の危険物であり、狭い場所では発火しやすいともいわれている。

さて、いよいよ肝腎《かんじん》なところにさしかかった。わたしは「ウェーブがキュート」だとしてあまねく知られているが、これはそう簡単ではない。ねっとりした髪に櫛《くし》を入れながら、古代ギリシャ人風の髪形を作りはじめた。我が傑作を何度も何度も作り直したのは、真の芸術家はつねに完璧という夢を追い求めるものだという思いに駆られて、また一から始めるからだ。

ついにそこに出現したのは、完成品、究極のアメリカ男性の姿だった。歯はピカピカ、七ポンドの髪も丹念に整えられ、純粋なライフブイのたしかな気配に包まれて、千もの香りが混ざりあった神秘的な香気を発散している。最後の仕上げに、延々とうがいをして、大量のリステリンを口の中でなまめかしくころがした。芽生えたばかりのロマンスをまさしく胚胎《はいたい》の瞬間に打ちのめしてしまう恐ろしい病気、口臭という落とし穴を知り尽くしていたからだ。

ガゼルのようにかろやかに寝室に入ると、装具を身につけはじめた。慎重に、腰まわりを幾重にも整える。いよいよその刻が近づいていた。今夜は晩飯抜きだ。まず、こういう重大な時のために引き出しにずっと隠してあった、パリッとした新品のジョッキーショーツ。Tシャツは着るかどうか少し迷ったが、着ないほうがセクシーだと決めた。誕生日のプレゼントにもらった、人生の晴れ舞台でしか着ない真っ白なワイシャツのボタンを念には念を入れて外していく。広くて、カミソリのように鋭い、十八センチの長さがある襟先《えりさき》、トニー・マーティン風のハイライズ、パリパリッとしたフレンチカフスにうっとりさせられる。これっぽっちの皺もできないように、少しまた少しと腕を通していって、清潔な指先だけでボタンを留めた。そしてドレッサーの引き出しに手を伸ばし、我が兵器庫のなかでも絶大な効果のある武器を取り出した。すばらしいブルズアイ形のカフリンクスで、どちらも大きなブルズアイがきらめくような金色で縁取られている。わたしはちょうどいい光でこのカフスボタンをかざしてみるのが好きだ。そうすると輝いて見える――凶々《まがまが》しく、毒々しい、男性の攻撃性を表す輝きだ。なるほど、二個合わせて重さが一キロはあるので、腕を動かすのは難儀だが、それでもそれだけの値打ちはある。

お次はネクタイ。超絶美そのもの。中学の卒業祝いにクララおばさんからもらった。それをいちばん幅が広くて、ふっくらして、きりっとしたウィンザー・ノットに結ぶ――握り拳《こぶし》くらいの大きさだ——それを定規で測ったように正確に襟の下に引き寄せる。輝くオパールのような光沢、シルバーグレーで絹一〇〇パーセント。大剣の幅は十四センチ、中央には綺麗な赤いカタツムリの手描き模様が入っていて、品よくベルトの下まで垂れている。こんなにすごいネクタイは見たことがない。

スラックスは濃いチョコレート色で、ちょうど脇の下から始まるハイウェストがキュッとしまっている。それが腰から膝へ、そして最後にはぴったり足首へと流れ落ちる。裾《すそ》がふくらみ、折り目が入り、ワニ革ベルトのこのスラックスは、彫刻家が大理石を扱うように、リンディを踊る男にとってはうってつけだった。エメラルド色のイニシャルが入った金色のキーホルダーを着けようかと一瞬思ったが、今夜は控えめにすることにした。それからなまめかしく、グレーと海老茶のアーガイル柄ソックスを履き、両足の靴紐《くつひも》を完璧な蝶結《ちょうむす》びにした。靴紐用の穴が空いている、スコッチグレイン革で、正装用、爪先《つまさき》に丸みがある、クレープソールのブラッチャーだ。ピカピカに磨かれた、えんじ色のトムマッキャンのコードバンが、寝室の薄暗がりのなかで光っていた。

着付けの儀式には、ドラマチックなクライマックスの瞬間というものがある。わたしの場合、最大の誇りであるスポーツジャケットを着るときがそうだった。袖口《そでぐち》に皺が寄らないように細心の注意を払って、ワッフル織りになったウールの袖を指でつかみながら引き下ろしていき、広がった縁をひっぱり、大きくそびえる馬毛の詰まった肩口に角をつけ、おしゃれな十五センチのデルタ社の翼形になったラペルピンをまっすぐにして、最後に上品な真珠母色のボタンを留めた。するとと部屋全体がパッと明るくなった。その独特なエレクトリックブルーの色合いが放つやわらかな光が、得《え》もいわれぬ期待感とデリケートな美的興奮をかもしだして、アンサンブル全体を飾る冠となったのだ。

秘密の書類が入れてあるドレッサーの小さな引き出しをがさごそやって靴下をかき分けながら、わたしは春のダンスパーティの招待状を取り出した。それを慎重にジャケットの内ポケットに入れる。結局、ここまで準備したのはこのためだった。今夜、ダフネに最高のプレゼントを贈るのだ！

なびくポンパドールの髪を乱さないように気をつけて歩きながら、ゆっくりキッチンへと入っていった——困難が伴わなかったといえば嘘になる。というのも、パッドを入れたでかい肩を押しこんで隣りの部屋へ入っていくには、横向きになってそろそろと寝室のドアを通り抜ける必要があったからだ。耳をつんざくような拍手喝采。

「うわあ！」

弟は、部屋に入ってきたわたしを見て驚きを隠さず、クリーム・チップドビーフに突っこんでいた顔を上げた。チップドビーフは、我が家の毎週のメニューとしては金曜夜の定番だった。この通好みの料理に慣れっこになっていたことが、後に軍隊生活を送ったとき貴重な基礎訓練になったのである。

文字どおり人間クリスマスツリーと化したわたしが部屋に入っていくと、家庭生活の脈拍がそれとわかるくらいに急上昇した。

「あら、すてきじゃないの」母が褒《ほ》めてくれた。

「今晩、ビグローさんに会うと思うか?」父がそうたずねたのは、わたしたちと外の現実とのあいだにある壁に、少しでも隙間というか亀裂がないかといつも探していたからだ。

「さあね」とわたしは答えて、ペプソデント、リステリン、センセンの混ざった息を吐き出すと、大量のボイルキャベツやフライドベーコン、腐りかけの牛乳にぼろぼろになりかけの布巾によって、キッチンの空気に永遠に染みこんでいた濃厚な匂いのなかにそれが混ざりこんだ。

「新聞に出てる写真と一緒かどうか、見てきてくれ」とおやじ。

「じゃ、行かないと」

コンロの上にかかっている大きな時計をちらっと見た。真っ白なプラスチック製の時計で、大きなヒヨコの形をしていて、赤い針が二本付いている。何時かを示す実際の数字はないが、その代わりに、縁をぐるっと廻る金色のプラスチックの文字で「汚れ知らず!」と書いてある。母はキッチン洗剤ボン・アミのラベルを集めてこの時計を手に入れた。我が家のその部分では、この時計が最も美しいものだということになっていたのである。

「じゃ、また」

父は誇らしげに微笑んだ。母も誇らしげに微笑み、弟はちょっと口をもぐもぐさせながら無表情に見つめていた。わたしは左手をさりげなく振って別れを告げ、そっと夜のなかに出ていった。涼しい夜で、冬の寒さもかすかに感じられる、体と体が温かく寄り添うのにはもってこい、風から逃れ、非情な夜から離れて、胸の内をひそかに交わし合うにはもってこいの夜だった。

二ブロック先にある街灯の下で、市内横断バスが来るのを待った。それを運転するのがカローンという名前の男だとは知るよしもない。折り目のひとつ、ボタンの一個、うねるウェーブの一筋たりとも乱さないように、身動きせずに待っているあいだ、まわりで展開されている近隣の世俗的な生活を眺めていた。ブロックの途中にある酒場「青い鳥」のドアが、一瞬勢いよく開いた。明かりが見えて、キッセルさんが暗闇のなかによろよろところがりだした。キッセルさんだとまちがえようがない右舷傾斜は、二百メートル離れている場所からでもただちに見て取れた。そしてプラスキの古いお菓子屋の壁にはブル・ダーラムの看板があり(若かりしころ、ジョーブレイカー、ジュジュ、ルートビアといったキャンディを買うのに、プラスキの爺《じい》さんと何時間も死闘を繰り広げた場所だ)、それが地平線の上に見える製鉄所の光を背にして、不気味にそびえていた。その看板の、どことなくユーモラスな雄牛の巨軀の下に、「雌牛のヒーロー」という見慣れたスローガンがやっとのことで読み取れた。わたしは雄牛を見上げた。むこうはわたしを見下ろした。わたしたちは仲間どうしなのだ。

バスがドンと停まって、熱気と一酸化炭素を吐き出した。わたしはバスに乗りこむと、磨き抜かれた男、大都会に住む世慣れた人間みたいに、いかにも慣れた様子で運賃を料金箱に投下した。その夜、バスにはほかに乗客がだれもいなくて、好きな席にすわれた。乗っているあいだはずっと、カミソリのような折り目を気にしてじっと動かずにすわったままだった――暗い通り、車、延々とつづく中古車置き場、屑鉄《くずてつ》置き場、機械工場、車庫、ガソリンスタンド、巨大なガス工場の影のなかに寄り集まっている、灰色のボロ家の群れ。どこまで行っても。

次第に近隣の景色が変わり、とうとうノースサイド。バスはめったに停まらなくなった。ときたま乗ってくるメイドや小さな包みを抱えた年寄りを除くと、乗り降りする人間もほとんどいない。どういうわけか、このあたりでは夜も違っていて、ずっと暗いが刺激的だ。バスの窓から外を見ていると、木々も太く、背が高くなっていった。生垣、砂利敷きの歩道。そしてついに目的の停留所に着いた。降りると、バスは轟音をたてて走り去った。わたしはまた街灯の下で一人きりになった。ブル・ダーラムの看板はどこにもない。ここはキッセルさんのいるところから何光年も離れている。通りの表示も町の反対側とは違っている。古英語風の文字が刻まれたプレートが、ずんぐりした小さな街灯の下でそよ風に揺れていた。**ウェイヴァリー通り**。

ダフネの話では、彼女の家はこの角から三つめの、右側にあるらしい。広くて草が植えられた歩道を歩いていく。手入れが行きとどいた芝生や、蕾になった珍しいチューリップ、砂利を敷きつめたばかりの車道で、空気も芳しい匂いがする。ここでは家々が通りのすぐそこにあるのではなく、ビロードのような黒い闇のなかに深く埋もれている。木々のあいだからは黄色い光が漏れ、こちらには銀色が、そしてまたあちらには青色がきらめいている。わたしはようやく安全な港にたどり着いたと思いながらただよいつづけた。ずっと前からわかっていたが、これこそ自分の世界だ。

幸福な生活の匂いには、どんなに野蛮な魂の持ち主も慰められるが、名状しがたい恐怖のかすかな香りがどこかただよっているものだ。いまわたしは、頭上に覆い茂る木立のなかを抜けて、彫刻物で飾られた、肥沃《ひよく》な黒土の花壇のあいだを縫うように進んでいく、彎曲《わんきょく》したアスファルト道の終点に立っていた。小さな白い表札には**ビグロー**とだけ書かれている。番地も、説明もなく、ただビグローとだけ。未知の誘い。キルケーは岩場から呼びかけ、古代の船乗りたちを誘惑して破滅に陥れたという――それがそっくりそのまま、手招きしていた。しかし、アメリカの夜に、ポケットに七ドル持った十五歳の男の子がどうしてそんなことを知っているだろうか？　そんなことを気にするだろうか？

ポーチはリンカーン記念堂をおおまかなモデルにした、ネオグリーク風の気高いものだった。わたしは歯痛のかすかな始まりみたいな、ほんのわずかな恐怖を感じた。ヴィヴィアン・リーが出ていた映画以外で、こんなものを見たのは一度もない。雪のように白い正面にブロンズ製のランタンが吊るされていて、ステンドグラス入りのドアの前に敷かれた来客歓迎用のマットの上にやわらかな琥珀色《こはくいろ》の光を投げかけている。ベランダの残りの部分は、左右の闇へとつづいていた。

ノックした。なにも起きなかった。もう一度ノックして、色付きの窓ガラスから玄関広間の中をのぞきこんでみた。明かりは薄暗く、アーチがあって、丸天井になっていて、物音ひとつしない。もう一度ノックした。まるで琥珀色のランタンの下に一ヵ月、いやもっといたような気がするが、そこでようやく、大きな戸口を縁取っている、溝彫りがついたドリス式円柱のひとつに、象牙《ぞうげ》細工の小さなボタンがはめこまれているのに気づいた。ドアベルだ。押してみた。しばらく間があってから、まるでどこかずっと遠くからただよってくるみたいに、チャイムの音が二度した。それからまた静寂。わたしは待った。足音が近づいてくる音。やっとドアが開き、黒服の爺さんが薄闇のなかにたたずんでいた。

「シェパードさまでいらっしゃいますか」

「ああ……ぼく……」

「ダフネさまがお待ちです」

その男の後について、短く広い階段を下りると、ばかでかいクリスタルのシャンデリアに照らされた丸天井の玄関広間で、そこからオークの引き戸を二つ抜けると、だだっぴろくて暗い部屋に出た。あちこちにブロンズ製のランプが光っている。

「おすわりになりませんか？　ダフネさまはもうすぐ下りていらっしゃいます。こちらにいらっしゃることをお伝えしておきますので」

「あ――どうも」

爺さんが姿を消した。わたしは背もたれの高い革張りの椅子の端に腰を下ろした。まるでスペイン人の征服者が手彫りで作ったように見える椅子だ。まわりを見渡してみる。ぶあつくて大型の、革装幀《そうてい》の本が床から天井まで並べられていて、それが遠くまでつづいている。黒い木でできている、彫刻を施された巨大な机が片側の壁に沿って延び、小さな緑色のランプで照らされていた。その真上には、黒いスーツを着た、白髪で長身の男が、片手に本を持ち、もう片手は濃い茶色の地球儀の上に載せ、かすかな笑みを浮かべている姿が描かれた巨大な絵が掛かっていた。その笑みにはどうも見憶えがある。もう一度見てみた。それはダフネのレモンツイストみたいな微笑みだった。

彎曲して、アーチを描き、上方に消えていく広間の階段から、遠くの声が聞こえてきた。どこかで灯りがついた。長いテーブルがちらっと見えた。きらきら輝くクリスタルグラス製の食器に、雪のように白いテーブルクロス。こんなテーブルや食器は映画のなかでしか見たことがない。

するると突然、背が高く、白髪で、威厳のある男がドアから現れた。肖像画に描かれている人物かと一瞬思ったが、同一人物ではなさそうだ。わたしは立ち上がった。そのとき、靴がきしむ音をたてるのに初めて気がついた。相手は陽気な赤ら顔で、白髪が数本耳にかぶさり、スーツは茶色でストライプが入って、上品だった。

「やあ。きみはダフネに会いに来たんだろう?」と相手はたずね、親指を上に向けて手を差し出してきた。大人が握手を求めてきたのは初めての体験だった。

わたしは右ポケットからあわてて手を引っぱり出したせいで、ペルシャ絨毯《じゅうたん》に小銭をまき散らかしてしまった。五セント、十セントの硬貨、市電のトークン、それに貯めていた珍しい王冠が、家具の脚のまわりに芸術的な模様を描いてふんわりと散らばった。相手はわたしの汗ばんだ手を握りながら笑った。わたしたちは同時にかがみこみ、落とし物を拾おうとした。スポーツジャケットが肩のところでコブのようになり、耳が馬の毛にすっかり埋もれてしまった。一緒になって、わたしたちは上等なコードバンの革靴の下や、黒檀で彫られた爪がカットクリスタルの宝冠をつかんでいる脚のうしろを漁りまわった。

「ほおう、こいつはおもしろい」と彼は〈魔法のトム・ミックスのお守り〉をすくいあげていった。トム・ミックスのTM牧場の秘密の合言葉が刻まれているやつだ。

「へへへ……そうすね……」

王冠を隠そうとしたが無駄だった。この蒐集家垂涎《しゅうしゅうかすいぜん》の的を三度も落っことしてしまい、それからようやくポケットに戻した。

「きみがシェパードくんだな」活気あふれる太い声が、肖像の油絵からはね返ってきた。

「そうす。へへへ……」

「まあかけてくれたまえ。シェリーでもどうかな?」

「ああ……そうすね。へへへ……」たしかにわたしはチェリーポップが好きだった。どうしてそんなことを知ってるんだろう? 彼は壁にある紐を引っぱった。一分すると、家に入れてくれた爺さんが戸口に現れた。

「お呼びでしょうか、旦那《だんな》さま?」

「そうだ、ドリュー。シェリーを持って来てくれ。さてと、なあきみ、女性が仕度するのを待っているのは退屈なものじゃないか、そうだろう?」

「そう。ですよね。へへへ。ですよね」

「そうか!……」彼はいかにも興味深そうにわたしをまじまじと見つめ、白い眉を弓なりにした。健康そうな歯がピカピカに光っている。「きみはピッツバーグのシェパードじゃないか?」

「はあ……」

彼はつづけた。「ピッツバーグ鉄鋼のシェパードじゃ?」

わたしは自分の顔が真っ赤にポッポと火照《ほて》るのを感じたし、その音が聞こえるくらいだった。

ピッツバーグ**鉄鋼**のシェパードだって! ピッツバーグで知ってることというと、パイレーツの地元だということくらいだが、そういえばおじさんの一人で、製鉄所の一メートルもある均熱炉で働いていた人がいる。どうしてビグロー氏がそのおじさんのことを知ってるんだろう。

「まあ、そうすね……だと思います。鉄鋼関係の親戚が何人かいて」

彼は膝を叩いて笑った。

「いやはや、きみはどうりでグーギーに似ていると思ったよ！　あいつにはニューヘイヴンでの同窓会以来会っていないんだ！　今度あいつに会ったら、マックス・ビグローがこういったと伝えてくれ――そういうだけであいつにはわかるから――バンゴ、ってな！」彼は大声で吠えた。

「へへへ。任してください」

「忘れるなよ。バンゴだぞ！」

彼の肩ごしに、なかほどの距離のところで、メイドがどでかいテーブルのまわりを行ったり来たりしているのが見えた。グラスの位置を直したり、ナプキンを整えたりしている。背丈が二メートル以上もあり、真鍮《しんちゅう》とダークウッドでできている大きな古時計が、芳しい空気のなかで静かに時を刻んでいた。

爺さんがわたしの鼻先に銀のトレイを押しつけ、ニヤリとした。パニックになって、わたしはいままでに見たことがないほど細くて小さなグラスに手を伸ばした。カールおじさんの洗眼カップに似ているが、もっと小さい。ほんの一瞬、それを親指と人差し指でつまむと、ステムがほとんど見えなくなった。そのとき突然、グラスをひっくり返してしまい、温かい琥珀色の液体がとびきりのズボンに染みこみ、ズボンのなかで膝頭から足へと滴り落ち、アーガイルに吸収されていくことになった。

「おっと！」ビグロー氏は大声を出した。「ヘマしたか！」すぐさま、爺さんがもう一杯持ってきた。わたしはそれを受け取ってしっかり持った。

「乾杯！」

「はあ？」

「きみの瞳に！」

「はあ？」

彼が疑いはじめたのはそのときだったと思う。彼がちびちびと口をつけながら、こちらの様子をしげしげと見守るなか、わたしはグラスを口元に持っていってゴクンと一気に飲み干した。すると燃えるような火の玉が急降下していった。

「グワアアア！」

「何だって？」

「……グエエ！」目が潤み、喉《のど》が焼けつくようだった。胃袋の奥底がグツグツと煮たちはじめた。生まれてからこのかた、トムおじさんの自家製ルートビールよりも強烈なのを飲んだことは一度もなかったのだ。

ビグロー氏は革張りの肘《ひじ》掛《か》け椅子に深々ともたれかかり、初めてわたしをじっくり見た。ちょうどそのとき、不可解なことに、わたしのスポーツジャケットが暗がりの中で光りだした。彼のみごとに裁断された渋いモカ色のスーツは、これまでに見たことがないようなものだった。それはクリーヴランド通りで売っている、パイプ製ハンガーラックから好きなものをお選びくださいという特売品ではない。それくらいはわたしでも知っていた。父の一張羅《いっちょうら》のスーツは黄色っぽい色で、品のいいケリーグリーン色のチェック柄が入っていた。高くて広い襟は、スペインのガレオン船の主帆みたいに張り出していた。その左帆に、いつもロッジのボタンを着けている。聖なるビーバーの形をした五セント硬貨大のピンだ。父はビーバー友愛会第二十八ダムに所属している。ビグロー氏はピンなんか着けていない。

どういうわけか、左のカフスボタンが天井に紫色の光を放ちはじめていて、わたしはこっそりとそれを隠そうとした。エレクトリックブルー色の袖の下に隠すやいなや、今度はもう片方がスイッチを入れたみたいにもっと明るくなった。それを目につかないように引っこ抜くと、両手をしっかり背中につけてすわった。袖口は皺くちゃ。そのとき、カッコいい靴がブカブカになっていることに気づいた。自慢の靴底も厚くなって、よけいにきしむ音をたてるようになっていた。わたしは椅子の下でボウリングの球模様をたくし込んでアーガイル柄を隠そうとした。ビグロー氏はじっと見ていたが、なにもいわなかった。そしてとうとう声をかけた。

「ダフネ、おまえの……デートの相手がお待ちだぞ」声が変わっていた。

「まあ、楽しんできてくれ」とビグロー氏はわたしにいった。「あまり遅くならないようにな」彼は微笑んだ。またダフネのあのレモンツイストだ。そして立ち上がって部屋を出て行った。

出番が来たみたいに、大きく流れ落ちるような階段の手すりのてっぺんにダフネが姿を現し、厚い絨毯敷きの階段を優雅に下りてきた。立ち上がったわたしは、カフスボタンがカチャカチャ鳴り、靴はきしみ、ポケットのなかの王冠はトム・ミックスのお守りにぶつかって音をたて、でかすぎるパッドを入れた肩が前にうしろにと揺れるありさま。でも、台詞《せりふ》につまったりはしない。

「へへへ……。やあ、ダフネ」

「会えてよかった」

「ああ。ぼくも」

「じゃあ、行きましょうか」

わたしたちは部屋を次々と抜けて、大理石造りの玄関ホールに来てから、ようやく暗がりの、琥珀色に光るベランダに出た。

「パパが車を使えって」

「車?」

車寄せで、細長い黒のキャデラックがまるで漆黒の遺体安置所のように光っていた。学校のそばでちらっと見かけたことがあるやつだ。茂みのなかから黒服の男が飛び出してきて、後部ドアをさっと開けた。ダフネが乗りこんだ。パニックのあまり、わたしは向《む》こう脛《ずね》をドア枠にゴツンとぶつけてしまい、一瞬歯がガタガタと鳴った。

「へへへ……。いやはや!」わたしは心の平静を失ってはいなかった。

よろよろと車に乗りこむと、床一面に張りめぐらされたカーペットをまたいで、後部座席へとたどりついた。足に鈍い痛みがある。血がドクドクと脛からにじみ出していた。

わたしたちは車道で待っていた。前部座席の、ドアを開けてくれた男はじっと黙っている。二十分くらいに思える時間が経ったところで、ダフネがやっとこういった。

「で？」

「まあ、たしかにすてきな夜だね」今夜のわたしは実に冴《さ》えていた。

運転手が振り向いていった。「どちらまで？」

ダフネは待っていた。キャデラックも待っていた。運転手も待っていた。待たれているような気がぼんやりしながら、わたしは思い切っていった。

「えーと……オルフィウム劇場まで」

「オルフィ、ィ、ィ、ィウム劇場？」運転手の声の語尾の上がり方には聞き憶えがあった。これまで教師がわたしに対してよく使っていた、威厳と軽蔑をバターのように塗った効果的な抑揚だ。ダフネは落ちついた声で、静かにいった。

「ええ、レイモンド。オルフィウム劇場よ」ステンレスのような威厳のある口調は、生物Ⅱでは使わなかったものだ。ダフネのこんな一面は見たことがなかった。こいつはおもしろい。

音もなく、車が走り出した。木立を抜け、花壇を過ぎ、大いなる夜のなかへと緑のトンネルをくぐり、迫ってくる生垣や錬鉄の門、古風なランタンを過ぎて、ついに通りへと出た。

わたしはスカスカになった頭で、必死になって何かいうべきことを探した。いったい、しなる鞭のような頭脳はどこへ行ったのだろう？　あの名高い、冷ややかなアイロニーはどうなったんだろう？　やっとのことで、わたしはこう口にした。

「いやあ、実にすてきな夜だね」

「そうね、すてきな夜ね」

「たしかに。いやあ」

コーヒー澱《おり》のようなわたしの頭蓋骨《ずがいこつ》に、インスピレーションのひらめきが滲透《しんとう》してきた。「セトルマイヤーはほんとに笑えるやつだな。まったく!」

「あの先生って……おもしろいわね」

車の座席がこんなにだだっぴろいとは、そのときまで知らなかった。ダフネはフィールドゴールできる範囲から三十メートル以上は離れていた。うねうねとしたダブグレー色のクッションに一緒にもたれていても、わたしから数キロも離れたところですましていた。四キロ先にいるレイモンドは、明らかに声が届かないところにいる。

それでもくじけずに、すばやく抱きついたらダフネがどういう反応をするかと考えた。明白な情熱の表れがあるかどうか、こっそり目の片隅から観察してみる。だがこれだけ離れているとわからない。結局、わたしはまたしても安全策をとることにした。この忌々《いまいま》しい癖は生涯ついてまわることになる。

わたしたちはいま、路面電車――ホットドッグの屋台――ネオンサインの地帯に来ていた。あたりがだんだんにぎやかになり、なじみのあるものになってくると、勇気もわいてくる。ダフネのデリケートな曲線を描いている足首をすばやくつかんで、一か八かの勝負に賭けてみようかとしていたちょうどそのとき、車がオルフィウム劇場の前に停車したのだ。こっちはすっかりのぼせあがっていたので不意をつかれてしまい、車が停まっていて、わたしたちが現実世界に降り立つようにとレイモンドがドアを開けたまま待っていることに気づいていなかった。

「ねえ、着いたわよ」ダフネが指摘するようにいった。

我に返って、リムジンから足を踏み出したところで、足首を思いっきり縁石にぶつけてしまった。わたしの出身地では、車にはランニングボードがついているものだ。レイモンドはハッとして、わたしが前につんのめったときにさっと手を出し、まるで六十ヤードのパスを投げようとするクォーターバックみたいに、左肩のパッドをがっちりつかんだ。もちろん、彼が手にしたのは、ひとつかみの馬毛とおが屑、それにどんなジャケットにも付いている小さなベッドスプリングで、これがあると二年生のクラスのだれもが憧れる、カッコいいシカゴ・ベアーズのラインマンみたいに見える。糸が何本か切れてほどけたが、わたしはすっくと立った。

「大丈夫でいらっしゃいますか？」

「ちょっとふざけてみただけさ」

わたしは冗談めかして彼のみぞおちに一発食らわせた。彼はかすかに咳払いをして、後ずさりした。その目は無表情で、虚《うつ》ろだった。

「ただのお遊びだよ、レイモンド」

彼は笑わなかった。

懐かしいオルフィウム劇場のひさしの白光にまばゆく照らされている歩道で、ダフネが一緒になった。毎晩オルフィウム劇場の入口のあたりにたむろしているいつもの雑踏は——映画館に入っていく女の子たちを眺めたり、マール・オベロンを二百キロの爆弾にしばりつけようとしている凶悪な日本兵を描いている、赤と黄色のポスターをただ見つめたりしているのだが——黒い陸上ヨットとダフネ、それにわたしのエレクトリックブルー色のジャケットを見て、あからさまにポカンとしていた。わたしはすばやく群衆を見渡して、一人くらいはうらやましそうな顔をしている人間はいないかと期待した。しかしだれもいなかった。入場券を買ってなかに入る。我が若かりしころの悪名高きオルフィウム劇場グレイビーボート大騒動の後、ドップラー氏に代わって支配人になったウォスコウスキ氏が二枚の入場券を受け取り、それを二つにちぎって流れるような早わざで投入口に落とした。顔がきくところをダフネに知らせようと思って、彼に目配せしたが、むこうは無視した。

わたしたちは暗闇のなかに入っていった。人生で意味のある時間は、この暗くて暖かい繭《まゆ》のなかで過ごしたといっても過言ではない。オルフィウム劇場はわたしにとって、いつも世界最高の場所のひとつだった。ゴミが散らばり、キャンディの包み紙が足首まで積もっている通路を、ポップコーンを踏み砕きながら、まんなかまで行ったところの左手にあるいちばんお気に入りの席へと、わたしはいかにも手慣れた様子でダフネを無事に案内した。ちょうど前の席にはカップルがいて、実際の交尾はしていなくても、まちがいなくそれとよく似たことをしている最中だった。スクリーンには、なだらかな丘を無表情で見つめている、二十メートル以上もあるジョン・ウェインが映っていた。

わたしはこの映画を二度見ているので、ダフネの芳しい、貝殻のような耳に、見逃した部分のあらすじをハスキーな声で説明した。しかし、ダフネは話を熱心に聞いている様子がまったくないような印象をはっきりと受けた。前で二つの席がきしんで音をたてた。とっくみあいをしながら、女の子が（女の子だとしたらの話だが）かすかにクスクス笑った。前方の暗闇のなかで聞こえる、サウンドトラックとまじり合った男の声が、それ以上にはっきりと聞こえた。

「おい、いいかげんにしろよ、ナン、いいじゃないか！」

「やめて！」

手が手をピシャリと打つ音、それにつづいて騒々しい笑い声。

背後の動きに気づいたのは、大きな膝がわたしの座席の背もたれをよじのぼり、わたしの右肩に乗っかったときだった。その膝が押してきて、わたしの座席は前方で格闘している二人に十センチほど近くなった。わたしは振り返って、暗闇に向かってこう礼儀正しくいった。

「膝をどけてもらえますか？」

わたしはアルコールの突風に呑みこまれた。

「てめえ何様のつもりなんだ、ええ？」

通常の状況だと、オルフィウム劇場ではこれは喧嘩がおっぱじまる直接的な合図になる。一瞬、我を忘れそうになった。しかし、必死に怒りを抑えて、歯を食いしばってダフネにいった。

「ジョン・ウェインはほんとにいいなあ」

ダフネはなにもいわなかった。背筋をまっすぐ伸ばしてすわっている。そんな姿はオルフィウム劇場でめったに見かけない。そして暗闇のなかでまわりに群がる人影を見まわしているようだった。

「だれ見てるんだ、ねえちゃん？」製鉄所で働く陽気な男がぶしつけにたずねた。またしても喧嘩の種。

ダフネが優雅に首をかしげながら、わたしの耳元でささやいた。

「ここって、とても興味深いところね」

オルフィウム劇場がとても興味深い場所だとは思いもよらなかった。とにかくも、ダフネがいっているような意味では。

「そう。最高。ほんとに最高」

右側の、どこか離れたところで、だれかが耳ざわりな喉の音を延々と鳴らした後、腹の底からほじくりだしたみたいな、よく響くどでかいゲップを放った。それにつづいて拍手と笑いがぱらぱらと起こった。バルコニーからクラッカージャックの雨が劇場の中央部に降りそそぎ、それと一緒に折り紙飛行機が三機、一瞬シルエットとなって西部の大平原に舞った。

「ポップコーンはどう？」わたしはたずねた。

「ありがとう、でもいいわ」

「コーラは？」

「また後で」

わたしたちはガタガタの座席に黙念とすわっていた。一巻の半分くらいはまだ平静を保てていたが、やがてその夜の最終的崩壊が始まった。スクリーンでは緊張の瞬間が訪れていた――牛泥棒たちが丘を越えて襲ってくるのをジョン・ウェインが待ちかまえ、観客はどきどきしながら身を乗り出し、ダフネも興味を示している様子がうかがえた――そのときに、鈍い音が聞こえだした。最初は、シカゴに向かうDC－3が上空を飛んできたのかと思った。その音がだんだん近づいてきて、どんどん大きくなってきた。四方八方から同時に聞こえてくるような、低音のうなり。音が大きくなる。暗闇のなかで、わたしの手のひらは氷のようになった。おいおい、やめてくれ、こんなときに！

音をたてているのはわたしの胃袋だったのだ！　夕食を食べそこねたり、食事が遅れたりすると、腸がハンマー床みたいにガンガン鳴るので、よく家族にからかわれたものだ。その轟音が高架橋を渡る貨物列車みたいに遠くに消えていくと、相変わらず威勢のいいうしろの声がこう吠えた。

「いいかげんにしろよ、この野郎！」

また笑い。ダフネが咳払いをした。

「ごめん」とわたし。

結局のところ、ビグロー家の人たちには育ちが悪いと思われたくなかったのだ。最初のラッパが鳴り響いた後では、腸はいつものんべんだらりとした状態に落ちつき、映画のあいだじゅうずっとブツブツつぶやきつづけていた。

わたしはこれまでオルフィウム劇場に疑問を持ったことが一度もなかった。そのすべてに。しかしいま、これまで気づいていなかったことに気づきだした。背後のどこかで、便所の水を流す音がたえまなくしていた。映写機が廻る音も聞こえるし、それと一緒に、二人の映写技師がとぎれることなく低い声で口論しているのも聞こえた。ダフネが気づかなければいいがと願った。しかし、彼女は別のことに勘づいた。

「ここ、たしかに変な匂いがするわね」

「どういうこと？」

「気づかないの？」

「ああ、そうだね。たしかに」

オルフィウム劇場には何年も来ているのに、これまでどうして足の匂いに気がつかなかったんだろう？　わたしは黙ってすわったまま、匂いの元を次から次へと嗅《か》ぎ分けて、その匂いが何なのか、ダフネが気づかないことを切に願った。

映画は終わりにさしかかっていた。ジョン・ウェインが牧場主のチャールズ・ビックフォードに向かって、おれは放浪児だからここにとどまることはできないと告げる場面。いましかないとわたしは思った。わたしの指は、こっそりとわたしの膝を這って越え、肘掛けを越えて、一瞬暗闇のなかで静止してから、ダフネの絶妙に彫塑《ちょうそ》された手の上にゆっくりと降りた。数秒間、わたしたちはじっとしたままだった。ダフネの指はひんやりとしてなめらかで、わたしの汗ばんだ手のひらにすっぽり収まっている。魔法の呪文をぶちこわすのが怖くて、わたしはじっと前を見つめていた。魔法の瞬間に敬意を表して、胃袋の音すらやんでいた。前の方では、もつれたカップルが昏睡状態に陥っていた。満腹になったのか、それとも『牧場の熱血漢』の甘い気分のせいで眠くなったのか。そのままでわたしたちはじっとして、西部の傾く夕陽を受けながら一人の男が馬に乗り彼方へと去っていくラストシーンまで見守った。

場内が明るくなった。手を放して、わたしたちは一緒に通路を戻り、ひさしがまぶしい外に出た。溶接工に蒸気管取付工、ガキやら黒い帽子をかぶった年寄りたちが、まわりで押し合いへし合いしていた。キャデラックが待っていた。レイモンドが運転席にいる。ダフネが口を開いた。わたしたちが最後に言葉を交わしてから、もう何時間も経っているように思えた。

「ここはたしかにとても興味深い場所だったわ。連れてきてくれてありがとう。ここにはよく来るの？」

「いや。でも、きみにとっては興味深いかもしれないなと思って」

「まあ、たしかにそうね」

わたしたちは古代戦車のなかに戻った。その豊かなダブグレーの香りは、もう懐かしく落ちつけるものになっていた。レッド・ルースターまで行ってくれとレイモンドにいおうとしたら、ダフネが小声でこういった。

「もう遅いわね。こんなに遅くなるなんて思わなかった」

レイモンドはなにもいわずに古代戦艦を往来に向け、ノースサイドへと戻っていった。リムジンが静かに道を進んでいくなかで、しばらくはなにも口にされなかった。やったぞという勝利感のくらくらするような興奮が押し寄せていた。ホウマン高校勝利の歌の一節を口笛で吹くかたわら、わたしの手は蜘蛛《くも》のようにこっそりと這って、やわらかいモヘヤを越え、ダフネに少しずつ少しずつ近づいていった。レイモンドがそしらぬ顔でさりげなく運転していくうちに、高い木々が多くなり、イボタの垣根が現れて、ネオンサインが遠ざかった。

もう少し、もう少し。ついに触れた！　ふるえるような瞬間があり、それから静かにダフネは手をひっこめ、それを謎めいた膝の上に置いた。

「あの毛虫の絵はできた？」ダフネがたずねた。

「毛虫の絵？」

「実験室で」

「ああ、あれか。月曜に模写したらいいよ」

沈黙がつづいた。なんとか会話をつづけるために、わたしは溺《おぼ》れる者のように必死になってすがりつける藁《わら》はないかと手探りした。しかし無駄だった。

「セトルマイヤー先生って、いい先生ね」ようやくダフネがいった。

「まあね」

車道に入って、ベランダまで来ると、車が停まった。レイモンドがさっとドアを開けた。今度は出方がわかっていた。ダフネがわたしの手を取って握手した。今夜のあいだに、それが二回も起こったのだ！

「とてもすてきな時間を過ごせたわ、ありがとう」

「ぼくも。ほんとに最高だった」

「レイモンドに家まで送ってもらったらどう」

「いいよ。歩いてく。すぐ近くのハリソン通りに住んでるから」わたしはみごとな嘘をついた。

「じゃ、また教室で。おやすみなさい」

ダフネは消え去った。

「ほんとに乗ってかないのか?」レイモンドの言葉遣いは変わっていた。

わたしはなにもいわずに背を向けて、彎曲した長いアスファルトの車道を歩いていった。花壇のあいだを抜け、木々の下を抜け、石造りの日時計、鉄の門、ビグローと書かれた白い表札を過ぎ、夜のなかに出た。エレクトリックブルーのスポーツジャケット姿で歩いていった。この憎たらしい、腐れきった、情けないエレクトリックブルーのスポーツジャケット姿で。肩パッドが肩甲骨にぶちあたろうが、その裾が風に吹かれてペタペタと膝にあたろうが歩いた。長い銀ピカの首吊り縄がヒラヒラして怪物のようなカタツムリが上下していようが——見下げ果てた、愚かなネクタイだ——、折り目の入った、道化師みたいなダブダブのくだらないズボン姿だろうが、トニー・マーティン風の襟にフレンチカフスがついた、情けない、派手なワイシャツ姿だろうが歩いた。歩いて歩いた。

わたしは三振をくらったのだ。おやじも三振した。母も三振した。弟すら三振した。通りのむこうにある、しゃれたレース模様の東屋《あずまや》に向かって、わたしはトム・ミックスのお守りを放り投げ、歩きつづけた。何キロも何キロも、緑の多い道を通り、キササゲの木の下を通って、ようやく現れてきたビリヤード場や居酒屋、それに屑鉄置き場や中古車置き場を通り過ぎた。ノースサイドがこんなにも遠いとは知らなかった。ブル・ダーラムの看板の下をくぐり、「青い鳥」を過ぎて、裏の階段を上がり、網戸を開けてキッチンに入った。春のダンスパーティの招待状がまだポケットのなかにあることを思い出したのはそのときだった。

息をすると吸いこんだのは、赤キャベツに、こぼれたケチャップ、臭くなった食器洗いパッド、それに母のチャイニーズレッド色をしたシェニールのバスローブの匂いだった。冷蔵庫を開けて、黄色い光と香気を放っている、なかをのぞきこんでみた。先週からの残り物の豆の皿、かじった跡のあるミートボール、焼きハムの残り、ビートの漬物が入ったプラスチック容器。ここが我が家。臭い我が家だ。

ミートボールをつかんで、口のなかに放りこみ、ボトルに入った牛乳と一緒に流しこんで、ハムを一切れちぎろうとしたとき、キッチンの電気がまぶしくついた。髪にカーラーを巻き、だらしないバスローブ姿の母が、寝ぼけたような笑顔を見せた。

「楽しかった?」

「もちろん」

「親御《おやご》さんに行儀よくしてた?」

「うん」

「そりゃよかった。育ちの良くない子だって思われるのは嫌だから。じゃあ、早く寝なさい」

「わかった。おやすみ」

わたしは食事を終えると、電気を消し、暗闇のなかをよろけながら寝室に入り、ヘドの出そうなスポーツジャケットと折り目の入ったスラックス——かすかにシェリーの匂いがした——を脱ぎ、野球バットが置いてある隅に投げ捨てた。暗闇のなかで、ベッドの端に腰を下ろす。窓の外で、軒下のスズメがカサコソする音が聞こえる。隣りの部屋では弟が寝言をいっていた。流し台が不機嫌そうにゲップをした。冷蔵庫がカタカタキーキーと音をたてている。クリスタルの食器がずらりと並び、メイドがあちこちを直している、あの長いテーブルのことをしばし思い出した。エスター・ジェイン・アルベリーはもう春のダンスパーティの招待状を受け取っただろうかとぼんやり考えた。それからごつごつしたマットレスに横になると、ようやく眠ることができたが、なんの苦労もなく眠れたわけではなかった。

ワンダ・ヒッキーの
最高にステキな思い出の夜

「原始的な部族社会では、通過儀礼はつねにといっていいほど痛ましく、トラウマになる経験なのです」

話し手が鼻にかかった高い声で延々と話しているときに、わたしはテレビの前で半分居眠りをしていた。週に一度、マゾヒスティックな自己鍛錬の一環として、夜に教育番組を最低三時間は見るという苦行を自分に課している。人生にはよくあることだが、教育テレビはアイデアとしてはすばらしいものの、実態としては悲惨なものだ。クルディスタンでの家庭生活を描いた暗い映画や、二重顎《あご》をしたイギリスの作家が二重顎をしたイギリスの文芸批評家にインタビューされる番組、苦虫を嚙《か》みつぶしたような顔をしている女性が日本の毛筆の技法を実演する番組。それでもわたしはそうした番組をぜんぶ信仰するように見ている――なぜなら、エベレストじゃないが、そこにあるから、なんだろう。

「典型的な例としては、ミクロネシア南部のウガ・ブガ族があげられます」と話し手はつづけて、うしろにある地図をポインターでトントンと叩いた。

画面にはウガ・ブガ族のティーンたちが映し出された。悲惨な表情で目をギョロギョロさせ、顔は汗だらけ。わたしは思わず身を乗り出した。この表情には妙に見憶《みおぼ》えがある。

「ウガ・ブガ族の人間が思春期を迎えると、男女を問わず、厳格で変わることのない儀式が待っています。難しい踊りが披露され、成人になろうとする者は、踊りが終わってからの晩餐会《ばんさんかい》で吐き気をもよおすような儀礼食を口にしなければなりません。ごらんのとおり、その衣装も装飾的であると同時に着心地《きごこち》の悪いものです」

ふたたびウガ・ブガ族の男子が現れた。羽根と鎖帷子《くさりかたびら》でできているような衣装に身を固め、衣装のてっぺんがまるで鉄の留め金のように喉仏《のどぼとけ》に食いこんでいて、苦痛のあまりにベロを出している。

「こうした部族の儀式に参加する大人たちはただ付き添いとして見守っているだけで、儀式を楽しそうに眺めています。これは儀式の踊りが進行する様子です」

太鼓が重く響く音。それから砂ぼこりのなか、羽根を着け汗を流している男女の群れが必死に踊る姿が画面に現れた。

「もちろん、はるかに洗練された社会にいるわたしたちは、もうこんな儀式を行っていません」

どういうわけか、その場面が痛々しすぎて、見つづける気にはなれなかった。胸のなかにひそんでいた、何かどす黒いものが目を覚ましていたのだ。

「通過儀礼を行っていないって、どういう意味なんだ?」わたしは修辞的につぶやきながら立ち上がって、テレビを消した。そして本棚の最上段に手を伸ばし、革張りのアルバムを取り出した。それは高校のときのクラス年鑑だった。ページをめくって写真を見る。満面笑みの生物教師、ニキビ面の生徒たち、頬《ほお》がこけて顎が突き出たフットボールのコーチ。いきなり、そこに現れたのは——インディアナ州北部の原始部族で行われている、本物の通過儀礼を克明にうつしとった写真記録なのだった。

キャプションにはこうあった。「ジュニア・プロムはだれもが心ゆくまで楽しんだ催しだった。毎年恒例のこのイベントは、今年度はチェリーウッド・カントリークラブで開催された。ミッキー・アイズリーとマジック・ミュージック・メイカーズがロマンチックな音楽を演奏した。これが忘れられない夜になったのはみんなの意見が一致するところで、その思い出をこれから先何年も、大切に心のなかにしまっておくことだろう」

まさしくそのとおり。夕闇迫るマンハッタンのアパートで、すべてがよみがえってきた。

「プロムに行くのかい?」フットボール場のスタンドの下でサラミサンドをかじりながら、そうシュウォーツがたずねた。わたしたちは、人生のあの時期に、どういうわけかそこで昼食をとるのが好きだった。

「ああ、たぶん」わたしはできるだけクールに答えた。

「だれ連れてく?」ニーハイオレンジのボトルをチューチューやりながら、フリックが話に加わった。

「さあね。ダフネ・ビグローはどうかって考えてたんだ」インディアナ州全体とまではいかなくても、うちの高校全体でもとびきりの美人の名前を、さりげなく口にしてみた。

「まさか！」シュウォーツが反応した声には、しかるべき畏敬《いけい》と尊敬の念に、不信感がまじっていた。

「そうだよ。彼女にもチャンスをやろうか、と思ってさ」

フリックはフンと鼻を鳴らし、炭酸オレンジがどこか変なところに入ったらしく、むせ返ってしばらくゼーゼーやっていた。わたしは一度ダフネ・ビグローとデートしたことがあるが、そのときのことは、忠実な読者ならご記憶のように、大成功とまではいかなかったものの、まだ脈があると感じていた。先月に何度か、ダフネとよりを戻しつつあると信じるに足る出来事があったのだ。二度、授業の合間に廊下で、彼女がわたしの存在をはっきりと認めてくれたことがあったし、一度は実際に話しかけてきた。

「あら、こんにちは、フレッド」と彼女はあの歌うような声でいった。

「あー……こんちは、ダフ」とわたしはウィットを利《き》かせて答えていた。わたしの名前がフレッドじゃないという事実など取るに足りない。彼女が話しかけてくれたのだ。どこかで顔を憶えてくれたのにちがいない。

「フォーマルじゃないとだめだって」とシュウォーツがいった。「プロムにはサマーフォーマルを着用のこと、って掲示板に書いてあったぞ」

「マジかよ?」フリックはオレンジジュースを飲み終わって、すっかり仲間に戻っていた。「サマーフォーマルって何だ？」

「プロムじゃ白い上着を着ることになってるんだよ」とわたしは説明した。わたしは、仲間うちでは、ハイソな生活全般に通暁《つうぎょう》しているお抱えの専門家として知られていたのだ。それはもっぱら、母がフレッド・アステアの熱狂的なファンだったことによる。

「借りないとな」とわたしは専門家らしくきっぱりといった。

二週間後、わたしたちはみな、正式の招待状が入った白い封筒を受け取った。


ジュニア・クラスは貴殿をジュニア・プロムにご招待いたします。チェリーウッド・カントリークラブにて、六月五日午後八時より開催。ミッキー・アイズリーとマジック・ミュージック・メイカーズがダンスの伴奏を務めます。

サマーフォーマル着用のこと。

実行委員会

それは初めて受け取った正式の招待状だった。思春期の通過儀礼がもう始まっていた。その夜、夕食時に出たのはその話しかなかった。

「おまえ、だれ連れてく？」おやじはずばりと核心を衝《つ》いてきた。プロムにだれを連れていくかは、きわめて重大な決断だと考えられていた。それが生涯にわたって影響を及ぼす可能性もあるし、実際にそうなった悲劇的な例もある。

「さあ、どうしようかな。何人か候補を考えてはいたんだけど」そういうつまらないことはまるで気にしていないというそぶりで、わたしはさりげなく答えた。この一部始終をおもしろそうに皮肉たっぷりな目で眺めていた弟は、嘲《あざけ》るようにフンと笑って赤キャベツをかっこむことに戻った。弟はまだ女の子に目覚めてはいない。母がミートローフをスライスする手をふととめた。

「ワンダ・ヒッキーを連れてったら？　あの子、いい子じゃないの」

「いいかげんにしてくれよ、母さん。プロムなんだから。重大なんだ。ワンダ・ヒッキーをプロムに連れてくなんて」

ワンダ・ヒッキーとは、絶対確実にわたしのことを好いてくれている、たった一人の女の子だった。高校三年に上がってからというもの、ワンダはいつもわたしの社交範囲のまわりをうろうろしていた。こっちがジョークをいうと決まって笑うし、十二歳のときには本当にバレンタインを贈ってくれたこともある。テニスコートや、野球グラウンドや、夏の長い夜に缶蹴りをしたり、フリックのシボレーがエンストを起こさないようにガソリンを満タンにしたりしていた路地で、彼女はいつもまわりをうろついていた。実際のところ、いくら振り払おうと思っても振り払えなかったときもある。

「だれにするか決めてないけど。ダフネ・ビグローなんかどうかなと思って」

おやじはパブスト・ブルーリボンのボトルをゆっくりとテーブルの上に置いた。ダフネ・ビグローといえば町の大物の娘だ。一家にちなんで名前が付けられた通りまである。

「まったくへこたれないやつだな」おやじはテーブルについた泡を軽く拭きとった。おやじがいっているのは、かつてわたしが若気の至りで、ダフネと過ごした忘れられない夜のことだ。「まあ、おまえもここでしっかり教訓を学んでおいていいころかもしれん」

おやじは瞑想的《めいそうてき》な気分になっていた。ホワイトソックスが九連敗を喫して、そういう負けがつづくと、たいていおやじの運命論者的な側面が出てくる。おやじは椅子にもたれ、天井に向かって煙を吐き、こうつづけた。「そう。男ってものは、目の前に現れた最初のスカートに決めてしまうやつが多すぎるな。それでその後、一生後悔することになる」

あてこすりを気にもとめずに、母はマッシュポテトをテーブルに置いてこういった。「ワンダはとてもいい子だと思うけどね。でも、あたしがどう思おうと、どうでもいいんだし」

母は、耐え忍ぶ姿をなるべく人前にさらすのが人生での役割だと心得ている、ベテランの殉《じゅん》教者《きょうしゃ》みたいな口ぶりをするのが癖だった。

「サマーフォーマルを借りないといけないんだ」とわたしはいい放った。

「おいおい、あの猿みたいな恰好《かっこう》をするっていうのか?」おやじはケタケタ笑った。わたしが知っているかぎりでは、おやじは生まれてからこのかた、スポーツジャケット以上にフォーマルなものを着たことが一度もない。

「明日シュウォーツと一緒に、ホウマン街の店に行って、どんなものか見てくる」

「へえっ！ なんちゃって」弟はいかにも弟らしい雄弁にして控えめな言葉遣《づか》いでいった。この父親にしてこの息子あり。

次の日の放課後、シュウォーツとわたしは繁華街に行って、毎日ぶらぶら歩いているときに幾度となく通りすぎた場所へと向かった。通りのむこうにぶら下がっている切り抜き看板には、高いシルクハット、糊《のり》のきいたワイシャツ、燕尾服《えんびふく》、ストライプ柄のズボンという服装で、ダブグレー色の手袋をはめている手には、握りが象牙《ぞうげ》でできたステッキを優雅に持った、クリーム色の顔をしている長身の男性の姿が描かれていた。その下には、ネオンが赤い文字でパチパチとこう綴っている。アルのおしゃれなフォーマルウェア。日数または時間単位でレンタル。試着無料。

狭くて暗い板張りの階段を上って二階に行くと、壁に描かれた赤い矢印には「おしゃれなフォーマル――左へ」と書いてあった。

二軒の歯科医院、それから「保釈保証業――あなたに自由を　昼夜問わず」とあるドアの前を通り過ぎる。

「フレッド・アステアがここに来ることあるのかな？」とシュウォーツ。

「おいおい、シュウォーツ。マジな話なんだよ！」わたしは心の奥底から興奮が高まってくるのを感じた。プロム、印字された招待状、サマーフォーマル。そうしたすべてがひとつになりだしたのだ。

アルの「おしゃれなフォーマルウェア」の店に入ってみると、そこは天井から黄色い電球がぶら下がっている小部屋で、ハンガーに掛かったスーツが入っている背の高いガラスケースが二つ、カウンター、それに汚れた全身鏡が二つしかなかった。カウンターのむこうにいる、浅黒く、ハゲで、鋭い目つきをしたシャツ姿の男に、シュウォーツは交渉を始めた。その男は黄色くなったメジャーを首にかけていた。よれよれになったチョッキのポケットから、チョーク鉛筆が六本突き出ている。

「あのお……ぼくたちは……あのお……」シュウォーツは自信たっぷりにいいだした。

「わかった。きみたちはプロムでどでかくやりたいんだろ、な？　ここに来て正解だ。チェリーウッドのダンスパーティに行くんだろ、な？」

「あのお……そうです」とわたしは答えた。

「それでサマーフォーマルが要るんだろ、な？」

「おい、モーティ！」彼は大声を出した。**「チェリーウッドのパーティに行くお客さんをまた二名追加だ。一人は三六S、もう一人は四〇M」**鍛えられた彼の目はただちにわたしたちのサイズを正確に測った。

「いま行きますよ！」モーティの声が店の内臓から響いてきた。

鼻歌を歌いながら、アルはまるでわたしたちがそこにいないかのように箱を積み上げたり崩したりした。部屋のなかを見まわしてみると、粋《いき》な恰好をした通人のポスターがあれこれと貼ってある。とりわけそのうちのひとつは、サマーフォーマルを着ていて、シーザー・ロメロにそっくりで、威厳たっぷりの灰色のもみあげとブロンズ色の顔が、ジャケットの雪のような白さとみごとに対照的だった。

もう一枚、トニー・マーティンの写真があった。当時、彼は映画人生の絶頂期にいて、市場で一悶着《ひともんちゃく》起こそうと乞食に変装するアラブの王子役をよく演じていた。いつも奴隷女に恋をするが、その女性は実は変装した王女だとわかるという筋書きで、その役をやるのがポーレット・ゴダード。トニーは、どこか陰のある、ワルそうな笑みを浮かべていて、いまにも「砂漠の歌」を唄い出しそうだ。

シュウォーツはガラスケースに展示されている蝶《ちょう》ネクタイのコレクションをじろじろ見るのに忙しかった。

「三六Sはオーケーっす、アル、でも四〇が切れてます。ダゴの結婚式から戻ってきた、あの四二Mはどうっすか？」奥の部屋からモーティが叫んだ。

「ごちゃごちゃいってないで、商品を持ってこい！」アルがどなり返して、体を起こした。顔が真っ赤になっている。

「四二はまだ洗ってませんよ！」と奥の部屋から聞こえてきた。

「持ってこい、早よ！」アルが吠えた。彼はわたしの方を向いた。

「このスーツはほかのところから戻ってきたばかりでね。見た目は気にしないでくれ。ちゃんと洗って、ぴったりになるように丈を詰めるから」

モーティが現れた。グレーのスモックを着た、背が高くひょろっとして、悲しそうな顔の男で、アルよりも禿《は》げている。彼はハンガーに掛かったスーツを二着持ってきて、カウンターに置き、アルをじろっとにらんでから、また陰のなかに戻っていった。

「さあてと。まずきみからだな」アルがシュウォーツにうなずいた。「これを持っていって、カーテンのうしろで試着してみてくれ。ぴったりのはずだから。袖口《そでぐち》がちょっと長いかもしれんが、袖直しをしておくよ」

シュウォーツはハンガーをつかんで緑のカーテンのうしろにこそこそと隠れた。アルはもう一着のスーツをかざした。右胸のポケットにべったりついている濃い赤茶色のしみのまんなかには、ジャケットを貫通する小さな穴がみごとにあいている。アルはハンガーをくるりと返して、穴に指を突っこんだ。

「おい、モーティ!」彼は叫んだ。**「今度はなんすか?」**

「四二のこの穴はどうした? 今晩までに直せるか?」

「奇跡をお望みなんすか?」モーティが泣きごとをいった。

「大丈夫だよ。新品同様に直せるから。これが新品の上着じゃないなんてわからんくらいに」

試着室から出てきたシュウォーツは、袖が付いたパラシュートみたいなものを体にまとっていた。

「完璧だな! 申し分なし!」アルが上機嫌で大声をあげ、カウンターのむこうから飛び出してきた。彼はシュウォーツの肩をつかみ、ぐるっとまわして、シュウォーツの股間に手を突っこむというたった一回の動作で股下《またした》を測り、もう一度ぐるっとまわして、ほとんど指先のところまで来ている袖口のところに鉛筆で二つ印を入れ、襟《えり》をぐっと引き上げ、腹に一発パンチをお見舞いして、そのあいだじゅう、しわがれた声で脇台詞《わきぜりふ》をつぶやいていた。

「きみにぴったりだな。完璧だな。申し分なし。完璧。仕立てたみたいだ」

シュウォーツは弱々しく微笑《ほほえ》みながらこの試練に耐えていた。

「よし、脱いでくれ。来週にはできあがるから」

おとなしくシュウォーツは試着室に消えていった。アルがわたしの方を向いた。「ほら、この上着に袖を通して」彼はさあとそれを差し出した。わたしはたっぷりとした襞《ひだ》に腕を突っこんだ。肩甲骨《けんこうこつ》を強くつかまれたと思ったら、ぐっとひっぱり上げられ、くるりとまわされた。アルの鋭い視線があちこちに飛んだ。

「完璧だな。申し分なし。ぴったしだ。ここをちょっと詰めて、ここにギャザーを寄せて……」

彼はチョーク鉛筆を取り出し、背中にいくつか印をつけた。

「これでよしと。脱いで」

アルはまた指を穴に突っこんだ。

「まっさらみたいに縫っとくから。それから、しみは気にすんなよ。ちゃんと取っとくから。どうやらどんちゃん騒ぎだったみたいだな。ほら、このズボンを試着してみて」

彼はカウンターごしにミッドナイトブルー色のズボンを投げて寄こした。暑い小部屋のなかで、ズボンを穿《は》き替《か》えながら、わたしは外側の縫い目に沿っている黒いビロードの太いストライプを撫でた。いままさに、大物になった気分だ。もちろん、ズボンは皺《しわ》くちゃだし、飲み物をこぼした匂いが鼻をつくが、それでも実にすばらしい。ウェストは脇の下のほんのちょっと下まで来ていて、美しくプリーツが入っている。カーテンを開けて、わたしはケーリー・グラントみたいに颯爽《さっそう》と出て行った。

「背筋を伸ばして」アルが耳元に息を吹きかけた。パストラミとニシンの酢漬けの強烈な匂いがして、頭がくらくらした。

「いやあ。完璧だな。ちょうどいい。ウェストにちょっとタックを入れて、そう」彼は尻のところをごそっとつかんだ。「ここにもちょっと」荒々しい手つきで股下を測られて、突然ぞくぞくするような痛みが走った。それでもう終わりだった。

「さて」と彼はいって、またカウンターのむこうに戻った。「シャツはどうする？ ストレートか、襞飾り付き？ それともプリーツ付き？ とてもおしゃれだぞ」彼は汚れたガラスケースに展示されている数枚のシャツを指した。「おすすめはモンテカルロ・タイプで、最高におしゃれなやつだ」

わたしたちは二人ともシャツをのぞきこんだ。モンテカルロ・タイプは、たしかにおしゃれで、幅が広くて硬いVカットの襟がアーチを描くその下に、カミソリのように鋭いプリーツのリボンが滝のように流れ落ちている。

「うわあ、これこそシャツだ！」シュウォーツが興奮したように吐き出した。

「ぼ、ぼくがほしいのはそれです」わたしは大声を出した。シャツはこれしかない。

「ぼくも」シュウォーツが合わせた。

「よしきた」アルが威勢よくつづけた。「スタッドは？ 持ってる？」

「あのお……何ですか？」

わたしは不意をつかれた。「スタッド」という言葉は聞いたことがあるが、洋服屋では聞いたことがなかったのだ。

「そうか、持ってないだろうな。おまけに付けてやるよ。きみたちは高級なお客さんだからな。だったら、最高級で行きたいだろ、な？」

アルはこの質問をわたしたち二人に向けた。本当に心配してくれているような、率直な表情だ。

「な？」と彼は繰り返した。

「ええ」シュウォーツが代表でたよりなげに答えた。

「きみたち二人が入ってきたときからわかってたよ。さて、これからアルの粋なフォーマルウェアにしかないものを見せてやろうか」

謎《なぞ》めいた雰囲気をただよわせながら、彼がかがみこんで引き出しを開け、カウンターの上に置いた物を見ると、その万華鏡のようなきらめきに目がくらんだ。

「この町のどんな店にも、このハリウッド純正のペイズリーのカマーバンドは売ってない。うちの店のトレードマークだよ」

きらきら光る布地のすばらしいバンドをじっと見つめているうちに、わたしはもうダンスフロアで大ウケしている自分を思い描いていた。

「追加料金はたったの一ドル。値打ちは値段の五倍だ。アドルフ・マンジューはいつもこのタイプを着けている。どうだね、きみたち？」

わたしたちは声を揃えて同意した。結局のところ、人生は一度きりしかない。

「もちろん、もう半ドル追加で、フォーマルの蝶ネクタイとぴったりマッチするブートニエールも付けておくよ。おすすめは海老茶色《えびちゃいろ》」

「いいですねえ」とわたしは答えた。

「これでぜんぶじゃないの？」シュウォーツが心配そうにたずねた。

「これでぜんぶだって！　冗談いっちゃいけないよ。かろやかに踊ろうと思えば、黒のエナメル革のダンス用パンプスが要るのに決まってるだろ」

「ダンス用の何？」とわたしはたずねた。

「靴だよ、靴」彼はいらいらしながら説明した。「それに靴下もロハで付けとこう。どうだ？」

「ええっと、その……」

「結構！　これで決まりだな、きみたち。プロムの前日にはぜんぶ揃えておくから。きっとみんなぶったまげるぞ」

　わたしたちが出ていくとき、モーティとアルのあいだではまた大声の喧嘩《けんか》が勃発していた。長くて狭い階段を下りて通りに出ても、まだその声は聞こえていた。

　一歩一歩、いにしえのしきたりに則《のっと》って、部族の儀式が遂行されつつあった。起きているあいだはほとんど、いまや二週間後に迫ったプロムが頭のなかを占領しはじめていた。学期もちょうど終わりに近づき、わたしたちの三年次ももうすぐ終わろうとしていた。木々や花々が咲き乱れ、まっ青な空には大きな白い雲がただよい、野球の練習もいまたけなわ――それでもなぜか、この春はいつもの春とは違っていた。プロムはわたしたちが幼いころから話に聞いていたものだった。その言葉そのものにも、金色のオーラみたいなものがただよっていた。数日おきに校内放送は、プロム実行委員会の会議がありますとか、委員会からのお願いですとか流していた。

しかしただひとつだけ、まずいことがあった。チェリーウッド・カントリークラブでの魔法の夜に向かって、一日一日が容赦《ようしや》なく刻々と過ぎていくなか、わたしはまだ、ダフネ・ビグローと二人きりになって、命がけの質問をたずねてみる勇気が出せなかったのだ。何度も何度も、廊下で見かけたことはある。彼女はひらひらとした翼でただよい、きらきらとした顔はまわりのすべてを光で照らし、輝くような笑顔は二〇二のホームルームの隅々まで明るくしていた。しかしそのたびに、わたしはのぼせあがって汗をかき、土壇場のところでこそこそと逃げ出すのだった。

プロムの前の週末はひたすら拷問《ごうもん》だった。いつも能率的で几帳面なシュウォーツは、もう計画をばっちり立てていた。日曜日の午後遅く、わたしたちはうちの裏口の階段に腰をかけ、ファミリーカーのナッシュが時速五十五キロで失速しないようにと、隣りのラッド・キッセルが古くなったキャブレターのアイドリング不調を調整しようと必死になっているのを眺めていた。もちろん彼は酔っ払っていたので、これはなかなかの見ものだった。

「ダフネ・ビグローとはどうなんだい？」答えをよくよく知ってるくせに、シュウォーツが皮肉っぽくたずねた。

「ああ、その話か。彼女にたずねる時間がなくて」わたしは嘘《うそ》をついた。

「さっさと取りかかったほうがいいんじゃないの。あと一週間しかないんだし」

「おまえ、だれ選んだ？」そうわたしはたずねて、踏み板の下で居眠りしているラッドめがけて小石を投げた。

「クララ・メイ・マッティングリーさ」シュウォーツは無表情に答えた。

これはびっくりだった。クララ・メイは影の薄い、無口な女の子の一人で、成績優秀で表彰される以外ではめったに名前が出てこない。金縁《きんぶち》眼鏡をかけていて、まだおさげ髪をしている。

「そうさ」わたしの反応に満足して、シュウォーツはにこにこしながら付け加えた。「たしかにあの子、綴りが上手だからなあ」女の子だということ以外に、彼女についていえるいいことはそれしか思いつかなかった。

「たしかに」とシュウォーツも相槌《あいづち》を打った。彼もまた、小学校時代はかなりの綴りの達人だった。そして一度ならず、クララ・メイは学校全体で行われた綴り大会でみごとな名人芸を披露して彼をやっつけたことがある。これはいまではほとんど絶滅した一種の言語格闘技で、一時期には、字が書けないわたしたちのような大勢の人間にとって、ワーテルローの戦いのようなものだった。クララ・メイは一度、州の決勝大会に出たことがあり、そこで州南部から来たガリガリの農家の娘に負けた。この子はどうやら長い冬の夜を過ごすのに、ウェブスターの辞書を読むしかすることがなかったらしい。

「彼女にコサージュを贈るつもりかい？」とわたしはたずねた。

「もう注文したよ。キューピッドの花屋で」シュウォーツの自己満足はあふれんばかりになっていた。

「蘭《らん》の花？」

「そうさ。八ドルした」

「まさか！　八ドルだって！」わたしはすっかり感心した。

「それに付ける金のピンも込みで」

ラッド・キッセルがよっこらしょと両膝《りょうひざ》をついて体を起こし、車道を四つん這《よ》いの恰好で這《ば》って、「青い鳥」に向かって行きだしたところで、会話は尻切れトンボになった。そこの酒場は日曜日には閉まっている。ラッドは春になるといつも落ちつかなくなるのだった。

その数時間後、夕食がすんでから、わたしは憂鬱《ゆううつ》な気分で外に出て芝生の水まきをした。それでお小遣いが稼げることになっている仕事で、その春には週三ドルという史上最高額に達していたのだった。靄《もや》に煙るたそがれのなか、蛍《ほたる》がハコヤナギのあたりを飛びまわっていたが、わたしは心中穏やかではなかった。あと一週間しかない。いや、一週間もないのは、プロムの当日を数のうちに入れられないからだ。靴下とスカウトナイフをしまっている引き出しの、奥深くに隠してあるのは一ドル札二十四枚で、プロムのために貯めておいたものだ。臆病な心の、それと同じくらいに奥深くでは、ダフネ・ビグローに相手になってくれとたのむことなど決してできないとわかっていた。

それを自分に認めたくなくて、わたしは不機嫌そうに口笛を吹きながらアイリスに水をまき、芝生の上を低空飛行していた数匹のコウモリがポプラの木に逃げていくのを見守っていた。キッセル夫人が、隣りのポーチでブランコに揺れながら、膝の上に載せた「トゥルー・ロマンス」誌のページを開き、いつものように酒臭い息をプンプンさせたラッドが帰ってくるのを待っていた。弟がポーチに出てきたので、ついついいつもの癖で、すばやくホースで水を向けると、それをよけようとして高く跳び上がった弟に空中でかかった。みごと命中。逃げたところにちょうど当たったのだ。胸元がびしょ濡れになって、黄色いポロシャツがまるでもうひとつの皮膚みたいに肋骨にべっとりはりついている。弟は精一杯の泣き声をはりあげながら、家のなかに消えて網戸を閉めた。いつもなら、このささやかな勝利で何時間も上機嫌でいられるところだが、今夜は砂を噛むような気分でしかなかった。突然、弟の顔が戸口に現れた。

「**お母ちゃんにいいつけてやる！**」と弟は叫んだ。

とっさに、コブラみたいに、わたしは襲いかかった。すばやくホースの水を網戸のむこうにめがけて、またしても命中。怒りで大声を上げながら、弟は去っていった。そしてふたたび、わたしは陰鬱な瞑想の海に沈みこんでいった。プロムでしくじることになるのか？

フリックはジャニー・ハッチンソンに申しこんでいた。幼稚園からずっと同じクラスだった、背が高くて、おもしろい女の子だ。そしてシュウォーツはクララ・メイを確保していた。その週、あいつがしゃべることといったら、あの安っぽい蘭の花と、自分がどれほどダンスがうまいかという話ばっかり。この前の水曜日に、根掘り葉掘り訊かれたわたしが頭にきてからというもの、フリックはもうダフネのことをたずねなくなっていた。この一週間、わたしは待望の夜のためにずっとフォードを磨きあげていた。人生のなかで、全身全霊を打ちこめるもの、ただひとつ本当に愛しているものがあるとしたら、それは愛車フォードV8だ。コンヴァーティブルで、少なくとも三十五回は自分の手で改良している。どのバルブスプリングも熟知しているし、どのバルブにも磨きをかけ、どのナットやボルトもピカピカにしていた。火曜日には車をすっかりワックスがけした。水曜日にはその作業を繰り返した。木曜日には拳《こぶし》が痛くて背筋がこるまでクロムを磨いた。この二日間、内装を隅から隅まできれいにして、レザーソープを一缶使い切った。これで準備万全、ただ一点だけ――相手がいない。

芝生の水まきをつづけながら、やり場のない怒りがこみあげてきた。運の悪い毛虫を藪《やぶ》の下から追い出し、容赦なく全開にした水を浴びせかけてやると、毛虫は歩道まで流れていって雑草のなかに消えてしまった。そいつがどうすることもできずにコロコロところがるのを見ていると、邪悪な満足感をかすかに覚えた。もう外は暗くなっていた。太陽は西の地平線に沿った紫色とオレンジ色の長い筋だけになっている。北と東にある製鉄所の輝きがたそがれの空を染めかけていた。雑草が生えて、あばた状になった芝土の端の方まで水をまいていくと、視界の片隅で、何か白いものが夕闇のなかから近づいてくるのに気づいた。わたしは思春期の複雑なモザイクにまた一片がはまりつつあることを知らずに、水まきをつづけた。タンポポに水をかけながら、そばを通り過ぎるヒキガエルをなんの気なしに蹴飛ばした。

「何してるの?」

わたしは自己憐憫《れんびん》にどっぷりつかっていたので、最初は頭のなかがぼやけていた。はっとしたせいで、ホースを振りまわして、三メートル先の歩道にいる白い人影に水をかけてしまった。

「ごめん!」白いテニスウェアを着た女の子をびしょ濡れにしたことに気づいて、わたしは大声を出した。

「あ、やあ、ワンダ。きみがそこにいるとは知らなかったんだ」

彼女はティッシュで体を拭いた。

「何してるの?」彼女はもう一度たずねた。

「芝生に水をまいてるのさ」ヒキガエルが今度は別の方向に向かって跳んでいった。一般的な原則から、わたしはちょっとだけ水をかけてやった。

「テニスしてたのかい?」相手がテニスウェアを着てラケットを持っているから、これが正しい会話の仕方のような気がした。

「アイリーン・エイカーズとしてたの。公園で」と彼女は答えた。

アイリーン・エイカーズとは、きりっとした顔だちの、眼鏡をかけた女の子で、まったくどういうわけだか、わたしが小学三年生のときに一時的に恋をした相手である。四年生になるころには正気に戻った。まったく危ないところだった。もうそのころには、隠れんぼが上手なだけが女性ではないということに、ぼんやりと気づきはじめていたのだ。

「学校がもうすぐ終わるの、嬉《うれ》しいわ」返事を思いつかないでいると、彼女はつづけた。「待ち遠しくて。最上級生になるなんて思わなかった」

「うん」とわたし。

「今年の夏はキャンプに行くの。あなたは?」

「うん」嘘だった。夏には測量士の手伝いをする仕事が決まっていた。次のキャンプはオザーク高原で、ライカM1を持って行くことになる。

かろうじて失速速度で飛んでいた六月の虫めがけて、ワンダはラケットを振りまわした。失敗。虫は怒ったように舞い上がり、暗闇のなかへと飛び去った。

「来年卒業したら大学に行くの？」と彼女はたずねた。どういうわけか、話の流れがまずい方に行っているような気がした。

「うん、たぶんね、徴兵されなかったら」

「お兄ちゃんは陸軍にいるの。砲兵隊」彼女の兄、バド・ヒッキーは背が高くて、無駄口をきかないタイプで、わたしたち二人より四、五歳年上だった。

「うん、聞いたよ。軍隊ぐらしは気に入ってる？」

「そうね、あまり手紙を書いてくれなくて」と彼女。「でも次の九月には合格して、海外へ行くことになるわ」

「砲兵隊にいるのはどうして？」とわたしはたずねた。

「さあ。そこに配属された、というだけ。背が高いから、なのかな」

「それがどう関係あるんだい？　砲弾を投げなきゃならない、とか？」

「さあ。とにかくそうだ、というだけ」

そのときだった。考えもせずに、企みという疑惑の影すらなく、わたしは知らないうちにこうたずねていた。「プロムに行く？」

しばらく彼女はなにもいわずに、ただラケットを振りまわしているだけだった。

「たぶん」やっと彼女は弱々しい声で答えた。

「きっとすごいだろうな」わたしはなんとか話題を変えようとしていった。

「えーと……だれと行くの？」どんな答えでも気にしないというそぶりで彼女はそういった。

「まだ決めてないんだ」わたしは無関心を装って身をかがめ、ばかでかい乳草を根元から引っこ抜いた。

「あたしも」と彼女。

もう抵抗しても無駄だと気づいたのはそのときだった。どこまでもつづく星空の下、舞踏室のきらめくフロアで、ダフネ・ビグローのような女の子と永遠に踊るために生まれてきた男もいる。そうでない男はどうするかといえば——まあ、最善を尽くすしかない。わたしはその真実をまだ知らなかったが、ぼんやり勘ぐりはじめていた。

「ワンダ？」

「なあに？」

「ワンダ。きみは……その……つまり……きみは、ほら、どうなのかなと……」

「ん？」

さあ、猪突猛進《ちょとつもうしん》。「ワンダ、えーっと……あの……ぼくとプロムに行かない？」

彼女はラケットをもてあそぶのをやめた。コオロギが鳴き、春の空気は蛙の子の歌声で満たされていた。そよ風に乗って運ばれてくるのは、すてきな夏の予感と、近所の製油所のいきいきとした香りだった。

彼女は小声でいいはじめた。「もちろん、申しこみはたくさんもらってるけど、まだどれにもイエスっていってないの。あなたと一緒に行けたら楽しそうね」彼女はいたずらっぽく締めくくった。

「うん、まあ、当然ながら、ぼくと一緒に行きたいといってる女の子が四、五人いるんだけど、それがみんなイマイチだなあと思ってさ、それで……その……きみを誘ってみようと、ずうっと思ってたんだ」

賽《さい》は投げられた。もう後戻りはできない。それが鉄則だった。いったん女の子がプロムに誘われたら、そこから逃げ出そうと思うのはまったくのカスだけだ。過去にそういう事例は一、二件あったが、犯罪者は社会からつまはじきにされ、部族から追放されて、危険な森のなかに身を隠すしかない。

その日の夜、キッチンのテーブルにかがみこみながら、予想外の展開にまだいささか呆然《ぼうぜん》としていたわたしが、ピーナッツバターとゼリーのサンドイッチを黙々と頬ばっているあいだ、デカ尻で形がくずれた赤いシェニールのバスローブを着ている母が流しのところで、単調な声でお説教を唱えていた。「ランディに水をかけるのはやめてちょうだいね」

「うん」とわたしは答えたが、心ははるか三光年の彼方だった。

「フラッシュ・ゴードンのTシャツをびしょびしょにしたんでしょ」

「ごめん」わたしはなにも考えずにいった。あのころによく使っていた文句だ。

「縮んじゃって。もう着られないじゃないの」

「どうして?」とわたしはたずねた。

「胸のあたりまで来てるから」

「ひっぱって伸ばしたらいいんじゃない?」

「水をかけるのはやめなさい、それだけよ。聞いてるの？」

「どうせくだらないＴシャツなのに」わたしは反抗的にいった。

「いいこと。もう水をかけちゃだめ」それで話は終わりだった。

その後、ベッドで、ダフネ・ビグローのことをちょっと考えていると、部屋の反対側のベッドから聞こえてきた声に邪魔された。

「このクズ！　ぼくのＴシャツをびしょびしょにするなんて！」

「うるさい」

「待ってろよ。きっと仕返ししてやる！」

わたしはけたたましく笑った。弟は激怒して泣き叫んだ。

「**二人とも、静かにしないか！　喧嘩をやめなかったら、そこに行って頭ぶんなぐるぞ！**」

おやじが本気だということはわかっていた。わたしはすぐさま寝入った。長くていろいろあった一日だった。

翌朝、生物の後で、シュウォーツに打ち明けた。授業の合間にロッカーに向かって廊下を急いでいるところで、わたしたちのロッカーは二階の隣りどうしだった。

「なあ、シュウォーツ、プロムでダブルデートしないか？」とわたしはたずねてみた。シュウォーツが車を持っていないのは知っていたし、いずれにせよ、心の支えがほしかったのだ。

「いいじゃないか！　車をきれいにするのを手伝ってやるよ」

「もうワックス磨きしたから。準備万全だ」

「ダフネには蘭か何か贈るのかい？」

「いや、それはない……」わたしは弱々しくいって、彼がたずねたことを忘れてくれればいいのにと思った。

「どういうことだい？　コサージュを贈らないといけないじゃないか」

「ああ、たしかにコサージュは贈るつもりさ」

「贈らないといったんじゃないのか」

どうやってもこいつを振り払うことはできなかった。「コサージュを贈らないとはいってない」

「おまえ、バカなんじゃないの？　贈らないといったくせに」

「ダフネ・ビグローにコサージュを贈る気はない。ダフネにコサージュを贈るつもりかってたずねただろ。だから、その気はないって」

「おまえって、ほんとにケチなやつだなって思われるぞ」

だんだん話がばかばかしくなってきた。シュウォーツはいつも以上に鈍感だった。

「シュウォーツ、ぼくはダフネ・ビグローをプロムに誘わないことに決めたんだ」

彼はまっすぐこっちを見たので、そこにぶらっとやってきた新入生の女生徒二人にぶつかってしまった。教科書が床にころがり、どどっとやってくる生徒たちにふんづけられていった。

「だったら、だれを連れてくんだ？」女生徒の悲鳴にもおかまいなしに、彼がたずねた。

「ワンダ・ヒッキー」

「ワ、ワ、ワ、ワ、ワンダ・ヒッキーだって！」

シュウォーツはその知らせにすっかりたまげていた。ワンダ・ヒッキーはわたしたちの銀河では輝く星と呼べるものではなかったのだ。なにもいわずに歩きつづけ、ようやく、ロッカーを開ける段になって、シュウォーツがいった。

「たしかに、あの子は代数が得意だしな」

それは本当だった。クララ・メイが綴りの達人なのとちょうど同じで、ワンダは代数の鬼だった。わたしたちにはお似合いの相手なのかもしれない。

その日の後になって、自習室で、ポエニ戦争のようなくだらない歴史の課題を仕上げてから、ワンダのことを考えてみた。自習室の反対側のむこうにすわっている彼女の姿が見えた。ほこりっぽい太陽の光が窓からさしこんでいて、藁色《わらいろ》の髪を照らしている。彼女はそこそこかわいかった。それに気づいたのはそのときが初めてだった。小学二年生のときからワンダはずっとそばにいて、アイリーン・エイカーズやヘレン・ウェザーズ、そしてほかの女の子たちと一緒に――わたしやシュウォーツ、フリック、ジョスウェイも一緒に――教育というギシギシときしむ梯子を一段一段とのぼってきたのだ。そしてとうとうわたしは、長い旅路の果てに、ワンダ・ヒッキーを――なんといいワンダ・ヒッキーを――プロムに連れていくところまでたどりついたのだ。人生でたった一度しかないジュニア・プロムに。

大理石に似せたウェアエバー万年筆の先っぽをかじりながら、わたしはほこりっぽい陽光のなかで半分目を閉じて、ワンダが「湖の乙女」を読んでいるのを眺めた。わたしの前にいるシュウォーツは、自習室ではいつものことで、ときおりウトウトして、額を机にぶつけたりしていた。右手にいるフリックは、むっつりした顔で化学の学習帳に取っ組んでいる。それが絶望的だということは、わたしにも本人にもわかっていた。仲間のうちで、フリックだけはどの科目にも決まって落第するのだ。

プロムまでもうあと五日。学校がある最後の週だった。のんびりとした黄色い道みたいに、太陽の下ではこれから先の長い夏が広がっていた。わたしたちの多くにとっては、それが最後の平和な夏になるはずだった。

自習室担当のウィルソン先生は、通路をあてもなく行ったり来たりして、わたしたちが勉強しているふりをしているのに対して、さも興味がありそうなふりをしていた。外のどこかから、バレーボールの試合をしている女生徒たちの喚声が聞こえてくるなか、わたしはバインダー式ノートの扉に愛車フォードの絵を描いていた。正面から、側面から、背面から、インクで輪郭をなぞって。

その日の朝、学校に行く途中、わたしはキューピッドの花屋に寄って、蘭を注文した。全財産の二十四ドルはあっというまに減りつつあった。蘭で八ドル持っていかれたのはなんの助けにもならない。シュウォーツとガソリン代を折半することになっていて、たぶん一ドルずつになる。サマーフォーマルの代金を支払うと、プロムの夜にはしっかり十ドル残っていそうだ。自習室にすわりながら計算するつもりで、数字を書き出し、足しては引いたりした。しかしどう計算してみても、たいした額にはならなかった。

シュウォーツがメモを渡したので、開けてみた。「終わってから、レッド・ルースターはどうだい？」

わたしはその下に「決まってるだろ」と書いて返した。レッド・ルースターとは部族の儀式の一部だった。そこは大切なデートの後に必ず行く場所だと決まっている。金に余裕があればの話だが。

部屋のむこうにいるワンダに視線をやると、わたしの方を見ていた。そしてすぐに本で顔を隠した。幼なじみのワンダ。

その週は、毎日学校からの帰り道に、当然ながらプロムの話ばかりしていた。フリックはジョスウェイとダブルデートで、終わってからルースターで落ち合って明け方までどんちゃん騒ぎして、楽しい人生の美酒に酔いしれることになっていた。悩みは金銭的な問題だけだった。いつもみたいに十ドルが大金だとは思えなかったのだ。ふつう、十ドルあれば一ヵ月はぶらぶらして過ごせるが、プロムは大ごとなのだ。

金曜の夜、寝る前にキッチンにすわり、レバーペーストを載せた全粒粉パンをつまみながらチョコレートミルクを飲んでいると、裏口の戸がパタンと開いて、ボウリングバッグを持ったおやじが軽い足どりで入ってきた。おやじにとって、金曜の夜はピンボウルで大会に出る晩だった。おやじはボウリング狂で、腕前もたいしたものだった。おやじはどまんなかに一投するような恰好でバッグを床にすべらせ、右腕は華麗なフォロースルー、右足は引いて典型的なボウリングの姿勢をとっていた。

「ストライクだな」おやじが満足そうにいった。

「今夜はどうだった？」とわたしはたずねた。

「まあまあ。二〇七点出たゲームがあった。もうちょっとで六〇〇行けたんだが」

おやじは冷蔵庫を開けてビールを探し、それからどっかりと腰をかけて瓶《びん》からゴクゴクと飲み、大きくゲップをしてからいった。

「それはそうと、明日は大事な日なんだろ?」

「うん」とわたしは答えた。「たしかに」

「ダフネ・ビグローを連れてくのか?」

「いいや。ワンダ・ヒッキーだよ」

「ほう、そうか。まあ、万事うまくいくわけじゃないからな。ワンダのおやじさんは、工場かなんかの親方みたいなことしてるんじゃなかったかな」

「たぶんね」

「車はスチュードベーカー・チャンピオンだったな。緑のツードアで、タイヤはホワイトウォールの」

おやじには車を見る目があった。どんな人間でも、乗っている車で判断するのだ。どうやら、ツードアのスチュードベーカーに乗っている人間は、絶望的に救いがたいというわけでもないらしい。

「悪い車じゃない。しばらく乗ってると、ガソリンを食うのが難点だが」スチュードベーカーのどんな点も見逃さず、おやじはつぶやいた。

「前はフロントエンドが弱かった。悪いキングピンみたいなものだな」おやじはそうケチをつけて首を振り、ビールをもう一本開けてライ麦パンに手を伸ばした。

わたしは黙ったまま、自分だけの思いに没頭していた。母と弟は一時間ほど前にもう寝ていた。わたしたちは実質的に家のなかで二人きりだった。お隣りで、キッセル夫人が皿洗いの水をバシャッと裏庭に捨てる音が聞こえてきた。そして網戸がバタンと閉まった。

「明日の晩、具合はどうなんだ?」ビール瓶をくるりとまわして頭を上げながら、いきなりおやじがたずねた。

「なんのこと?」

「つまり、懐具合はどうなんだ、ってことだ」

父がわたしに金の話をしたことは一度もない。お小遣いは毎週月曜にもらっていて、それだけだった。

「まあ、十ドルくらいあるかな」

「ふーん」おやじがいったのはそれだけだった。

一分ほどじっと黙ってから、おやじがいった。「あのな、お父さんはプロムに行けたらよかったのになあって、ずっと思ってたんだ」

そんな言葉に何と答えたものか? おやじは中学を出たところで働きに出ざるをえなくなり、その後もずっと働きづめだった。

「いや、まったく、やってられんな」とうとうおやじは自分で答えた。

おやじは自分で茹《ゆ》でハムをスライスして、サンドイッチを作った。

「今日はほんとに絶好調だった。第二ゲームでストライクが六連発してな。得意のフックがよく曲がって、ピンをたくさん倒した」

おやじは尻のポケットに手を伸ばし、財布を取り出していった。「いいか、お母さんには内緒だぞ」そして二十ドル札を一枚渡してくれた。

「第二ゲームで何度か賭けてな。お父さんは賭けボウラーだから」

そのとおりだ。まちがいない。十代前半ではハスラーとして食っていたが、まだ腕は衰えていない。わたしは溺《おぼ》れる者は藁をもつかむということわざどおりに、その二十ドルをひったくった。前例のないおやじのふるまいにすっかりビビって、礼をいうのも思いつかなかったくらいだった。もしそんなことをしたら、きっとおやじは恥ずかしがっただろう。奇跡が起きたのだ。もう疑いの余地はない――プロムはきっと無礼講のお祭りになる。

次の日の明け方は快晴で、六月としては申し分なかった――製鉄所の町では。やわらかな空気のなかをひらひらとただよう高炉の粉塵《ふんじん》も、今日はいい日になりそうだといわんばかりに輝いていた。わたしは早々と外に出て、車を掃除していた。今夜はオープンの夜になる。幌《ほろ》を開けたコンヴァーティブルで六月にプロムに行くことほどロマンチックなことがあるとしたら、ぜひ聞かせてもらいたいものだ。魅惑的なことにかけては、豪華帆船クレオパトラ号にもひけをとらない。

フラッシュ・ゴードンのTシャツがちんちくりんになって、ごつごつした背骨が浮き出し、痩《や》せこけたおなかがのぞいている弟が、フォードの清掃作業にいそしんでいるわたしのまわりでうるさく飛びまわっていた。

「兄ちゃんのせいで、ぼくのTシャツがこんなになっちゃった！」弟は鼻水をたらしながら泣き言をいった。弟は毎年恒例になっている春風邪のまっ最中で、それは決まって夏風邪に取って代わられることになり、そいつがうまい具合に秋の大風邪までつづき、それもまた、いうまでもなく、冬じゅうつづく化け物みたいな風邪の前奏曲に過ぎないのだった。

「フェンダーから離れてろ。鼻水がつくじゃないか！」わたしはどなって弟を押しのけた。

「フラッシュ・ゴードンの背丈がたった三センチになっちゃった！」

思わず笑った。それは本当だった。フラッシュがシャツと一緒に縮んでしまっている。ランディはシリアルのウィーティーズをせっせと三箱食べ、ボックストップを取っておいて、週三十セントのお小遣いからものすごい自制心で貯めた二十五セントを同封して郵送することで、そのTシャツを手に入れたのだ。

「なあ、フラッシュ・ゴードンのTシャツをもう一枚もらってやるからさ」

「だめだよ。もうくれないから。賞品が、てっぺんにプロペラがついたドナルドダックのビーニー帽になってるもの」

「だったら、いまのを引っぱって着ればいいだろ、ばか」

「伸びないよ。どんどん縮んでる」

弟は物干し柱の上で飛び跳ねて、物干し紐《ひも》や洗濯物を揺らした。たちまち母が裏口に出てきた。

「**物干し柱で遊ぶのやめなさい**」

むっつりとして、弟は地面にすべり降りた。わたしは作業に戻り、フォードがまるで珍しい宝石みたいに輝くまで磨いた。それから家のなかに入って、いよいよ今夜に備えて自分を磨くという、さらに手間のかかる作業にとりかかった。バスルームのドアをロックして、シャワーを二回浴び、まっさらのライフブイ石鹸《せっけん》がすっかりすり減るまで体をこすった。この石鹸を使わないと何が起こるかはわかっていた。毎週、「ムーン・マリンズ」の下に載る漫画で、体臭のひどい人間がプロムでどんな悲惨な目に遭うかという話を何度も読んでいたからだ。そんな目に遭ってたまるものか。

それから、新しいジレットのブルーを使って、その週で二度目の髭剃《ひげそ》りをした。大切な髭剃りにはよくあることで、あちこちをひどく切ってしまった。

「畜生」とつぶやきながら、トイレットペーパーをちぎって傷口に貼りつけた。

念入りに、顔の隅々を点検し、長年の敵である黒ニキビと戦い、ヒリヒリするアクア・ヴェルヴァをたっぷり塗って仕上げる。次の相手は髪の毛で、何度も櫛《くし》を入れ、我が誇りでもあり喜びでもあるリーゼントに、ちょうどぴったりのさりげなさを付け加えた。今夜のわたしは、ギンギラギンの男ぶりの見本だ。

妙なる香りをただよわせ、ピンク色に染まってスラリとした姿でバスルームから出てきたときには、たそがれがすぐそこまで迫っていた。しかし、本当の戦いはまだこれから。ベッドの上には、美しいサマーフォーマルが広げられていた。アルがいってたとおり。エレガントな白の上着は、まさしく汚れのない輝きを放っている。赤いしみの跡も、不吉な穴も見当たらない。ふたたび祝祭の夜を迎える準備ができていて、襟元にはしみひとつなく、袖もシャッキリとして皺ひとつない。

そろそろと、プリーツの入ったモンテカルロシャツを花綱のように飾っているピンを外した。伸ばしてみれば、こんなにすごいのは見たことがない。長く尾を引いているガーゼのようなワイシャツの裾《すそ》、パリパリのフロントに軽く指を走らせると板金のようで、襟は白い岩から彫り出したようだ。着てみた。おおあわて！　ボタンがない——穴だけだ。

スーツが入っていた箱の中を必死にごそごそやると、丸くて黒くて小さいものがセロハン紙に入っているのを見つけた。セロハン紙を破ってそいつを取り出してみた。五個あって、そのうちの二個があっというまにベッドの下に飛んでいった。残った三個の見た目からすると、ボタンじゃないことはたしかだが、それしかない。そのときは知らなかったが、レンタルしたタキシードで、少なくとも一個のスタッドの一般的な取り付け方は見たことがあった。すぐさま腹ばいになり、せっかくライフブイ石鹼でピカピカになったのももうどこへやら、汗の玉があちこちから噴き出し、行方不明の犯人たちを必死に捜しまわった。

苦難はつづく。ほとんど信じられないくらいの速さで七時が近づいていた。シュウォーツやクララ・メイやワンダがとっくに待ってくれているはずなのに、わたしときたらパンツ一枚の恰好で、四つん這いになって這いずりまわっているのだから。そしてやっとこさ、ベッドの下のほこりや蜘蛛《くも》の死骸のなかで、三ヵ月前になくした硬球の背後に隠れて、スタッド二個が身を寄せ合っているのを見つけた。

また鏡の前に戻って、コンクリートみたいなスリットにスタッドをはめようと悪戦苦闘した。

汗が腋の下にわきはじめていた。胸骨の上に二個入ると、今度は喉仏のところの襟に一個はめようとした。無理だ！　胸の奥底から嗚咽《おえつ》がわきあがりかけているのを感じた。頑張れば頑張るほど、ますます手が不器用になる。やめてくれ！　雪のように白いカラーに、黒っぽい親指の跡が二個所現れていた。

「お母ちゃん！」わたしは叫んだ。**「このシャツ見てよ！」**

母が果物ナイフとリンゴの入ったフライパンを持ったまま、キッチンからおおあわてで駆けつけてきた。「どうしたんだい？」

「これ見てよ！」とわたしは指の跡をさした。

弟はわたしが困っているのを見てケッケッと笑った。

「触っちゃだめよ」と母は大声を出して、すぐさまその場を仕切った。襟の汚れは母の十八番なのだ。なにしろこれまでの人生でずっとそれと戦ってきたのだから。母は急いで部屋から出ていって、あっというまに修正用消しゴムを持って戻ってきた。

「じっとしてて」

いわれたとおりにすると、母は慎重にスタッドをはめこみ、それからばかでかい親指の跡ふたつを芸術的に消してみせた。カラーがこれほど鉄の爪みたいに喉笛のまわりに食いこんでくるのは、これまで経験したことがなかった。硬くてしぶといそいつは容赦なく喉にめりこんでいる

――これからわたしの身に起こることの軽い見本だった。

「ネクタイはどこ？」と母がたずねた。わたしはネクタイのことなどすっかり忘れていた。

「う……くっ……箱……の中」わたしはなんとか言葉を吐き出した。カラーのせいで声帯が麻痺《まひ》しかけていたのだ。

母はがさごそと探しまわって蝶ネクタイを見つけてきた。黒の、金属製クリップが二つ付いているやつだ。母はそれをウィングカラーにすばやく取り付けて、うしろに下がった。

「ほら、鏡で見てごらん」その姿は自分だとは思えなかった。

母はミッドナイトブルー色のズボンを拾いあげ、わたしがかがみこまなくても穿けるように広げて突き出した。

言葉に違わず、アルはたしかにウェストを詰めていた。ズボンが万力みたいに締めつけてきて、この分だと夜が過ぎる前にこっちはヘニャヘニャになってしまいそうだ。おなかを引っこめ、ウェストバンドをきつくボタンで留め、チャックを引っぱりあげて、鏡の前にピンと背筋を伸ばして立った。そうするしか仕方がなかったのだ。

「足を出して」

母は四つん這いになり、絹のような黒の靴下をわたしの足に引っぱりあげた。それからベッドの上に置いてあった箱からピカピカのエナメル革パンプスを取り出し、右足をつかんでその片方に突っこみ、自分の指を靴べら代わりに使った。わたしが足をドンと下ろすと、母は痛みで絶叫した。

「指が抜けないじゃないの！」

わたしがよたよた動きまわると、母の指も一緒についてきた。

母の指が踵《かかと》にずぶりと入ったまま、片足を宙に浮かせた恰好で、わたしは鶴みたいに立っていた。

「じっとして！」母が叫んだ。

「ランディ！　こっち来て！」母が叫んだ。

ソファベッドの下ですねていた弟が部屋に駆けこんできた。

「靴を脱がしてやって、ランディ！」母は気も狂わんばかりだった。

「どうして？」弟が不機嫌そうにたずねた。

「くだらない質問しないで。いわれたとおりにしなさい！」

右の尻がひどい痙攣《けいれん》を起こしていた。

「じっとして！」母が叫んだ。**「指の骨が折れちゃうじゃないの！」**ランディは無関心そうな目でこの場面をじっと観察していたが、後にこれを一家の伝説に仕立て上げることになる。それも、年が経つにつれて粉飾の度が増していった――いうまでもなく、自分を英雄役にして。

「ランディ！　靴を脱がしてやって！」声が痛みと憤りでふるえていた。

「兄ちゃんがぼくのTシャツに水かけた」

「いますぐ靴を脱がさないと、後で後悔するわよ」今度は、母の声は低くて怖気《おじけ》づくようなものだった。わたしたちはその声の調子を知っていた。最後通牒だ。

ランディはかがみこんで靴を引きはがした。母は安堵《あんど》のあまりうしろにころがり、人差し指をさすった。その指はもう蒼《あお》くなっていた。

「ソファベッドに帰ったら」母がぴしゃりといった。弟はこそこそと部屋から出ていった。わたしは足を伸ばした――骨の髄まで響く痙攣も火山のように鎮まってきていた――そしてピカピカのダンスシューズもさしたる出来事もなくしかるべき場所に収まった。まるで甲冑を着けたみたいな姿だ。

「これ何?」背後で母がたずねた。わたしはおそるおそる百八十度回転した。

「それ、カマーバンドさ」

母の顔がイタリアの日の出のようにパッと明るくなった。「カマーバンド!」母は、カマーバンドを着けたフレッド・アステアがジンジャー・ロジャースを両腕に抱き、大理石の階段を舞い降りてくるところを何度も見てきたが、実物を間近で見るのはこれが初めてだったのだ。母がうやうやしく拾いあげると、そのペイズリー織のきらめきがまるで玉虫色の宝石のように部屋を照らした。

「どうやればいいのかしら?」母は手に取って調べながらたずねた。

答える前に、母がいった。「わかった。うしろに留め金が付いてる。じっとして」

カマーバンドが腰に巻かれた。母はそれをぎゅっと引き締めた。留め金がパチッと留まった。胸の半分くらいのところまでぴったりと収まっている。

母は雪のように白いコートを取って差し出した。わたしはそこに両腕を通して背筋を伸ばした。母がさっと前にまわり、シングルのボタンを留めると、そこに出現した姿は――アドニス!

バスルームの姿見の前でポーズをとってみると目に飛びこんできたのは、豊かなアクセントをつけているビロードのストライプに、ピカピカのパンプス、キリリと引き締まって輝いている最新ファッションのカマーバンドだった。なんたる光景！　なんたる気分！　生きるとはこうでなければ。生きるとはこういうことなのか。

隣りの部屋から母が呼ぶ声が聞こえた。「ちょっと、これ何？」母は海老茶色の物が入ったセロハンの袋を持ってやってきた。

「あ、それブートニエール」

「何だって？」

「襟の折返しにつけるやつ。造花とか」

エレガントなウールのカーネーションを挿《さ》しこむのはあっというまの技だった。仕上げのタッチとしては最高。わたしはすっかり圧倒されて、アルが約束していたように、黒の蝶ネクタイとマッチしていないことは気にならなかった。どっちにしろ、このカマーバンドさえあれば、だれもそんなことに気づかないだろう。

ケーリー・グラントの退場の仕方をまねながら、軽い足どりで玄関のドアを出て、振り向いて母に颯爽と手を振ろうとした――ちょうどそのとき、ワンダのコサージュを持っていきなさいよと母が声をかけた。玄関ホールのテーブルに置き忘れていたのだ。

そろそろと前の座席にすべりこみ、セロハンをかけた箱を無事横に置いてから、コートの背中に皺が寄らないようにちょっと前にかがみ、エンジンをかけて、暖かい夏の夕べへと走り出した。頭上では六月の月がやわらかな光を放っている。フォードは仔猫が喉を鳴らすような音をたてていた。車を前に停めたとき、ワンダの家は上から下まで電気がついていた。キキーッとブレーキの音がやむ前に、ワンダはポーチに飛び出していて、母親がまわりであわてふためき、背後では父親がニコニコしていた。

堂々とした足どりで、わたしは歩いていった。ズボンがきつくて、一歩でも足の踏み出し方をまちがえたら、何が起こるかは神のみぞ知る。アクア・ヴェルヴァの香りがする汗ばんだ手のひらに、わたしはピカピカの箱に入った儀式用の贈り物をつかんでいた。

ワンダはターコイズ色の長いタフタのガウン姿で、ポーチの灯りを浴びて肌は乳白色に、そして髪は金色に輝いていた。いつものワンダではない。一つには、眼鏡をかけていないし、目が不自然なくらいに大きく潤んで見えた。本物の近視にかかった人間にはよくあることだ。

「まあ、蘭をありがとう」とワンダはささやいた。緊張した声だ。部族の習慣に従って、彼女も容赦なくストラップとガードルで締めつけられていた。

あちこちにちょっと肉がついているだけで、ほとんどワンダと瓜二つといっていい母親が、「ちゃんとこの子の面倒を見てくれるんでしょうね?」といった。

「おいおい、エミリー、そうキャンキャンいうなよ」と暗がりで父親がつぶやいた。「もう子供じゃないんだから」

戸口に立っている二人を置きざりにして、わたしたちはおだやかな夜のなかをシュウォーツの家に向かって車を走らせた。会話はぎこちなく、興奮も沸点に達しかけていた。シュウォーツが家から駆け出してきた。白いコートは闇のなかの幽霊みたいで、髪はブライルクリームでテカテカ、それとわかるライフブイの香りに包まれている。
五分後、クララ・メイが水仙のような黄色のスカートをそっとつまみ、細長い首筋を弓なりにしながら、後部座席でシュウォーツの隣りに乗りこんできた。彼女も眼鏡をかけていない。綴りの上手な子がこんなにかわいくなれるなんて思いもしなかった。頭の半分くらいは背丈が低いシュウォーツが神経質に笑うなか、わたしたちはチェリーウッド・カントリークラブに向かって道なりに進んだ。町じゅうから、磨いてワックスがけをしたほかの車が、ジュニア・クラスの残りの連中を乗せて、このきびしい試練の場へとやってきていた。

カントリークラブはなだらかな丘に鎮座していて、シンクレア石油の香りもほとんど感じられない。駐車場に車を停めてから、わたしたちは集まった連中——男の子は糊のきいたシャツ、女の子はクリノリンスカートで、一斉にガードルをきしませている——をくぐり抜けて、大ダンスホールへと入っていった。開け放たれたドアから庭へと吹き抜けるそよ風に提灯が舞い、ダンスフロアにはおとぎ話の世界のような輝きがあふれていた。

わたしは知らないうちに、「やあ、アルバート、元気?」とか「ああ、天気も最高だな」といった言葉を口にしていた。場をわきまえないのは、度しがたい俗物のフリックだけだ。着たサマーフォーマルもすでにくたびれている彼は、ミッキー・アイズリーとマジック・ミュージック・メイカーズがミシガン湖を囲むどこの製鉄所の町でも有名になった暑苦しい音楽を奏でている最中に、つまらない軽口を飛ばしている。暗くて官能的なダンスフロアが、わたしたち全員を包みこんだ。わたしは長身で、スリムでカッコいいような気分になっていたが、白のコートに貸衣装のズボンという恰好をしただれもがそういう気分だとは、そのとき気づいていなかった。わたしは神秘的なバルコニーに立っている自分自身の姿を思い浮かべた。孤独でエレガントな男性がどこか異国の街の灯を見下ろし、喧騒《けんそう》から逃れている、そんな図だ。

ミッキー・アイズリーが小型スポットライトを浴びて、ウェーブがかかった髪を輝かせ、バイクのヘッドライトのような形をしたマイクの前に立ったとき、一瞬座が静まりかえった。

「それじゃ、みなさん」金属音のエコーがかかって言葉がこだました。「ここでとびきりロマンチックなのを。リクエスト曲、『ツバメがカピストラーノに戻ってくれば』。照明を落とそうか」ワオ！　照明がさらに暗くなって、魅惑的な闇のなかで、提灯だけがぼんやりと灯っていた――赤、緑、黄、青と。それがまぎれもなくわたしの人生の頂点だった。

ワンダとわたしはフロアでゆっくりと踊りはじめた。わたしのダンス経験ときたら、アーサー・マレーの広告を読んで、バスルームに鍵をかけ、枕を相手に練習したことしかない。すり足でフロアを進むと、まるで白いページの上で踊る黒い足型が目の前に見えるようだった。ワン・ツー・スリー、それから白い足型で「ポーズ」。

前にうしろに、右に左に、とわたしたちはメトロノームのように動いた。わたしのボックスステップは真四角で、その後何週間も小さく直角を描くように歩いていたくらいだ。襟の折返しに挿したウールのカーネーションが高く突き出して、頬をひっかくようになり、右肩がチクチクするのもしつこくなってきた。肩パッドに針金か馬毛か何かが入っていたらしく、それが皮膚に食いこみはじめていたのだ。

そのころには、わたしの颯爽たるコンクリートのようなカラーは、ヘニャヘニャになるどころか、研磨材並みの硬度になっていて、そのたえまない研磨作用のせいで首のまわりの皮膚がごっそり削がれていた。わたしの声はというと——カラーが狂ったように締めつけてくるので、いまでは苦しそうなかすれ声程度になっていた。

「ツバメが……カピストラアアアアアアアーノに戻おおおおってくれば……」バンドのボーカリストを兼ねたドラマーがいなないた。

ワンダの肩口から、蘭がわたしに色目を使っているのが目にとまりはじめた。こんなに不愉快きわまりない花は見たことがない。内径が三十センチ以上もありそうで、襲いかかるタイミングを待っている、大きくなりすぎたハエジゴクみたいだ。濃い紫色で、黄色い卑猥《ひわい》な舌がまっすぐに突き出ていて、先端は緑っぽい節になっている。それが彼女のターコイズ色のドレスとぶつかる音が聞こえてきそうなのだ。そいつはまるで息をしているようで、爪を食いこませるように彼女の肩にしがみついている。

優雅なボックスステップで足を前後にすべらせていると、左肩がチクチクしだして、まるで腹をすかした兵隊アリの軍隊が行進しているみたいな気が狂いそうな右肩の痛みをしばし忘れた。苦痛をやわらげようと体をよじらせるはめになったが、それをうまくカムフラージュできたのは、わたしの顔に直接息を吹きかけてくる蘭のせいでちょっとくしゃみをしたおかげだ。ワンダも同じで、スミス・ブラザーズの咳どめドロップとザワークラウトの匂いで頭がくらくらしそうだった。

「庭の壁ええええが……紫に染まあああると……」マイクとタンゴを踊っているようなヴォーカリストがさえずった。拡声器が四分の三拍子でがなりたてるなか、ワンダはタフタごしに汗をかきはじめていた。その汗が背中を伝わっているのを感じたのだ。わたしの背中ももうびしょびしょで、下着のシャツのラベルがディナージャケットから透けて見えるほどだった。

混みあったフロアのなか、わたしたちは我慢強く前後に進みつづけた。これまたアーサー・マレーの広告の信者であるシュウォーツは、わたしのすぐうしろでクララ・メイと一緒に、まったく同じステップを踏んでいた。わたしたちは四つのパートでできているステップを並んで踏んでいたのだ。わたしが左下の足型――「ポーズ」と書かれたやつ――を踏むと、シュウォーツは右上の足型を踏んでいる。それをやるたびに、わたしたちの肘《ひじ》がお互いの肋骨にみごとに食いこむのだった。

時間と汗が増すにつれて、ジャングルを想わせる蘭の香りが次第に強烈になっていた。汗もいまやわたしのショートパンツを濡らし、滴となって足を流れ落ちていた。びしょびしょのカマーバンドも色合いが黒っぽくなっていた。気づかれないように、わたしはワンダを引き寄せた。ためいきをつきながら、彼女も抱きしめ返した。ワンダは当時よく見かけた、どちらかといえばぽっちゃり系の女の子だった。ひどく影響を受けたジュディ・ガーランドみたいに、ピンクのビーチボールにとても似ていた――そうはいっても、かわいいビーチボールで、やわらかくてゴムのようだ。タフタのガウンの下には、何かでこぼこしたものの感触があり、小さなホックやつまみが付いているらしい。鼻梁のところに軽くキスしようと身をかがめた瞬間、シュウォーツがみぞおちを小突いた。キスはしょっぱい味がした。こちらを見上げたワンダの潤んだ近視の目には、頭上の赤と緑の提灯が反射していた。

短い休憩のあいだに、前半戦での被害を女子トイレでなんとか修復しようとしてもうまくいかず、戻ってきたばかりの女の子たちに、どろどろのパンチがしたたる紙コップを持っていった。それをすすっているとき、どこからともなく、薄暗い過去から浮かび上がった顔がすぐそばにやってきた——お高くとまって、アラバスターのようで、緑の目をして、ヤバい顔が。

「やあ、ダフ」とわたしはつぶやき、この一時間のあいだに鉄の処女に変貌していたピカピカのパンプスにちょっぴりパンチをこぼしてしまった。

「あら、ハワード」こういう女の子ならプロムではお決まりの、ハスキーでセクシーな声だ。「バッジを紹介するわ。バッジ・キャメロン。プリンストンにいるの」どうやら生まれたときからサマーフォーマルを着ていたらしい、物憂《ものう》げな男がぬっと姿を現した。

「バッジ、こちらがハワード」

「あ、やあ」いかにもプリンストンの学生らしい、こわばって、鼻にかかった、顎を振るしゃべり方を聞いたのはこれが最初だった。しかしそれが最後になることもなかった。

二人はいなくなっていた。変だな、彼女と実際にデートしたことも思い出せないなんて、と思っているうちに、また照明が暗くなった。わたしたちはふたたびダンスに戻った。最初の曲は「スリーピー・ラグーン」。ワン・ツー・スリー・ポーズ……ワン・ツー・スリー・ポーズ。もうまちがいない。猛烈な発疹が出ているのだ。大汗の下で、そいつが溶岩みたいに肩甲骨に広がっていくのを感じた。一方、馬毛は胸腔に侵入し、心臓に向かってじわじわと進軍している。そこは男らしく無視することに決めて、わたしはワンダの金色のポニーテールを留めているターコイズ色の小さなリボンをじっと見つめていた。ワンダはワンダで悩みを抱えたまま、同じようにまっすぐな視線で、わたしの海老茶色のウールのカーネーションを見つめていたが、それももうそのときには糸くずのかたまりと化していた。

すると不意に、お開きの時間になった。突然、すべてが終わった。バンドが「グッド・ナイト・スイートハート」を演奏するなか、わたしたちは外に出た――外は激しい雨だった。ちょうどドアのところまで行ったときには、土砂降りがもう始まっていたのだ。我が人生の誇りであり喜びでもある、哀れな小型の愛車は、駐車場に停めてあった。屋根を開けたままで。

もちろん、だれも傘を持っていなかった。雷雨が猛威をふるうなか、わたしたちは天蓋《てんがい》の下に立っていた。こいつはやみそうにない。

「みんな、ここにじっとしてて。ぼく、車取ってくるから」とわたしはようやくいった。結局のところ、仕切るのはわたしだ。

土砂降りのなかに飛びこんで、ばしゃばしゃと水たまりを進み、やっとフォードにたどり着いた。もう少なくとも三十センチは浸水していたはずだ。髪が目にかかり、皮膚までびしょ濡れになって膝まで泥だらけになりながら、トランクに入れてあったコーヒー缶で水をくみ出し、ハンドルのところにもぐりこんで屋根の自動レバーを押した。実になめらかに、屋根は上がりはじめた――そして途中で止まってしまった。雨が激しく降り稲妻が光るなか、リレーを叩き、狂ったようにレバーのスイッチを入れたり切ったりした。土砂降りの雨のむこうに、カントリークラブが霞《かす》んで見えた。ようやく屋根がきしんでパタンと閉じてくれた。わたしはスナップをはめ、窓ガラスを巻き上げて、イグニッションをオンにした。ところがバッテリーが切れている。あのいまいましい屋根を持ち上げようとして枯渇してしまったのだ。わたしは窓ガラスから顔を出して、通りすぎる車に向かって叫んだ。それはフリックのシボレーだった。

「押してくれ！　バッテリーが切れたんだ！」

わたしが知っているかぎりでは、こんなことはフレッド・アステアに決して起こらなかった。それに、たとえジーン・ケリーに雨が降ったとしても、彼は平気の平左で歌っていたのだ。

フリックが巧みにシボレーをUターンさせてこちらのトランクにぶつかり、わたしがギアを入れると、押されて進みだしたフォードはブルッとふるえてエンジンがかかった。フリックはバックすると、窓から顔を出して大声で叫びながら去っていった。

「ルースターで会おうぜ」

ワンダ、シュウォーツ、そしてクララ・メイがぐしょぐしょになった座席にどさっと乗りこみ、わたしたちは出発した。中西部の六月の土砂降りというものは、水が降ってくるのではなく、製鉄工場の灰から出る石炭酸が降ってくるのだが、そいつに打たれると、白いサージの襟の折返しに挿した海老茶色のウールのカーネーションがどうなるか、読者はご存じだろうか？　濃くて大きな海老茶色の縞《しま》が、白いコートの裾まで広がっていた。屋根と格闘したせいでフレンチカフスにもべっとりグリースが付着し、親指の爪は割れて、ズキズキ痛みはじめていた。

それでもめげずに、わたしたちは雨のなかをレッド・ルースターに向かって懸命に進んでいった。脇に寄り添ったワンダはわたしを見上げていた——悪天候にもおかまいなしに——ぞっこんの潤んだ瞳で。本物の、治りようがないロマンチストなのだ。後部座席ではシュウォーツが軽口を飛ばし、クララがときどきクスクス笑っていた。蛮族の儀式は最後の、最も悪辣《あくらつ》な段階に近づきつつあった。

着いたとき、レッド・ルースターはもうほかの成人候補者たちで満杯だった。巨大な赤いネオンの雄鶏が、青いネオンの尾を雨のなかでパタパタと上下させていて、この華やかな店の雰囲気をかもしだしていた。レッド・ルースターという名前には、いわく言い難い罪のオーラがつねにつきまとっている。こっそりウィンクしたり、肘で小突いたり、ナデナデしたり、レッド・ルースターでどんなことが起こるかという噂話《うわさばなし》についていかにも若者らしくキャッキャッと騒いだりすることで、ここはそうした重大な祝祭を執り行うのに「バッチリ」な場所になっていたのである。給仕たちは実のところマフィアの秘密の子分だという噂もあった。しかし、わたしたちがたしかに知っていることといえば、七歳を過ぎた人間ならだれでも、世のなかにあるどんな飲み物だろうがここで手に入るということだけだった。

赤いチェックのオイルクロスのテーブルかけにプラスチック製のスミレ、というのが店内装飾の顕著な趣味で、バックで音楽を流しているのは伝説的なジュークボックス、高さが優に二メートルはあろうかというやつで、その魅惑的な正面からは赤と青の水が滝となって際限なくあふれだしている。二百ワットでフル稼働しているときには、北はインディアナ州のゲイリーから南はイリノイ州のカンカキーまで、たとえはっきり聞こえなかったとしても、こいつを感じることができる。アメリカ美学の勝利だ。

期待に胸をふくらませて、わたしはワンダの手をとり、仲間たちの騒々しい群れのなかを進んでいった。シュウォーツとクララ・メイも後につづき、連中と卑猥な冗談をかわしあっている。

残っているテーブルはひとつしかなかった。すぐさま、ワセリン・ヘアオイルで髪をテカテカにした、ビーズのような目の給仕が忍び寄って、ハゲタカのようにとまった。名高いレッド・ルースターのアラカルト・デラックスメニューをすばやく配ると、彼はニヤニヤしながらうしろに下がり、わたしたちがデートのお相手にいいカッコを見せるところを待っていた。

「お客さま、何かお飲み物をお持ちしましょうか?」と給仕はお客さまというところを強調していった。

注文しようと最初に思ったのは、当時のわたしのお気に入りで、魔法のドリンク、ケイヨーというボトル入りのチョコレート飲料水だった。しかしプロムの夜にはもっといいところを見せないといけないのを思い出して、思いっきり低い声でいった。「えーと……ぼくのは……バーボン」

シュウォーツは感嘆の声をあげた。ワンダはわたしを恋に狂った大きな潤む目で見つめていた。わたしが実際に耳にしたことがある飲み物といえば、バーボンしかなかった。おやじが「青い鳥」でよく注文していたのだ。いったいどんな味がするのか、いつも気になっていたが、まもなくそれを知ることになる。

「飲み方はいかがしますか?」

「そうだなあ、グラスで」わたしは質問の機微をわかっていなかったが、給仕はユーモラスな返事だと受け取って鼻を鳴らした。

「ロックで？」と給仕はつづけた。

ロック？　ドブロクといういい方は聞いたことあるが、レストランでは一度もない。まあいいや、かまうもんか。

「いいよ」とわたしはいった。「もちろん」

まわりでは乱痴気騒ぎが絶好調に達しつつあった。それについ乗せられて、わたしはおやじがよく使っていた言葉を付け加えた。「トリプルで」これは銘柄名か何かだろうと漠然と思っていたのだ。

「ト、ト、トリプルですか？　かしこまりました」給仕は目を大きく見開いた——尊敬のまなざし、なんだろう。本物の酒飲みかどうか見分けがつくのだ。

給仕はシュウォーツの方に視線を移した。「そちらさまは？」

「同じの」シュウォーツはリーダーになったことが一度もない。

賽は投げられた。給仕の勧めに従って、女の子はピンクレディ。次は、興味がなさそうなふりをして、ばかでかいメニューに軽く目を走らせる番だ。給仕が飲み物を持って戻ってくると、わたしが注文したのは——その理由はいまもって説明できない——ラムチョップ、黄カブ、マッシュポテト、グレイビーと、当店自慢の付け合わせ、ロックフォール・イタリアン・コールスロー——それとイチゴのショートケーキだった。ほかの三人は賢明にも飲み物だけにすることに決めた。

ブレッドスティックをかじりながら、ワンダ、シュウォーツ、クララとわたしはプロムがすんでからの粋なおしゃべりに興じた。わたしは時が経つにつれて、もう自分は大人で、なんでもできるような気になっていた。陽気におしゃべりしている自分がカッコよく見え、こんなにイカしたハンサムなわたしと一緒にいられることが光栄だと思われているような気分に。シュウォーツも、かつてないほど輝いているようだった。クララがクスクス笑い、その場のロマンチックな雰囲気に圧倒されてワンダがためいきをついた。三卓離れてすわっていたフリックが、ポピーシードロールでシュウォーツの左耳のうしろを引っぱたいても、わたしたちの都会的洗練さはびくともしなかった。

目の前には、美しい琥珀色《こはくいろ》の液体が入った、きらめくタンブラーが置かれている。表面には角氷が楽しそうに浮き沈みして、ばかでかい赤の雄鶏を装飾したプラスチック製のスイズルスティックがしゃれた角度で突き出ていた。シュウォーツも似たような装いだ。脈打つようなジュークボックスの光に反射して、羽根飾りを付けたピンクレディもすてきに見えた。

こういう場合におやじがどうするか、見たことがある。わたしは汗をかいたグラスを持ち上げ、仲間たちを見まわしながら、「それじゃ、自分に乾杯」とカッコよくいった。クララがクスクス笑った。ワンダは夢見心地でためいきをついた。この最高の夜、むかいにすわっている一人前の男にすっかり恋してしまったのだ。

「よっし」とシュウォーツは気の利いた返事をして、グラスを高く掲げ、ズボンにバーボンをちょっとこぼしてしまった。

すばやくわたしは唇をバーボンにつけ、ゲイリー・クーパーがシルバー・ダラー・サルーンでやってたみたいに、なにも気にせず一気に飲み干そうとした。すると、シュウォーツもあとにつづいた。バーボンがゴクゴクッと降りていく——アルコール度45度のロケットが轟音《ごうおん》をたてながら猛烈に胃袋を切り裂いていった。一瞬、なにがどうなっているのかわからなくて、呆然とした。目から涙がどっとあふれて、くしゃみをしたい衝動に一瞬駆られたが、喉が麻痺したみたいだった。霞んだ視界の先には、ワンダとクララがただよっていた。シュウォーツはテーブルの下に消えていたらしい。またひょこっと現れたときには、顔が真っ赤で、目玉が飛び出し、顎がカクンと垂れて、舌を出している。

「ロマンチックじゃない？　あたしたちの人生で、いちばんステキな夜じゃない？　あたしきっと、いつまでも、このすばらしい夜の思い出を宝物みたいに大切にするわ」どこか遠くからワンダの声が、海底トンネルで響いているみたいに聞こえてきた。

胃袋の奥深くでは、メラメラと燃え上がる炎が内臓をなめているのが感じられた。わたしはなんとか返事をしよう、気品を保とうとした。名高い臨機応変の才を発揮しようと。「ウウ……ウウ……そうだね」わたしは超人的な努力でなんとかそれだけ口にした。

ぼやけていたワンダの姿が焦点を結んだ。テーブルのむこうで、うっとりした目つきをしながらこちらをじっと見つめている。

「おかわりはいかがですか？」戻ってきた給仕はまだニヤニヤしていた。

シュウォーツが黙ったままうなずいた。わたしは動くのが怖くて、ただそこにじっとしていた。あっというまに、バーボンのトリプルがまた二杯、目の前に出現した。

クララがピンクレディを高く掲げて、うやうやしくいった。「それじゃ、わたしたちの人生でいちばんハッピーな夜に乾杯」

もう後戻りはできない。強烈なもう一杯がゴクンと飲み干された。これは一杯目ほど致命的じゃないのではと思ったのもつかのま、部屋がいきなり横に傾いた。額から冷や汗が滝のように流れ出してくる。テーブルのはじっこにしがみつきながら、わたしはむかいでシュウォーツが喉をつまらせているのを見た。フリックはちょうどラムのコーク割りの三杯目を飲み干して、付け合わせと一緒にチーズバーガーを食べているところだった。

体内の奥深くで燃えている大火はもう手の打ちようがなくなっていた。足から湯気があがり、横隔膜《おうかくまく》が痙攣を起こして、カマーバンドがグラグラ揺れていた。シュウォーツは縮みだし、顔が赤紫色になったかと思うと蒼白《そうはく》になり、目もケチャップのボトルをじっと見つめるブラックホールになっていた。身動きひとつしない。一方ワンダはすっかり有頂天になってさえずっていた——しかし、何をいっているのかさっぱりわからなかった。部屋が、ジュークボックスが、そして人混みが、わたしのまわりでグルグルと、次第に速く大きな円を描きながら回転しだして、目がくらみそうだった。プロムの準備で興奮しすぎて、わたしは一日じゅうなんにも口にしていなかったことにいまごろ気づいた。

渦巻《うずまき》のなかから、不思議なことに皿が目の前に現れた。油でグツグツいっている、紙のパンティを穿いたラムチョップ。てんこ盛りになった黄カブ。濃い茶色のグレイビーソースにつかった灰色のマッシュポテト。ひょっとすると、これを食べたらましになるかも、とわけのわからないことを考えた。ナイフとフォークを思いっきりしっかりと握りしめて、肉を一切れ切り落とそうと身がまえた。突然、景色が右舷四十五度傾き、狙いさだめたラムチョップが皿からすべって、マッシュポテトのソースをはねあげながら、まっすぐ通路に落ちた。

気づかないふりをして、残りのラムチョップに向かったが、そいつはクルクルと逃げてわたしの手を逃れようとした。なんとかフォークで串刺しにすると、ちぎってから、強引に口の方に突っこんだが、まるで的はずれ。まだフォークに刺さったまま、ラムチョップは頬骨の上をすべり、白い襟の折返しのところにべったりとグレイビーをふりまいた。二度目の挑戦では、多少運が良かったのか、やっとのことでラムチョップをぜんぶ飲みこむことができた。

驚いたことに、気分はちっとも良くならなかった。ひょっとしたらカブを食べればましになるかも、と思った。恥ずかしいヘマを防ごうと、頭を皿から数センチのところまで下げて、そいつをかっこんだ——ところが体内の炎はますます燃えさかるばかりだった。ポテトとグレイビーソースを試してみた。すると足が冷たくなってきた。当店自慢のロックフォール・イタリアン・コールスローをガツガツやった。すると胃袋がヘリウム風船みたいに上昇しだして、ゆっくりと消化管をふわふわのぼっていった。

ホイップクリームをたっぷりのせ、シロップを垂らした、イチゴのショートケーキが盛ってある皿に鼻をつけそうな恰好で、わたしはようやく気がついた。みんなの目の前でやらかしてしまう前に、なにがなんでも手を打たねば。わたしは必死に立ち上がった。奇妙にも、手足がふにゃふにゃして無感覚になっていた。椅子から椅子へとよろけながら、壁をつかもうとした。耳鳴りがする。

二十秒後、わたしは膝をついて、荒れ狂う海のなかで救命胴衣にしがみつくみたいに、便器をつかんでいた。シュウォーツは、いつものようにわたしのまねをして、わたしのそばでタイルにほとんどうつ伏せになり、しゃくりあげながらのたうちまわっていた。ラムチョップ、バーボン、カブ、マッシュポテト、コールスロー――その一切合切が怒濤《どとう》のようにわたしから流れ出した――口から、鼻から、耳から、魂そのものから。それからシュウォーツがおっぱじめ、わたしたちは交代交代でゲロを吐きブルブルふるえた。すると頭が割って入って、便器のなかに直接突っこんできた。それはみじめなうめき声をあげているフリックだった。出るわ出るわ、チーズバーガー、ラムのコーク割り、プレッツェル、ポテトチップス、パンチ、ガムドロップ、コーンビーフサンド、指の爪がひとつふたつ――彼が先週食べたものがぜんぶ。長いあいだ、わたしたち三人はぐったりとしてふるえながら横になり、悪臭をぷんぷんさせ、立ち上がれないほどヘロヘロになっていた。それはジュニア・プロムが最高潮に達した点だった。後はアンチクライマックスにすぎない。

やっとのことで、わたしたちは顔面蒼白でふるえながらテーブルに戻った。コートがしみだらけで皺くちゃになったシュウォーツは、ゾンビみたいにむかい側にすわった。女の子たちは口数が少なかった。ピンクレディはバーボンのストレートとは大違いなのだ。

それでも、わたしたちの小グループは勇敢にも最後まで儀式を演じた。わたしのディナージャケットは、アルの店のハンガーにかけてあったときよりも、さらに匂いがきつくてみっともなかった。それに蝶ネクタイも、しばらくのあいだはクリップ一個で留まっていたはずだが、どういうわけかすっかり行方不明になっていた。もしかするとほかのものと一緒に便器の藻屑《もくず》と消えたのかもしれない。しかし、時間が経つにつれ、聴覚と視覚がゆっくりと戻りだした。足もふにゃふにゃではなくなりはじめ、部屋もゆっくりと落ちつきを取り戻した。給仕は事態をわかっていたらしい。まるで出番だといわれたみたいに、紙切れを持ってまたテーブルにやってきた。

「こちらが損害額でございます」

おやじからもらった二十ドル札を財布から取り出して、できるかぎり恰好をつけながら手渡した。勘定書に目を通したところで仕方がない。どのみち読めはしないのだから。世慣れた男というイメージを取り戻そうとする最後の試みで、「お釣りはいらないよ」とさりげなくいってみた。ワンダが隠しきれない恍惚の表情を浮かべた。

湿った車のなかでの帰り道は、何週間も前の夜とはまったく違っていた。急速に発酵《はっこう》していくコートのせいで、密閉された空気が濃厚な臭気を帯び、ゲップがおさまったシュウォーツは肩をすくめ頭を低くして、まっすぐ前を見つめていた。いかにも楽しそうにしているのは女の子たちだけだった。生き残るのはいつでも女と決まっている。

朦朧《もうろう》としたまま、シュウォーツとクララ・メイを降ろし、ワンダの家に向かって黙って車を走らせた。東の空にはかすかな曙《あけぼの》が見えはじめていた。

儀式の最後で、わたしたちは彼女の家のポーチに立った。ひんやりとした明け方の風がライラックの繁みを揺すっていた。

「あたしの全人生で、今日は最高にステキな、ステキな夜だったわ。プロムがこんなだったらいいのになあって、いつも夢見てたの」とワンダはつぶやいて、情熱のこもった目つきでわたしの涙にあふれた目を見つめた。

「ぼくもだよ」なんとかいえたのはそれだけだった。

ここで何が求められているかはわかっていた。ワンダは夢見心地で目を閉じた。ちょっとよろけながら、わたしは身を乗り出した——するとそのとき、彼女の開いた口元から、かすかなザワークラウトの匂いがとぐろを巻いて、鼻孔に忍び寄ってきた。こんなことは台本には書いてなかった。ポーチから早く逃げたほうがいい、そうでないと。必死に階段を後ずさりしながら、わたしは「さよなら!」と口走り、そして——胃袋がせりあがってくるのを抑えつけ——口元にしっかり手を当て、フォードに飛び乗ると、一目散《いちもくさん》に夜明けに向かって走り去った。二ブロック先で、駐車場に車を横づけした。そこには大きなシャーウィン・ウィリアムズの塗料の看板しかなかった。「全世界のどこでも」、まったくうってつけではないか。看板のうしろのありがたい暗闇で、詮索《せんさく》好きな目に見られることもなく、わたしは儀式の最後の手順を終えた。

車寄せを進んで、こっそりキッチンに忍びこむと、ちょうど太陽がのぼるところだった。その日の朝に、釣りに出かける予定だったおやじが、エナメル仕上げのテーブルにすわってコーヒーをブラックで飲んでいた。入っていくと、おやじは顔を上げた。こっちは無駄話をするような気分ではなかった。

「プロムは大変だったみたいだな」おやじはそれだけしかいわなかった。

「まあね」

キッチンの黄色い明かりがわたしの泥だらけになったズボンをギラギラと照らし出した。海老茶色の縞に、ゲロのしみがついた白のコートも、割れた爪も、べっとりしたシャツも。

「何か食べるか?」おやじは茶化すようにたずねた。

「食べる」という言葉を聞いて、胃が痙攣を起こした。わたしは無感覚に首を振った。

「だろうと思ったよ。まあ、ちょっと寝ることだな。二日もすれば気分がましになって、頭がガンガンするのも治るから」

おやじは読んでいた新聞に戻った。衣服のあれこれが途中で落ちるのもかまわず、わたしはよろよろと寝室に入った。別の祝祭の夜を経験してきたつわものである、ぐっしょりとなったハリウッド純正のペイズリーのカマーバンドをドレッサーの下に投げ捨てると、ベッドに倒れこんだ。部屋のむこうで弟がむにゃむにゃ寝言をいっていた。まだガキだな。でもいつかきっと、おまえの番がやってくるぞ。

解説

若島正

本書は、アメリカのラジオやテレビのパーソナリティで、ユーモア作家でもあった、ジーン・シェパード（一九二一〜一九九九）の作品集 *In God We Trust: All Others Pay Cash*（一九六六）から二篇、そして *Wanda Hickey's Night of Golden Memories: And Other Disasters*（一九七一）から四篇の、計六篇を選んでまとめたオリジナル選集であり、単行本としてはこれが本邦でのジーン・シェパード初紹介になる。六篇のうち、「スカット・ファーカスと魔性のマライア」は浅倉久志訳を再録し、残りの五篇は編者が新たに訳出した。

兵役を終えた一九四五年から、ジーン・シェパードはラジオ番組のパーソナリティとして仕事を始め、「シェプ」という愛称で呼ばれるようになるが、彼を有名にしたのは、一九五五年に開始された、ニューヨークを拠点にするＷＯＲという放送局でのトークショウで、一人語りによる漫談というスタイルのこのショウは多くのリスナーを楽しませた名物番組になり、一九七七年まで続いたほどの長寿を誇った。その一部は、YouTubeの「ジーン・シェパード・ショウ」というチャンネルで聴くことができる（https://www.youtube.com/@greenteablend）。

WOR時代のジーン・シェパードで特筆すべき出来事は、彼が番組の中で仕掛けた、架空の書物をめぐるイタズラ事件である。彼はベストセラーがいかにいい加減に作られるかを実証する方法として、フレデリック・R・ユーイングという架空の名前の作家による*I, Libertine*という架空の小説をでっちあげ、それを書店に行って注文してみてくれとリスナーに呼びかけた。番組の大勢のファンたちがこの呼びかけに応え、ファンの中で図書館に勤めている人間が架空の図書カードを作ることまですると、噂《うわさ》が広がり、数週間で*I, Libertine*は「ニューヨーク・タイムズ」紙のベストセラーのリスト入りを果たすまでになったという。勝手にベストセラーになったこの*I, Libertine*を存在させるべく、ペーパーバック出版社のバランタインが雇った作家が……なんと、シオドア・スタージョンだったのだ！　ジーン・シェパードが提供した物語のあらすじに合わせて、ごく短時間で仕上げるべく、スタージョンは社主のイアン・バランタインの家でタイプライターを必死に叩いたが、くたびれてソファで寝てしまい、最終章を社主の妻であるベティ・バランタインが書き上げたという嘘《うそ》のような話まで残っている。こうして一九五六年に出た*I, Libertine*は、スタージョンの著作リストの中でもとびきりの珍本であり、現在古書価格としては最低でも一〇〇ドルする。

こうして最初はラジオで放送された一人語りの多くは、ジーン・シェパード本人の手によって文章化され、いくつかの雑誌に掲載された。その中心になったのが「プレイボーイ」誌で、一九六四年六月号の“Hairy Gertz and the Forty-Seven Crappies”に始まり、一九八一年八月号の“A Fistful of Fig Newtons”で終わるまで、二十五篇もの作品が誌面を飾った。最後の一篇を除いては、すべて一九七一年までの七年のあいだに発表されており、彼がいかに「プレイボーイ」誌の人気作家だったかがよくわかる。ちょうどその時期は、目利きのロビー・マコーリーが同誌のフィクション・エディターを務めていた時期とほぼ重なっていて、読み物としての「プレイボーイ」誌が活況を呈していた頃でもある。ソウル・ベロー、ジョン・アップダイク、ジョン・チーヴァー、ウラジーミル・ナボコフといった一流作家たちに並んで、ジーン・シェパードの写真が執筆者紹介欄に出ていることもしばしばだったのだ（余談になるが、一九六九年の四月号にはナボコフの『アーダ』の抜粋が掲載された）。「プレイボーイ」誌では「フィクション」や「評論」「インタビュー」といった他に「ユーモア」という区分もあり、ジーン・シェパードはユーモア作家として扱われていた。当時は、毎年一月号になると、各分野の最優秀作品に贈賞するという大盤振る舞いも行われていて、彼は最優秀ユーモア賞を四度も獲得した。

本書に収録したのは、すべて「プレイボーイ」誌に掲載されたものである。

●作品集 *In God We Trust* より

「雪の中の決闘あるいはレッド・ライダーがクリーヴランド・ストリート・キッドをやっつける」

“Duel in the Snow, or Red Ryder Nails the Cleveland Street Kid”一九六五年十二月号

「ブライフォーゲル先生とノドジロカッコールドの恐ろしい事件」
"Miss Bryfogel and the Frightening Case of the Speckle-throated Cuckold" 一九六六年八月号（原題は"Miss Bryfogel and the Case of the Warbling Cuckold"）

●作品集 *Wanda Hickey's Night of Golden Memories* より

「スカット・ファーカスと魔性のマライア」
"Scut Farkas and the Murderous Mariah" 一九六七年四月号

「ジョゼフィン・コズノウスキの薄幸のロマンス」
"The Star-crossed Romance of Josephine Cosnowski" 一九七〇年十二月号（原題は"The Star-crossed Romance of Josephine Cosnowski and Her Friendly Neighborhood Sex Maniac"）

「ダフネ・ビグローとカタツムリがびっしりついた銀ピカ首吊り縄の背筋も凍る物語」
"Daphne Bigelow and the Spine-chilling Saga of the Snail-encrusted Tinfoil Noose" 一九六六年十一月号

「ワンダ・ヒッキーの最高にステキな思い出の夜」
"Wanda Hickey's Night of Golden Memories" 一九六九年六月号

この六篇を通読していただければ、ここで綴られているのは、作者ジーン・シェパードがインディアナ州北部のホウマンという製鉄所の町で過ごした、少年期から思春期にかけての、主に失《しっ》敗譚《ばいたん》から成るユーモアたっぷりの思い出話だと、読者は受け取るだろう。しかし、実際には、話はそう簡単ではない。

そもそも、ホウマンという町は存在しない。彼が育ったのはミシガン湖のそば、イースト・シカゴに接するハモンドという町であり、ホウマンはそのハモンドをモデルにしている。少年期から思春期を通じて登場するシュウォーツやフリックといった同級生たちも、本当にモデルになった人物がいたのかどうかはわからないという。それぞれの作品どうしで矛盾する点もあり、たとえばウサギのスリッパを贈ってくれる困った親戚の名前は「雪の中の決闘あるいはレッド・ライダーがクリーヴランド・ストリート・キッドをやっつける」ではクララおばさんだが、「ジョゼフィン・コズノウスキの薄幸のロマンス」ではグレンおばさんである。細部についても、「雪の中の決闘……」に出てくる「レッド・ライダーBB銃」はたしかに存在するものの、ここで書かれているようなモデルは存在しない。そして、ところどころで言及される映画には、実際に存在しないものがあることに、読者はお気づきだろう。

要するに、どれほどジーン・シェパードが自伝的な装いをこらしても、そこには明白な嘘があり、どこまでが現実にあったことでどこからが作り話なのかはわからない。さらには、ユーモア話にはつきものの、誇張も多分に含まれているはずだ。早川書房の異色作家短篇集新アンソロジーに「スカット・ファーカスと魔性のマライア」が浅倉久志訳で収録され、それが本邦でのジーン・シェパード初紹介になったとき、自伝的な回想ではなく幻想味を帯びたフィクションだと受け取った読者が多かったようだが、それももっともなことだったのである。当然ながら、ラジオ番組での一人語りについても同じことが言える。マーシャル・マクルーハンは『メディア論』の中で、ジーン・シェパードが「毎晩書いている新しい小説のための、新しい媒体だとラジオを見なしている」と書いたが、それはまったく正しい。

作品集 *The Ferrari in the Bedroom*（一九七二）に寄せた序文の中で、ジーン・シェパードはこう書いている。「普遍的な真実や現代生活の洞察を求めて、文学や、演劇や、映画に向かう哀れな者たちのことを、わたしは理解できたためしがない」。彼に言わせれば、そんなものよりも、ごく平均的な新聞のほうが、「生活という爆笑ものの喜劇」を正確に反映しているというのだ。彼が手本にするのは、H・L・メンケンが一九二四年に創刊した雑誌「アメリカン・マーキュリー」に設けられていた「アメリカーナ」というセクションで、その欄にはあちこちの新聞や雑誌からの切り抜きが掲載されていた。その伝でいけば、本書に収めた六篇が描き出しているのは、ジーン・シェパード流の一九三〇年代のアメリカーナだと言ってもかまわない。

ラジオ以外でも、ジーン・シェパードはテレビなどに出演したり、脚本を書いたりした。そうした仕事の中でいちばん有名なのは、一九八三年に映画になった *A Christmas Story* である。ボブ・クラークが監督したこの映画は、本書に収録した「雪の中の決闘……」を物語の中心に据えて、そこにいくつかのエピソードを加えたものである。ジーン・シェパードは脚本を書き、ナレーションを担当し、さらにはこっそりカメオ出演までしている。もちろん、本書に出てくる一家四人だけでなく、おなじみのシュウォーツやフリック、さらにはスカット・ファーカスまで登場して、ジーン・シェパードの世界がわたしたちの目の前で再現されるので、本書を読んで気に入った方はぜひご覧いただきたい。この映画はクリスマスの季節の定番として、その後テレビで何度も放映された。もういまでは、アメリカの一般大衆にとって、ジーン・シェパードと言えば*A Christmas Story*の原作者だという受け取り方をされているだろう。その他にも、「ジョゼフィン・コズノウスキの薄幸のロマンス」がアメリカン・プレイハウスというアンソロジー・シリーズの一作として、一九八五年にテレビドラマ化されていて、YouTubeで観ることができる（https://www.youtube.com/watch?v=Gps2zKvnVa0&t=441s）。こちらもやはり、ジーン・シェパードがナレーションを務めている。

こうしてアメリカの一般大衆の声を代表し、その日常生活をユーモアたっぷりに語ったジーン・シェパードは、自分自身についての事実を語ることを嫌い、しばしば矛盾するような言葉を口にした。それは、本書で描かれるようなユーモア・スケッチが、かなり虚構を含んでいることと軌《き》を一にしているのかもしれない。一九九九年に彼が亡くなったとき、「ニューヨーク・タイムズ」紙に載った死亡記事には、「七十代だと信じられている」という奇妙な書き方がされたほど、その当時には彼がいつ生まれたのかも知られていなかった。四度の結婚をして、二度目の結婚では一男一女をもうけたが、遺書も含めて、その事実を公に認めたことはなかった。息子の話によれば、ジーン・シェパードはあまり家に帰らず、帰ってきても深夜だったという。わたしたちが本書から想像する、どこにでもありそうなほほえましい家庭や、愛想がよくて誰でも親しみやすい人柄というイメージは、ジーン・シェパードが意識的に作り上げたものであり、そう思うとこの人物がますます興味深く思えてくるのではないか。

最後に、いささか個人的な思い出話を少しさせてもらいたい。わたしがペーパーバックで小説を読みはじめたのは一九七〇年のことだった。そうしてペーパーバックを読むおもしろさに目覚めた初期の頃に、ちょうど出版されたばかりの *Wanda Hickey's Night of Golden Memories*（デル・ブックス版）に偶然出会った。たまたま掘り出し物を見つけたというそのときの嬉しさは、どんな本好きの人にもわかっていただけるだろう。すでにわたしは本国版「プレイボーイ」誌を読むようになっていたが、六〇年代のバックナンバーを求めて、神田の東京泰文社によく出かけていった。そのバックナンバーのお目当てのひとつは、ジーン・シェパードが載っている号だったのである。

それから半世紀以上が経過して、現代の目で読み返してみると、どうかなと思われる個所がところどころにあることは否定できないが、アメリカの六〇年代というもの、そしてノスタルジアをこめて思い返されているアメリカの三〇年代というものが、そういう時代だったとしか言いようがない。もちろん、わたしがアメリカの三〇年代に郷愁を覚えられるわけがないのだが、そうは言っても、そこに描き出されている経験のいくつかは、わたしにも身に覚えがあるのもまた事実なのだ（たとえば、「ブライフォーゲル先生……」を読んでいて、わたしも十二歳のときに『デカメロン』を読んだことを思い出した。ただし、「カッコールド」が「寝取られ男」という意味なのを知らずに、何かの鳥だと思い込んでしまうという体験ができなかったのは残念だが）。

わたしは半世紀以上も前に読んだジーン・シェパードに対して、そして一九六〇年代の最高だった頃の「プレイボーイ」誌に対して、言いようのないノスタルジアを抱いている。振り返ってみれば恥ずかしいことだが、それを否定する気はない。今回、こうしてジーン・シェパードの本邦初紹介となる作品集を編んだのは、ささやかな恩返しのつもりである。

＊

【ジーン・シェパード著作リスト】

In God We Trust: All Others Pay Cash（一九六六）

Wanda Hickey's Night of Golden Memories: And Other Disasters（一九七一）

The Ferrari in the Bedroom（一九七二）

The Phantom of the Open Hearth（一九七八）

A Fistful of Fig Newtons（一九八一）

ここに収録されている"Lost at C"は、「Cで失神」というタイトルで「ハヤカワミステリマガジン」誌二〇一一年二月号に掲載された（古屋美登里訳）。

A Christmas Story（二〇〇三）

著者略歴

ジーン・シェパード

Jean Shepherd

1921年シカゴ生まれ。ラジオやテレビ番組のパーソナリティとして人気を博し、1970年代の「プレイボーイ」誌の常連寄稿者として多くの短篇を発表する。ノスタルジアにあふれたユーモア物を得意とした。シオドア・スタージョンとの共作も名高い。本書が本邦初の作品集。1999年没。

編訳者略歴

若島正（わかしま・ただし）

1952年生まれ。京都大学名誉教授。英米文学研究者、詰将棋・チェスプロブレム作家。著書に、『乱視読者の新冒険』、『乱視読者のSF講義』、『ロリータ、ロリータ、ロリータ』、『盤上のフロンティア』など、訳書に、V・ナボコフ『ロリータ』『ディフェンス』『透明な対象』、『ナボコフ全短篇』（共訳）、R・パワーズ『黄金虫変奏曲』（共訳）、T・スタージョン『海を失った男』、M・マッカーシー『私のカトリック少女時代』など、編訳書に『モーフィー時計の午前零時　チェス小説アンソロジー』、『ベスト・ストーリーズ（全３巻）』、シリーズ「ドーキー・アーカイヴ」など。

訳者略歴

浅倉久志（あさくら・ひさし）

1930年生まれ。英米文学翻訳家。SFを中心にエンターテインメント作品の翻訳を数多く手がける。訳書に、ヴォネガット『タイタンの妖女』、ディック『アンドロイドは電気羊の夢を見るか？』、ラファティ『九百人のお祖母さん』、ティプトリー・ジュニア『たったひとつの冴えたやりかた』など、著書に『ぼくがカンガルーに出会ったころ』など。2010年没。

ワンダ・ヒッキーの最高にステキな思い出の夜

2024年11月20日　初版印刷
2024年11月30日　初版発行

著　者　ジーン・シェパード
編訳者　若島正
訳　者　浅倉久志
装　画　MISSISSIPPI
装　丁　森敬太（合同会社飛ぶ教室）
発行者　小野寺優
発行所　株式会社河出書房新社
〒162-8544　東京都新宿区東五軒町2-13
電話　03-3404-1201〔営業〕
03-3404-8611〔編集〕
https://www.kawade.co.jp/

組版　KAWADE DTP WORKS
印刷　精文堂印刷株式会社
製本　大口製本印刷株式会社

Printed in Japan
ISBN978-4-309-20916-6
落丁本・乱丁本はお取り替えいたします。